DAS BUCH MERLIN

T. H. WHITE

DAS BUCH MERLIN

Mit dem
»Porträt eines Zauberers«
von Frederik Hetmann

EUGEN DIEDERICHS VERLAG

Originaltitel: The Book of Merlyn –
The Unpublished Conclusion to
The Once and Future King
Aus dem Englischen übertragen von Irmela Brender

CIP-Kurztitelaufnahme der Deutschen Bibliothek
White, Terence H.:
Das Buch Merlin/T. H. White
[Aus d. Engl. übertr. von Irmela Brender].
Mit dem »Porträt eines Zauberers«/von Frederik Hetmann.
– 2. Aufl. – Düsseldorf, Köln: Diederichs, 1981.
Einheitssacht.: The book of Merlyn ‹dt.›
NE: Hetmann, Frederik: Porträt eines Zauberers

Zweite Auflage

Umschlaggestaltung: Tilman Michalski
Satz: Lichtsatz Heinrich Fanslau, Düsseldorf
Druck und Bindung: May & Co., Darmstadt
ISBN 3-424-00685-8

INHALT

T. H. WHITE

DAS BUCH MERLIN

Das bisher unveröffentlichte
fünfte Buch
»Der König auf Camelot«
(The Once and Future King)
Aus dem Englischen
übertragen von
Irmela Brender

Für Anregungen und Ratschläge
im Geiste Merlins
danken wir Rudolf Rocholl.
Er hat die vier Bücher
»Der König auf Camelot«
übertragen, er hat auch die
Arbeit an diesem Buch
freundschaftlich unterstützt.

EINFÜHRUNG
IN DAS BUCH MERLIN

KÖNIG ARTHUR VON ENGLAND sitzt am Vorabend des Kampfes in seinem Kriegszelt. Morgen wird er auf dem Schlachtfeld seinem außerehelichen Sohn Mordred und dessen Heer von Nazi-ähnlichen Schlägern gegenüberstehen.

Seine Regentschaft ist Arthur schmerzlich lang geworden, und Alter, Traurigkeit und Niederlagen haben ihn gebeugt. Nach einer glücklichen Jugend auf Sir Ectors Schloß im Forest Sauvage, dem Wildwald, wo der Zauberer Merlin ihn durch zeitweise Verwandlung in verschiedene Tiere mit den politischen Ideologien des Tierreichs vertraut gemacht hatte, war es Arthurs Schicksal gewesen, den Thron zu besteigen. Sein Sinn für Gerechtigkeit und Harmonie zwang ihn, die »zivilisierte Welt« und die berühmte Tafelrunde zu schaffen und die Suche nach dem Heiligen Gral zu fördern, um den Menschen daran zu hindern, seinesgleichen zu töten.

Doch ein dunkleres Schicksal bestimmte außerdem, daß er unwissentlich mit seiner eigenen Halbschwester einen unehelichen Sohn zeugte. Es trieb seine Frau Ginevra in die Arme seines besten Ritters Lanzelot und ließ dadurch

unter den Rittern Rivalität, Verrat und Eifersucht entstehen.
Und das führte zum Niedergang des alten Königs. Vergessen war, was er für die Macht der Gerechtigkeit und für den Frieden auf Erden geleistet hatte. Vergessen war auch sein eigener Schmerz darüber, sein Bestes getan und versagt zu haben. Die Queste, die Hohe Suche, hatte zu nichts geführt, die Tafelrunde war aufgelöst. Jetzt wurde Ginevra von Mordred und seinen Schlägern im Tower von London belagert, Lanzelot lebte in Frankreich im Exil, beide waren Opfer von Mordreds Besessenheit, Arthurs Thron zu erobern.
Und so ist Arthur allein. Er erfüllt seine königlichen Pflichten, indem er gedankenabwesend den täglichen Aktenkram erledigt, und spürt dabei, was er verloren hat und was ihn schmerzt. Als sich die Zeltklappe bewegt, schaut er auf.

ES BEGINNT DAS FÜNFTE BUCH

Er überlegte ein Weilchen und sagte:
»Ich habe die Erfahrung gemacht,
daß Zoologische Gärten
vielen meiner Patienten wohltun.
Ich würde Mr. Pontifex
einen Kursus Höhere Säugetiere verordnen.
Laßt ihn nicht glauben,
er nehme sie als Medizin ...«

1

ES WAR NICHT DER Bischof von Rochester.

Der König wandte den Kopf ab, es interessierte ihn nicht, wer da gekommen war. Er schämte sich der Tränen, die schwerfällig über seine schlaffen Wangen rannen, doch er war zu niedergeschlagen, um sie zurückzuhalten. Störrisch wich er dem Licht aus, mehr konnte er nicht tun. Er hatte das Stadium erreicht, in dem es nicht mehr der Mühe wert ist, das Elend eines alten Mannes zu verbergen.

Merlin setzte sich neben ihn und griff nach der müden alten Hand; darauf flossen die Tränen rascher. Der Zauberer streichelte die Hand, er hielt sie ruhig mit einem Daumen über den blauen Venen und wartete darauf, daß das Leben wieder zu Kräften kam.

»Merlin?« fragte der König.

Er schien nicht überrascht zu sein.

»Seid Ihr ein Traum?« fragte er. »In der vergangenen Nacht habe ich geträumt, Gawaine sei mit ein paar schönen Damen zu mir gekommen. Er sagte, sie dürften ihn begleiten, weil er sie zu Lebzeiten gerettet habe, und sie wollten uns warnen, daß wir morgen alle getötet würden. Dann hatte ich einen anderen Traum, in dem ich auf einem

Thron saß, der oben auf ein Rad gebunden war, und das Rad drehte sich herum, und ich wurde in eine Schlangengrube geworfen.«

»Das Rad hat einen vollen Kreis gedreht: Ich bin hier.«

»Seid Ihr ein böser Traum?« fragte er. »Wenn ja, dann quält mich nicht.«

Merlin hielt immer noch die Hand. Er strich über die Venen und versuchte, sie ins Fleisch sinken zu lassen. Er tröstete die schuppige Haut, tränkte sie in geheimnisvoller Konzentration mit Leben und stärkte ihre Spannkraft. Er versuchte den Körper unter seinen Fingerspitzen geschmeidig zu machen, half dem Blut zu kreisen, gab den geschwollenen Gelenken Frische und Glätte, sagte aber nichts.

»Ihr seid ein guter Traum«, sagte der König. »Ich hoffe, ich kann Euch weiterträumen.«

»Ich bin überhaupt kein Traum. Ich bin der Mann, an den Ihr Euch erinnert habt.«

»Oh, Merlin, es ist so schlimm geworden, seit Ihr mich verlassen habt! Alles, was ich mit Eurer Hilfe getan habe, war falsch. Alle Eure Lehren waren Trug. Nichts hat sich gelohnt. Ihr und ich werden vergessen sein wie Menschen, die nie gelebt haben.«

»Vergessen?« fragte der Zauberer. Er lächelte ins Kerzenlicht und schaute sich im Zelt um, als wollte er sich vergewissern, daß die Felle und der schimmernde Panzer und die Gobelins und die Pergamente noch da waren.

»Es lebte ein König«, sagte er, »über den Nennius und Geoffrey of Monmouth geschrieben haben. Der Archidiakon von Oxford soll sich ebenso an ihm versucht haben wie dieser prächtige Narr Gerald the Welshman. Brut, Layamon und all die anderen: wieviele Lügen haben sie aufgebracht! Manche behaupteten, er sei ein blau gefärbter Brite gewesen, andere, er habe den Kettenpanzer getragen, um den normannischen Romanzendichtern besser in den Kram zu passen. Gewisse schwerfällig polternde Deutsche haben ihn aufgeputzt, damit er mit ihren langweiligen Siegfrieds wetteifern konnte. Andere preßten ihn in einen Plattenpanzer wie Euer Freund Thomas of Hutton Coniers, und wieder andere, vor allem ein romantischer Elisabethaner namens Hughes, erkannten sein außerordentliches Problem mit der Liebe. Dann gab es einen blinden Dichter, der versuchte, die Wege Gottes vor den Menschen zu rechtfertigen, und er verglich Arthur mit Adam und fragte sich, wer der Wichtigere von beiden sei. Zur gleichen Zeit begannen Meister der Musik wie Purcell und noch später Titanen wie die Romantiker, endlos über unseren König vor sich hinzuträumen. Männer kamen, die ihn in eine Rüstung wie aus Efeublättern kleideten und alle seine Freunde zwischen Ruinen und Brombeergestrüpp umherstehen oder sie mit dem milden Hauch eines Kusses auf den Lippen ohnmächtig werden ließen. Dann war da auch noch Victorias Lord. Die unwahrscheinlichsten Leute beschäftigten sich mit ihm, Leute wie Aubrey Beardsley, der seine Geschichte illustrierte. Kurz darauf gab es dann den armen alten White, der meinte, wir repräsentierten die Ideale der Ritterlichkeit. Er behauptete, unsere Bedeutung liege in unserem Anstand, in unserem Kampf gegen den blutrünstigen Geist des Menschen. Der Gute, welch ein Anachronist war er doch! Verrückt, nach William dem Eroberer anzufangen und im Krieg der Rosen zu enden ... Dann gab es Leute, die den Morte d'Arthur in geheimnisvollen drahtlosen Wellen ausstrahlten, und andere in einer unentdeckten Hemisphäre, die in bewegten Bildern so taten, als seien Arthur und Merlin ihre natürlichen Väter. Die Sache Britanniens! Gewiß waren wir vergessen, Arthur, wenn ein Jahrtausend und ein halbes Jahrtausend und nochmal tausend Jahre ein Maßstab des Vergessens sind.«

»Wer ist dieser White?«

»Auch so ein Bursche«, antwortete der Zauberer gedankenverloren. »Hör nur mal zu, ich will dir was von Kipling zitieren, ja?« Und der alte Herr fing an, mit Leidenschaft die berühmte Stelle aus Puck of Pook's Hill aufzusagen: »›I've seen Sir Huon and a troop of his people setting off from Tintagel Castle for Hy-Brasil in the teeth of a sou'-westerly gale, with the spray flying all over the castle, and the Horses of the Hill wild with fright. Out they'd go in a lull, screaming like gulls, and back they'd be driven five good miles inland before they could come head to wind again ... It was Magic – Magic as black as Merlin could make it, and the whole sea was green fire and white foam with singing mermaids in it. And the Horses of the Hill picked their way from one wave to another by the lightning flashes! That was how it was in the old days!‹* Das ist eine Beschreibung«, fügte er hinzu, als er mit dem Zitat zu Ende war. »Das ist Prosa. Kein Wunder, daß Dan am Schluß ›Herrlich!‹ rief. Und all das wurde über uns oder unsere Freunde geschrieben.«

»Aber Meister, ich verstehe es nicht.«

Der Zauberer stand auf und betrachtete seinen alten Schüler verdutzt. Er drehte seinen Bart zu mehreren Rattenschwänzen, steckte die Enden in den Mund, zwirbelte sei-

* »Ich war dabei, als der Ritter Hüon mit einer Schar seiner Leute von Schloß Tintagel nach Brasilien aufbrach, als gerade ein solcher Südwest tobte, daß der weite Wellengischt nur immer so über das Schloß hinwegfegte und die Rosse vom Berge ganz wild wurden vor Entsetzen. Zwischen zwei Sturmstößen stoben sie schreiend wie Möwen hinaus, aber ehe sie dem Sturm die Stirn bieten konnten, wurden sie fünf gute Meilen landeinwärts zurückgeworfen ... Ein Zauber war's, ein so großer schwarzer Zauber, als hätte Merlin selber ihn gemacht; und das ganze Meer war ein grünes Feuer mit weißen Schaumflammen, in denen die Meerweiber sangen. Und die Rosse vom Berge suchten beim Schein der Blitze mühsam ihren Weg von einer Welle zur andern! So sah es in den alten Tagen aus!«

nen Schnurrbart und ließ die Gelenke in seinen Fingern knacken. Was er dem König angetan hatte, ängstigte ihn, er kam sich vor, als versuchte er durch künstliche Beatmung einen Ertrunkenen wiederzubeleben, bei dem es fast zu spät war. Aber er schämte sich nicht. Als Wissenschaftler muß man ohne Reue seinen Weg gehen und den einzigen Gegenstand von Bedeutung verfolgen, die Wahrheit. Später sagte er leise, als spräche er zu einem Schlafenden:
»Wart?«
Es kam keine Antwort.
»König?«
Die bittere Entgegnung lautete: »Le roy s'advisera.«
Es war schlimmer, als er gefürchtet hatte. Er setzte sich, griff nach der schlaffen Hand und versuchte es mit Überredung.
»Ein letzter Versuch«, bat er. »Wir sind noch nicht ganz fertig.«
»Was nützen Versuche?«
»Die Menschen unternehmen sie dennoch.«
»Dann sind die Menschen Narren.«
Der Alte antwortete freimütig: »Die Menschen sind Narren, und außerdem sind sie schlecht. Deshalb ist es so interessant, sie zu bessern.«
Sein Opfer öffnete die Augen und schloß sie wieder erschöpft.
»Was Ihr gedacht habt, bevor ich kam, König, war richtig. Ich meine das über den *Homo ferox.* Aber Falken sind ebenfalls *ferae naturae* – das ist ihr Vorteil.«
Die Augen blieben geschlossen.
»Was Ihr außerdem gedacht habt ... daß die Menschen Maschinen seien: Das war nicht richtig. Oder wenn es richtig ist, hat es keine Bedeutung. Denn wenn wir alle Maschinen sind, brauchen wir uns um keinen zu kümmern.«
»Ich verstehe.«

Merkwürdigerweise verstand er es wirklich. Und seine Augen öffneten sich und blieben offen.

»Erinnert Ihr Euch an den Engel in der Bibel, der bereit war, ganze Städte zu verschonen, falls sich ein Gerechter fände? War es einer? Das trifft selbst heute noch auf den *Homo ferox* zu, Arthur.«

Die Augen fingen an, ihre Vision genau zu beobachten.

»Ihr habt meinen Rat zu wörtlich genommen, König. Nicht an die ursprüngliche Sünde zu glauben, bedeutet nicht, an die ursprüngliche Tugend zu glauben. Es bedeutet nur, daß Ihr nicht glauben sollt, die Menschen seien völlig schlecht. Schlecht mögen sie sein, und sogar sehr schlecht, doch nicht völlig. Sonst, das gebe ich zu, hätten Versuche keinen Sinn.«

Arthur sagte mit seinem bezaubernden Lächeln: »Das ist ein guter Traum. Ich hoffe, er dauert lange.«

Sein Lehrer holte seine Brille hervor, putzte sie, setzte sie auf die Nase und musterte den alten Mann genau. Hinter den Gläsern schimmerte Genugtuung auf.

»Wenn Ihr das nicht gelebt hättet«, sagte er, »wüßtet Ihr es nicht. Man muß sein Wissen leben. Wie geht es Euch?«

»Ganz gut. Und Euch?«

»Sehr gut.«

Sie schüttelten sich die Hände, als wären sie sich gerade erst begegnet.

»Werdet Ihr bleiben?«

»Eigentlich«, antwortete der Magier und putzte sich heftig die Nase, um seine Freude, vielleicht aber auch seine Zerknirschung zu verbergen, »werde ich so gut wie gar nicht hier sein. Man hat mich mit einer Einladung hergeschickt.«

Er faltete sein Taschentuch zusammen und steckte es zurück in sein Käppchen.

»Habt Ihr Mäuse?« fragte der König mit einem ersten schwachen Funkeln in den Augen. Seine Gesichtshaut zuckte oder straffte sich für den Bruchteil einer Sekunde, so daß man darunter, vielleicht in den Knochen, das sommersprossige, stupsnasige Gesicht eines kleinen Jungen erkennen konnte, der einst von Archimedes bezaubert gewesen war.

Merlin nahm nachgiebig das Käppchen ab.

»Eine«, sagte er. »Ich glaube wenigstens, es war eine Maus, aber sie ist teilweise zusammengeschrumpft. Und hier ist offenbar der Frosch, den ich im Sommer aufgelesen habe. Er ist während der Dürre überfahren worden, der arme Kerl. Ein perfekter Umriß.«

Er musterte ihn zufrieden, bevor er ihn zurücklegte, dann schlug er die Beine übereinander und musterte seinen Gefährten auf die gleiche Weise, wobei er sein Knie mit beiden Händen umfaßte. »Die Einladung«, sagte er. »Wir hofften, Ihr würdet uns besuchen. Eure Schlacht kommt bis morgen auch ohne Euch zurecht, nicht wahr?«

»In einem Traum ist nichts wichtig.«

Das schien ihn zu erzürnen, denn er rief ärgerlich: »Ich wollte, Ihr würdet aufhören mit dem Traumgerede! Wie würde es Euch gefallen, wenn ich Euch einen Traum nennen würde? Ihr müßt auf andere etwas Rücksicht nehmen.«

»Schon gut.«

»Also zur Einladung. Ihr werdet gebeten, meine Höhle aufzusuchen, in die mich die junge Nimue gebracht hat. Erinnert Ihr Euch an sie? Dort warten ein paar Freunde auf Euch.«

»Das wäre schön.«

»Ich glaube, Eure Schlacht ist vorbereitet, und Ihr würdet sowieso kaum schlafen. Der Besuch könnte Euch aufmuntern.«

»Nichts ist vorbereitet«, sagte der König. »Aber in Träumen braucht man sich um nichts zu kümmern.«

Darauf sprang der alte Herr auf, griff sich an die Stirn, als

sei ihm hineingeschossen worden, und hob seinen Stab aus *lignum vitae* zum Himmel.
»Barmherzige Mächte! Schon wieder Träume!«
Mit einer würdevollen Geste nahm er seinen konischen Hut ab, warf einen durchbohrenden Blick auf die bärtige Gestalt gegenüber, die so alt aussah wie er selbst, und schlug sich als Ausrufezeichen den Stab auf den Kopf. Dann setzte er sich halb betäubt, weil er seine Kraft unterschätzt hatte.

Der alte König beobachtete ihn mit steigender Freude. Jetzt, wo er so lebhaft von seinem lange vermißten Freund träumte, fing er an zu verstehen, warum Merlin immer absichtlich den Clown gespielt hatte. Es war eine Methode, den Menschen heiter etwas beizubringen. Allmählich empfand er größte Bewunderung für die altmodische Tapferkeit seines Lehrmeisters: Trotz Ewigkeiten an Erfahrung half sie ihm, mit unerschrockener Verschrobenheit weiter zu glauben und neue Versuche zu wagen. Der Gedanke, daß Güte und Mut überdauern konnten, erleichterte ihn. Und mit erleichtertem Herzen lächelte er, schloß die Augen und schlief wirklich ein.

2

ALS ER SIE WIEDER öffnete, war es immer noch dunkel. Merlin war da, mißgelaunt kraulte er den Windhund an den Ohren und murmelte dabei vor sich hin. Früher, als sein Schüler noch ein Junge war und Wart, die Warze, genannt wurde, hatte er ihn vor Trübsal bewahrt, indem er widerwärtig zu ihm gewesen war; doch er wußte, daß der arme alte Bursche, der jetzt vor ihm saß, zuviel Elend erfahren hatte, als daß dieser Trick noch wirken könnte. Das Zweitbeste war, so hatte er wohl entschieden, die Aufmerksamkeit des Königs abzulenken; jedenfalls begann er damit, sobald die Augen offen waren, auf eine Art, die alle Zauberer beherrschen. Sie sind es gewohnt, den Leuten unter einem trügerischen Wortschwall alles Mögliche vorzugaukeln.

»Also«, sagte er. »Träume. Wir müssen das ein für alle Male klären. Ganz abgesehen von der schlimmen Schmach, als Traum bezeichnet zu werden – einer persönlichen Schmach, weil es einen durcheinanderbringt –, verwirrt es andere Leute. Denkt nur an unsere gebildeten Leser. Und es setzt uns selbst herab. Als ich ein drittklassiger Schulmeister im zwanzigsten Jahrhundert war – oder im neunzehnten? –, schrieb mir jeder Junge, mit dem ich zu tun hatte, Aufsätze, die endeten: Dann erwachte er. Man könnte sagen, daß der Traum die einzige literarische Konvention in ihren erbärmlichsten Klassenzimmern war. Soll das aus uns werden? Vergeßt nicht, wir sind die Sache Britanniens. Und, frage ich weiter, was ist mit der Traumdeuterei? Was werden die Psychologen daraus ableiten? Der Stoff, aus dem die Träume sind, ist meiner Meinung nach Quatsch und Unsinn.«

»Ja«, sagte der König nachgiebig.

»Sehe ich aus wie ein Traum?«

»Ja.«

Merlin schien vor Zorn zu keuchen, dann steckte er seinen ganzen Bart auf einmal in den Mund. Danach putzte er sich die Nase und stellte sich mit dem Gesicht zur Zeltwand in die Ecke, wo er ein indigniertes Selbstgespräch begann.

»Auch das noch zu aller Schmach und allem Hohn«, stellte er fest. »Wie kann ein Magier beweisen, daß er keine Vision ist, wenn er dieser Gemeinheit bezichtigt wird? Ein Geist kann beweisen, daß er lebt, indem er sich kneifen läßt; aber bei einem gottgesandten Traum funktioniert das nicht. Vom Kneifen kann man nämlich, so wahr es getrockneten Tiermist gibt, träumen. Doch halt! Es gibt da den bekannten Ausweg, daß der Träumer sich selbst ins Bein kneift. Arthur!« befahl er und drehte sich um wie ein Kreisel. »Seid so nett und kneift Euch.«

»Gern.«

»Beweist Euch das, daß Ihr wach seid?«

»Ich bezweifle es.«

Die Vision musterte ihn traurig.

»Das habe ich befürchtet«, sagte die Erscheinung und kehrte in ihre Ecke zurück, wo sie komplizierte Texte von Burton, Jung, Hippocrates und Sir Thomas Browne zitierte.

Nach fünf Minuten stieß sie die Faust in die andere Hand und stapfte, inspiriert vom Lager der Cleopatra, wieder ins Kerzenlicht. »Hört zu«, sagte Merlin. »Habt Ihr je von einem Geruch geträumt?«

»Von einem Geruch geträumt?«

»Wiederholt mich nicht.«

»Ich kann nicht recht ...«

»Nun kommt schon. Ihr habt von einem Anblick geträumt, nicht wahr? Und von einem Gefühl – jeder hat schon von einem Gefühl geträumt. Vielleicht habt Ihr sogar von einem Geschmack geträumt. Ich erinnere mich, daß ich einmal, als ich vierzehn Tage lang vergessen hatte zu essen, von einem Schokoladenpudding träumte; ich konnte ihn deutlich schmecken, doch er wurde mir weggenommen. Die Frage ist, habt Ihr je von einem Geruch geträumt?«

»Ich glaube nicht – riechen konnte ich nicht im Traum.«

»Bestimmt nicht? Starrt mich nicht an wie ein Idiot, mein guter Mann, sondern konzentriert Euch auf diese Sache. Habt Ihr je mit Eurer Nase geträumt?«

»Nie. Ich kann mich nicht daran erinnern, von einem Geruch geträumt zu haben.«

»Ihr seid Euch sicher?«

»Absolut.«

»Dann riecht das!« rief der Zauberer, riß sich das Käppchen vom Kopf und hob es mit seinem Inhalt von Mäusen, Fröschen und ein paar Krabben zum Lachsangeln, die er übersehen hatte, Arthur unter die Nase.

»Puuh!«

»Bin ich jetzt ein Traum?«

»Es riecht nicht wie ein Traum.«

»Nun, also ...«

»Merlin«, sagte der König, »es macht keinen Unterschied, ob Ihr ein Traum seid oder nicht, solange Ihr nur da seid. Setzt Euch und habt ein wenig Geduld, wenn Ihr könnt.

Sagt mir den Grund für Euren Besuch. Redet. Sagt, daß Ihr gekommen seid, um uns vor diesem Krieg zu retten.«

Der alte Knabe hatte das Ziel seiner künstlichen Beatmung so weit wie möglich erreicht; also setzte er sich bequem nieder und nahm die Sache in die Hand.

»Nein«, sagte er. »Niemand kann vor irgend etwas gerettet werden, es denn, er rette sich selbst. Es ist hoffnungslos, etwas für die Menschen zu tun – es ist sogar oft sehr gefährlich, überhaupt etwas zu tun – und das Einzige, was sich für die Spezies lohnt, ist die Vergrößerung ihres Vorrats an Ideen. Wenn man ihnen einen größeren Vorrat zur Verfügung stellt, können sich die Menschen nach Belieben daraus bedienen. So werden Methoden zur Verbesserung angeboten, die man annehmen oder verwerfen kann, und es besteht eine schwache Hoffnung auf Fortschritt im Lauf der Jahrtausende. Das ist die Aufgabe des Philosophen, neue Ideen zu erschließen. Es ist nicht seine Aufgabe, sie den Leuten aufzudrängen.«

»Das habt Ihr mir bisher nicht gesagt.«

»Warum nicht?«

»Mein Leben lang habt Ihr mich angetrieben, etwas zu tun ... das Rittertum und die Tafelrunde, die Ihr mich erfinden ließet, waren doch nichts anderes als Bemühungen, die Menschen zu retten und Aufgaben zu erfüllen.«

»Es waren Ideen«, sagte der Philosoph nachdrücklich, »rudimentäre Ideen. Jeder Gedanke beginnt in seinem Frühstadium als Aktion. Die Aktionen, mit denen Ihr Euch abgemüht habt, sind Ideen gewesen, natürlich unfertige, aber sie mußten als Grundlage da sein, bevor wir anfangen konnten, ernsthaft nachzudenken. Ihr habt den Menschen gelehrt, in der Aktion zu denken. Jetzt ist die Zeit gekommen, in unseren Köpfen zu denken.«

»Dann war meine Tafelrunde also kein Fehlschlag – Meister?«

»Gewiß nicht. Sie war ein Experiment. Ein Experiment

führt zum nächsten, und deshalb bin ich gekommen, Euch zu unserer Höhle zu bringen.«
»Ich bin bereit«, sagte er und staunte, daß er glücklich war.
»Das Komitee hat festgestellt, daß es in Eurer Ausbildung zwei Lücken gibt, und es hat bestimmt, daß sie geschlossen werden müssen, bevor das aktive Stadium der Idee beendet ist.«
»Was ist das für ein Komitee? Es klingt, als hätten sie einen Bericht vorgelegt.«
»Das haben wir getan. Ihr werdet sie sofort in der Höhle treffen. Aber jetzt, verzeiht, daß ich es erwähne, muß noch etwas geklärt werden, bevor wir gehen.«
Merlin musterte jetzt mit zweifelndem Blick seine Zehen und zögerte, fortzufahren.
»Das menschliche Gehirn«, erklärte er schließlich, »scheint mit zunehmendem Alter zu verhärten. Die Oberfläche stirbt ab wie strapaziertes Leder und nimmt keine Eindrücke mehr auf. Vielleicht habt Ihr das bemerkt?«
»Ich spüre eine gewisse Steifheit in meinem Kopf.«
»Kinder hingegen haben elastische, weiche Hirne«, fuhr der Zauberer genüßlich fort, als spreche er über Kaviarbrötchen. »Sie können im Nu Eindrücke aufnehmen. Als junger Mensch eine Sprache zu lernen, ist zum Beispiel buchstäblich ein Kinderspiel; doch nach der Lebensmitte steckt der Teufel darin.«
»Ich habe so etwas gehört.«
»Das Komitee meinte deshalb, wenn Ihr die Dinge lernen sollt, von denen wir reden, dann solltet Ihr – äh – dann solltet Ihr ein Junge sein. Sie haben mir dafür ein besonderes Präparat mitgegeben. Ihr versteht: Ihr würdet noch einmal der Wart von einst werden.«
»Nicht, wenn ich mein Leben nochmal leben muß«, entgegnete der andere alte Bursche ruhig.
Sie schauten einander an wie Objekt und Abbild in einem

Spiegel, die äußeren Augenwinkel von den schweren Lidern des Alters niedergedrückt.
»Es wäre nur für den einen Abend.«
»Das Lebenselixier?«
»Eben das. Denkt an die Menschen, die sich bemüht haben, es zu finden.«
»Wenn ich so etwas finden sollte, würde ich es wegwerfen.«
»Ich hoffe, Ihr habt keine dummen Vorbehalte gegen Kinder«, sagte Merlin und ließ seinen Blick umherschweifen. »Es ist ein hohes Vorrecht, als Kleine wiedergeboren zu werden. Die Erwachsenen haben nach meiner Feststellung in jüngster Zeit die unerfreuliche Gewohnheit angenommen, ihre eigene Entartung damit zu entschuldigen, daß sie behaupten, Kinder seien kindisch. Ich hoffe, Ihr seid davon frei?«
»Jeder weiß, daß Kinder intelligenter sind als ihre Eltern.«
»Ihr und ich, wir wissen es, aber nicht die Menschen, die dieses Buch lesen werden.
Unsere Leser zu jener Zeit«, fuhr der Zauberer grimmig fort, »haben genau drei Ideen in ihren prächtigen Schädeln. Die erste besagt, daß die menschliche Spezies allen anderen überlegen ist. Die zweite, daß das zwanzigste Jahrhundert allen anderen Jahrhunderten überlegen ist. Und die dritte, daß die erwachsenen Menschen des zwanzigsten Jahrhunderts ihren Kindern überlegen sind. Die ganze Illusion trägt das Etikett Fortschritt, und wer den in Frage stellt, wird pubertär, reaktionär oder ein Eskapist genannt. Der Fortschritt des Geistes. Gott helfe ihnen.«
Er bedachte diese Tatsachen eine Weile, dann fügte er hinzu: »Und ein viertes Ergebnis wissenschaftlicher Phrasendrescherei, an das sie glauben werden, schmückt sich mit dem Namen Anthropomorphismus. Selbst ihre Kinder sind den Tieren angeblich so überlegen, daß man beide Lebewesen nie im gleichen Atemzug nennen darf. Wenn

einer anfängt, die Menschen als Tiere zu betrachten, dann kehren sie's um und sagen, er betrachte die Tiere als Menschen, eine Sünde, die ihnen schlimmer vorkommt als Bigamie. Man stelle sich vor, ein Wissenschaftler sei lediglich ein Tier, sagen sie! Tü-tü, und Larifari-Schnickschnack!«

»Wer sind diese Leser?«

»Die Leser des Buches.«

»Welches Buch?«

»Das Buch, in dem wir sind.«

»Wir sind in einem Buch?«

»Wir kümmern uns besser um unsere Aufgabe«, sagte Merlin hastig. Er griff nach seinem Stab, krempelte sich die Ärmel hoch und schaute den Patienten fest an. »Ihr stimmt doch zu?« fragte er. Aber der alte König hielt ihn zurück.

»Nein«, sagte er, es klang wie eine nachdrückliche Rechtfertigung. »Ich habe mir meinen Körper und meinen Geist in vielen Jahren harter Arbeit erworben. Es wäre würdelos, sie zu verändern. Ich bin nicht zu stolz, ein Kind zu werden, Merlin, sondern zu alt. Wenn mein Körper verjüngt werden sollte, wäre es unpassend, einen alten Geist darin zu lassen. Würdet Ihr beide verändern, zerfiele die Arbeit, all diese Jahre gelebt zu haben, in ein Nichts. Eine andere Möglichkeit gibt es nicht, Meister. Wir müssen in dem Lebensstadium bleiben, in das Gott uns gerufen hat.«

Der Magier senkte den Stab.

»Doch Euer Gehirn«, klagte er. »Es ist wie ein versteinerter Schwamm. Und hättet Ihr nicht Spaß daran, jung zu sein, umherzuspringen und wieder Eure Knie zu spüren? Junge Leute sind glücklich, nicht wahr? Wir dachten uns das als ein Vergnügen.«

»Es wäre mir wirklich ein Vergnügen gewesen, und vielen Dank, daß Ihr daran gedacht habt. Doch ich glaube, das Leben ist nicht zum Glücklichsein erfunden. Es ist für etwas anderes da.«

Merlin kaute am Ende seines Stabes, während er nachdachte.
»Ihr habt recht«, sagte er schließlich. »Ich war von Anfang an gegen den Vorschlag. Aber dennoch muß etwas geschehen, um Euren Verstand zu lockern, sonst werdet Ihr nie die neue Idee begreifen. Ich nehme an, Ihr hättet nichts gegen eine Gehirnmassage einzuwenden, falls ich die fertigbringe? Ich müßte dafür meine galvanischen Batterien holen, meine Ultrarots und Infravioletts, meine französische Kreide und meine Prisen von dem und jenem – ein bißchen Adrenalin und einen Hauch Knoblauch. Ihr wißt, was ich meine?«
»Nein, aber wenn Ihr es für richtig haltet ...«
Mit einer unvergessenen Bewegung streckte er die Hand in die Luft, und gehorsam begann der Apparat sich zu materialisieren – in einem Kuddelmuddel, wie gewöhnlich.

3

DIE BEHANDLUNG WAR UNANGENEHM. Es war, als würden einem die Haare heftig gegen den Strich gebürstet, oder als würde einem ein verstauchter Knöchel behandelt von einer jener schrecklichen Masseusen, die immerzu drängen, daß man sich entspannt. Der König umklammerte die Armlehnen seines Sessels, schloß die Augen, preßte die Zähne zusammen und schwitzte. Als er zum zweiten Mal an diesem Abend die Augen öffnete, sah er eine andere Welt.

»Großer Gott!« rief er und sprang auf die Füße. Beim Aufstehen verlagerte er nicht das Gewicht auf die Handgelenke wie ein alter Mann, sondern auf die Handflächen und Fingergelenke. »Schaut Euch die hohlen Augen dieses Hundes an! Die Kerzen spiegeln sich hinten, nicht vorn, wie im Boden einer Tasse. Warum habe ich das nie zuvor bemerkt? Und seht, hier: In Bathshebas Bad ist ein Loch, das repariert werden muß. Was ist das für eine Eintragung im Buch? *Susp.*?* Wer hat uns dazu verleitet, Menschen hängen zu lassen? Niemand verdient, gehängt zu werden.

* Abkürzung von *suspendatur,* »er soll gehängt werden«.

Merlin, warum spiegelt sich in Euren Augen nichts, wenn ich die Kerzen zwischen uns stelle? Wieso habe ich darüber nie nachgedacht? Das Licht spiegelt sich rot bei einem Fuchs, grün bei einer Katze, gelb bei einem Pferd, safranfarben bei einem Hund ... Und schaut Euch diesen Falkenschnabel an. Er hat einen Zahn darin wie eine Säge! Hühnerhabichte und Sperber haben keinen Zahn. Das muß eine Besonderheit von *falco* sein. Ein Zelt ist doch ein erstaunliches Ding! Die eine Hälfte versucht es hochzuschieben, die andere Hälfte will es niederziehen. *Ex nihilo res fit.* *Und schaut Euch diese Schachfiguren an! Tatsächlich, schachmatt! Ach was, da versuchen wir es nochmal ...«

Man stelle sich einen rostigen Riegel an einer Gartentür vor, der falsch angebracht worden war, vielleicht hat sich inzwischen auch die Tür in den Scharnieren gesenkt, und seit Jahren ließ sich dieser Riegel nicht mehr richtig schließen – es sei denn, man hämmerte dagegen, oder man hob die Tür ein bißchen und schob ihn mit Anstrengung an seinen Platz. Dann stelle man sich vor, der alte Riegel wird abgeschraubt, mit Schmirgelpapier abgerieben, in Paraffin gebadet, mit feinem Sand poliert, großzügig geölt und von einem geschickten Handwerker so gut montiert, daß er sich öffnet und schließt auf Fingerdruck – auf den Druck einer Feder – fast könnte man ihn auf- und zublasen. Und jetzt stelle man sich die Gefühle des Riegels vor. Es sind Gefühle herrlichen Wohlbefindens, wie Genesende sie nach einem Fieber haben. Der Riegel würde sich darauf freuen, hin- und hergeschoben zu werden, er würde sich nach der Lust seiner leichten, erfolgreichen Bewegung sehnen.

* »Etwas kommt von nichts.« Das ist eine Parodie oder Adaption von *ex nihilo nihil fit,* »nichts kommt aus nichts«, bekannt (wenn auch nicht in genau dieser Form) durch Lucretius und Persius.

Denn das Glück ist nur ein Nebenprodukt der Funktion, wie das Licht ein Nebenprodukt des elektrischen Stromes ist, der durch die Drähte fließt. Wenn der Strom nicht richtig fließt, kommt kein Licht. Deshalb findet keiner das Glück, der es um seiner selbst willen sucht. Der Mensch muß vielmehr danach trachten, wie der funktionierende Riegel zu sein, wie der ungehinderte Fluß der Elektrizität, wie der Rekonvaleszent, dessen Augen, die so lange vor Kopfweh und Fieber in den Höhlen brannten und nur unter Schmerzen bewegt werden konnten, jetzt so leicht von Seite zu Seite flitzen wie saubere Fische in klarem Wasser. Die Augen funktionieren, der Strom funktioniert, der Riegel funktioniert. Also leuchtet das Licht. Gut funktionieren – das ist das Glück.

»Nur langsam«, sagte Merlin. »Wir brauchen schließlich keinen Zug zu erreichen.«

»Keinen Zug?«

»Ich bitte um Entschuldigung. So ähnlich pflegte ein Freund von mir auf den menschlichen Fortschritt anzuspielen. Doch da Ihr Euch nun besser zu fühlen scheint, sollten wir da nicht sofort aufbrechen?«

»Auf der Stelle.«

Ohne weitere Verzögerung hoben sie die Zeltklappe und waren verschwunden. Den Falken unter seiner Haube ließen sie in der Obhut des schlafenden Windhundes einsam zurück. Als der blinde Vogel die Zeltklappe hörte, schrie er in heiseren Lauten um Beachtung.

Es war für beide ein erfrischender Spaziergang. Ihr rasches Tempo und der heftige Wind zogen ihre Bärte rechts oder links über ihre Schultern, da sie dem Sturm nicht direkt entgegengingen, und das verursachte an den Haarwurzeln eine Spannung, als seien die Bärte auf Lockenpapier gerollt. Sie eilten über die Ebene von Salisbury, an dem zum Nachdenken anregenden Monument von Stonehenge vorbei, wo Merlin im Vorübergehen den alten Göttern

Crom, Bel und den anderen, die Arthur nicht sehen konnte, einen Gruß zurief. Sie wirbelten über Wiltshire, hasteten an Dorset vorbei und durchmaßen Devon so rasch, wie ein Draht durch Käse schneidet. Die Ebenen, das gewellte Land, die Wälder, Moore und Hügelchen blieben zurück. Die schimmernden Flüsse huschten vorbei wie die Speichen eines sich drehenden Rades. In Cornwall hielten sie an; sie waren bei einem alten Grabhügel, der aussah wie ein riesiger Maulwurfhaufen und der an der Seite eine dunkle Öffnung hatte.

»Wir gehen hinein.«

»Ich bin hier schon einmal gewesen«, sagte der König und stand wie erstarrt.

»Ja.«

»Wann?«

»Wann meint Ihr?«

Er durchforschte behutsam sein Gedächtnis und spürte, daß die Erkenntnis in seinem Herzen war. Aber »Nein«, sagte er, »ich kann mich nicht erinnern.«

»Kommt und seht.«

Sie gingen durch labyrinthische Korridore, an Abzweigungen vorbei, die zu den Schlafzimmern führten, zu den Müllgruben, zu den Vorratsräumen und zu dem Ort, wo man sich die Hände waschen konnte. Schließlich blieb der König mit den Fingern auf der Türklinke am Ende eines Ganges stehen und verkündete: »Ich weiß, wo ich bin.«

Merlin beobachtete ihn.

»Es ist der Dachsbau, den ich als Kind aufgesucht habe.«

»Ja.«

»Merlin, Ihr seid ein Schurke! Ich habe Euch ein halbes Leben lang betrauert, weil ich dachte, Ihr wärt eingeschlossen wie eine Kröte in einem Loch, und die ganze Zeit habt Ihr im Kommunikationsraum gesessen und mit dem Dachs diskutiert!«

»Öffnet die Tür und seht.«

Er öffnete sie. Das war der Raum, an den er sich so gut erinnerte. Da waren die Porträts längst verstorbener Dachse, die sich als Gelehrte oder Geistliche einen Namen gemacht hatten; da waren die Glühwürmchen und die Fächer aus Mahagoniholz und die Schwenkplatte, mit deren Hilfe die Karaffen herumgereicht werden konnte. Da waren die mottenzerfressenen Gewänder und die Stühle mit den geprägten Ledersitzen. Aber, und das war das Beste, da waren seine frühesten Freunde – das absurde Komitee. Sie erhoben sich schüchtern zu seiner Begrüßung. Ihre einfachen Gefühle waren ziemlich durcheinander, teils, weil sie sich so sehr auf die Überraschung gefreut hatten, und teils, weil sie noch nie echten Königen begegnet waren – und deshalb fürchteten sie, er könnte verändert sein. Dennoch waren sie entschlossen, die Sache stilvoll zu tun. Sie hatten vereinbart, daß es wohl angemessen sei, aufzustehen und sich vielleicht zu verbeugen oder leicht zu lächeln. Es hatte ernsthafte Beratungen unter ihnen gegeben, ob er als »Eure Majestät« oder als »Sir« angesprochen werden sollte, ob es nötig sei, seine Hand zu küssen, ob er sich sehr verändert habe, und sogar, die armen Kerlchen, ob er sich überhaupt an sie erinnern würde.

Hier waren sie in einem Kreis ums Feuer versammelt: Dachs, der sich scheu auf die Füße stellte, während eine ganze Lawine von Manuskriptblättern aus seinem Schoß in den Kaminvorsetzer schoß; T. natrix, die sich entrollte und eine schwarze Zunge zeigte, mit der sie, falls nötig, die königliche Hand küssen wollte; Archimedes, der vor Vergnügen und Vorfreude auf und ab hüpfte, halb die Flügel ausbreitete und sie flattern ließ wie ein kleiner Vogel, der um Futter bittet; Balin, der zum ersten Mal in seinem Leben niedergeschlagen aussah, weil er fürchtete, er könne vergessen worden sein; Cavall, so gemartert von der Gewalt seiner Gefühle, daß er sich in der Ecke übergeben mußte; Ziege, die schon lange zuvor in einem hellsichtigen

Blitz den Kaisergruß entboten hatte; Igel, der treu und aufrecht ganz unten am Kreis stand, wo ihm die anderen seiner Flöhe wegen den Platz zugewiesen hatten, aber voller Patriotismus und Eifer, beachtet zu werden, falls das möglich war. Selbst der riesige ausgestopfte Hecht, der als Neuerwerbung über dem Kaminsims unter dem Gründer hing, schien ihn mit einem flehenden Blick zu betrachten.
»Oh, Leute!« rief der König.
Dann wurden alle ganz aufgeregt und scharrten mit den Füßen und sagten, er müsse bitte entschuldigen, daß ihr Heim so einfach sei, oder Willkommen, Eure Majestät, oder Wir wollten eine Fahne hissen, leider ist sie verloren gegangen, oder Sind Eure königlichen Füße naß? Oder Hier kommt der Herr, oder Oh, es ist so schön, Euch nach all den Jahren wiederzusehen! Der Igel salutierte steif und sagte »Herrsche, Britannien!«

Im nächsten Augenblick schüttelte ein verjüngter Arthur allen die Hände, küßte sie und klopfte ihnen auf den Rükken, bis Tränen in aller Augen standen.
»Wir wußten nicht ...« schnüffelte der Dachs.
»Wir fürchteten, Ihr hättet vergessen ...«
»Sagen wir Eure Majestät, oder sagen wir Sir?«
Er beantwortete die Frage vernünftig, so, wie es angemessen war. »Zu einem Kaiser sagt man Eure Majestät, aber zu einem gewöhnlichen König sagt man Sir.«
Von diesem Augenblick an war er für sie Wart, die Warze, ohne daß sie sich länger mit der Angelegenheit befaßten.
Als sich die Aufregung gelegt hatte, schloß Merlin die Tür und übernahm die Leitung.
»Also«, sagte er. »Wir haben viel zu erledigen und sehr wenig Zeit dafür. Bitte, König – hier ist ein Stuhl für Euch am Kopf der Runde, weil Ihr unser Führer seid, der die harte Arbeit tut und die Leiden erträgt. Und du, Wicht, bist als Ganymed an der Reihe, also hol schleunigst den

Madeirawein. Gib jedem einen großen Becher, dann werden wir mit der Konferenz beginnen.«

Igel brachte Arthur den ersten Becher und schenkte ihm mit großer Wichtigkeit und gebeugtem Knie ein, wobei er einen schmutzigen Daumen ins Glas hielt. Während er in der Runde weiterging, hatte der Wart von einst Muße, sich umzuschauen.

Der Kommunikationsraum hatte sich seit seinem letzten Besuch verändert, und die Veränderung war stark von der Persönlichkeit seines Lehrmeisters geprägt. Denn auf allen freien Stühlen und auf dem Boden und auf den Tischen lagen, an wichtigen Stellen aufgeschlagen, Tausende von Büchern aller Beschreibungen, jedes vergessen, seit es für weitere Hinweise weggelegt worden war, und alle von einer dünnen Staubschicht bedeckt. Da waren Thierry und Pinnow und Gibbon und Sigismondi und Duruy und Prescott und Parkman und Jusserand und d'Alton und Tacitus und Smith und Trevelyan und Herodot und Dean Millman und MacAllister und Geoffrey of Monmouth und Wells und Clausewitz und Giraldus Cambrensis – einschließlich der verlorengegangenen Bände über England und Schottland – und Tolstois *Krieg und Frieden* und die *Comic History of England* und das *Saxon Chronicle* und die *Four Masters.* Da waren de Beers *Vertebrate Zoology,* Elliott-Smiths *Essays on the Evolution of Man,* Eltringhams *Senses of Insects,* Brownes *Vulgar Errors,* Aldrovandus, Matthew Paris, ein Bestiarium von Physiologus, Frazer in der Gesamtausgabe und sogar *Zeus* von A. B. Cook. Da waren Enzyklopädien, Schaubilder von menschlichen und anderen Körpern, Nachschlagewerke wie Witherby über jede Vogel- und Tierart, Wörterbücher, Logarithmentafeln und alle Bände des *Dixtionary of National Biography.* An einer Wand hing ein Überblick in Merlins Schrift, der in parallelen Spalten eine Konkordanz der Geschichte menschlicher Rassen in den letzten zehntausend Jahren zeigte. Die Assyrer, Sumerer, Mongolen, Azteken undsoweiter waren jeweils in einer anderen Tinte eingetragen, und das Jahr A. D. oder v. Chr. war links von den Spalten in einer senkrechten Linie verzeichnet, so daß das Ganze wie ein Diagramm aussah. An einer anderen, noch interessanteren Wand hing eine richtige Kurve, die den Aufstieg und Untergang verschiedener Tierrassen in der letzten Milliarde Jahren zeigte. Wenn eine Rasse ausgelöscht war, traf ihre Linie auf die horizontale Asymptote und verschwand. Eine der letzten, die so verlief, war die des irischen Elches. Eine Karte, die zum Vergnügen angefertigt worden war, stellte die Position der örtlichen Vogelnester im vergangenen Frühjahr dar. In einer Zimmerecke fern vom Kamin war ein Arbeitstisch mit einem Mikroskop darauf, unter dessen Linse ein exquisites Tierpräparat lag, das Nervensystem einer Ameise. Auf demselben Tisch befanden sich, ebenfalls seziert, die Schädel von Menschen, Affen, Fischen und Wildgänsen, die das Verhältnis zwischen Neopallium und Corpus striatum zeigen sollten. In einer anderen Ecke war eine Art Laboratorium eingerichtet, und dort standen in unbeschreiblichem Durcheinander Retorten, Reagenzgläser, Zentrifugen, Bakterienkulturen, Becher und Flaschen mit Etiketten wie Schleim, Adrenalin, Möbelpolitur, Venticatchellums Currygewürz oder De Kuypers Gin. Die letztere Flasche trug auf dem Schildchen eine Bleistiftinschrift: Der Stand in dieser Flasche ist *markiert*. Schließlich gab es noch Fliegenschränke mit lebenden Spezimen von Fangheuschrecken, Wanderheuschrecken und anderen Insekten, während der übrige Boden mit dem Abfall von Merlins vorübergehenden Liebhabereien bedeckt war. Da fanden sich Krocketschläger, Stricknadeln, Malstifte, Werkzeuge für Linolschnitte, Drachen, Bumerangs, Klebstoff, Zigarrenschachteln, selbstgemachte Holzblasinstrumente, Kochbücher, eine Rassel, ein Teleskop, eine

Büchse Baumwachs und ein Korb mit der Aufschrift »Fortnum and Masons's« auf dem Boden.

Der alte König seufzte zufrieden und vergaß die wirkliche Welt.

»Jetzt, Dachs«, sagte Merlin, der von Bedeutung und Geschäftigkeit strotzte, »gib mir das Protokoll der letzten Sitzung.«

»Wir haben keines geschrieben. Wir hatten keine Tinte.«

»Macht nichts. Gib mir die Notizen über die Große viktorianische Hybris.«

»Die haben wir zum Feuermachen gebraucht.«

»Zum Teufel! Dann reich mir die *Prophezeiungen*.«

»Hier sind sie«, sagte der Dachs stolz und bückte sich, um die Papiermassen aufzuheben, die in den Kaminvorsetzer gefallen waren, als er sich zuerst erhoben hatte. »Ich habe sie extra bereitgelegt«, erklärte er.

Sie hatten jedoch Feuer gefangen, und als er sie ausgeblasen und dem Zauberer gereicht hatte, stellte man fest, daß alle Seiten halb verbrannt waren.

»Wirklich, das ist zu ärgerlich! Was hast du mit der ›Thesis über den Menschen‹ gemacht und mit der ›Dissertation betreffend die Macht‹?«

»Bis vor einem Augenblick hatte ich sie in der Hand.«

Und der arme Dachs, der Sekretär des Komitees sein sollte, aber kein guter war, fing an, kurzsichtig zwischen den Bumerangs zu suchen, wobei er sehr beschämt und besorgt aussah.

Archimedes sagte: »Vielleicht geht es leichter ohne Papiere, Meister, nur mit reden.«

Merlin schaute ihn böse an.

»Wir müssen es nur erklären«, schlug T. natrix vor.

Merlin warf ihr einen ebenso bösen Blick zu.

»Letzten Endes müssen wir es doch so machen«, sagte Balin, »in jedem Fall.«

Merlin gab die bösen Blicke auf und fing an zu schmollen.

Cavall, der heimlich nähergekommen war, stahl sich mit einem flehenden Gesichtsausdruck auf des Königs Schoß und ließ sich nicht vertreiben. Ziege starrte mit ihren Juwelenaugen ins Feuer. Dachs setzte sich schuldbewußt, und Igel, der korrekt mit gefalteten Händen fern von den anderen in seiner Ecke saß, übernahm unerwartet die Führung.

»Nu sach's schon«, sagte er.

Alle betrachteten ihn überrascht, aber er ließ sich nicht einschüchtern. Er wußte, warum keiner neben ihm sitzen wollte, aber ein Mann hat immerhin seine Rechte.

»Nu sach's schon«, wiederholte er.

Der König sagte: »Ich wäre sehr froh, wenn ihr mir etwas sagen würdet. Im Moment verstehe ich gar nichts, außer, daß ich hier hergebracht wurde, um ein paar Lücken in dieser außerordentlichen Erziehung zu füllen. Könntet ihr vom Anfang an erklären, worum es geht?«

»Das Dumme ist«, sagte Archimedes, »daß sich so schwer entscheiden läßt, was der Anfang ist.«

»Dann erzählt mir von dem Komitee. Warum seid ihr ein Komitee, und worüber beratet ihr?«

»Man könnte sagen, wir sind das Komitee zur Beratung der Macht im Menschen. Wir haben versucht, Euer Rätsel zu verstehen.«

»Es ist eine Königliche Kommission«, erklärte der Dachs stolz. »Man meinte, eine Auswahl von Tieren könnte in verschiedenen Bereichen beraten ...«

Hier konnte Merlin sich nicht länger zurückhalten. Selbst wenn er dafür das Schmollen aufgeben mußte, war es ihm unmöglich, sich zu bremsen, wenn es ums Reden ging.

»Gestattet«, sagte er. »Ich weiß genau, wo man anfangen muß, und jetzt werde ich es tun. Ruhe, bitte.

Mein lieber Wart«, fuhr er fort, nachdem der Igel Hörthört gesagt hatte und dann noch Ruhe-Ruhe, »ich muß Euch zunächst bitten, Eure Gedanken auf den Beginn

meiner Erziehung zurückzulenken. Erinnert Ihr Euch?«
»Es begann mit Tieren.«
»Richtig. Und seid Ihr je darauf gekommen, daß es nicht zum Spaß so war?«
»Nun, es war ein Spaß ...«
»Aber warum, fragen wir Euch, mit Tieren?«
»Vielleicht sagt Ihr es mir.«
Der Zauberer schlug die Beine übereinander, verschränkte die Arme und runzelte die Stirn vor Wichtigkeit.
»Es gibt zweihundertfünfzigtausend verschiedene Spezies von Tieren in dieser Welt«, sagte er, »die lebenden Pflanzen nicht mitgerechnet, und von diesen sind nicht weniger als zweitausendachthundertfünfzig Säugetiere wie der Mensch. Sie haben alle irgendeine Form von Politik – als mein alter Freund Aristoteles den Menschen als ein politisches Tier definierte, machte er seinen einzigen Fehler, damals, als er vom zóon politikón sprach –, und doch trottet der Mensch, dieses elende Nichts unter zweihundertneunundvierzigtausendneunhundertneunundneunzig anderen, sabbernd in seinem alten tragischen politischen Geleise, ohne je die Augen zu den viertelmillion Exemplaren zu heben, die ihn umgeben. Und das wird noch erstaunlicher, wenn man bedenkt, daß der Mensch ein Parvenu unter den anderen ist, die fast alle ihre Probleme auf die eine oder andere Art viele tausend Jahre vor seiner Erschaffung gelöst haben.«
Ein Murmeln der Bewunderung kam vom Komitee, und die Ringelnatter fügte freundlich hinzu: »Deshalb versuchte er, Euch eine Vorstellung von der Natur zu geben, König, weil man hoffte, daß Ihr um Euch schauen würdet, wenn Ihr mit dem Rätsel ringt.«
»Die Politik aller Tiere«, sagte der Dachs, »befaßt sich mit der Kontrolle der Macht.«
»Aber ich verstehe nicht ...« fing er an, ohne ausreden zu können.

»Natürlich versteht Ihr nicht«, sagte Merlin. »Ihr wolltet sagen, daß Tiere keine Politik haben. Bedenkt meinen Rat und überlegt Euch das nochmal.«
»Haben sie denn eine?«
»Natürlich haben sie politische Systeme, und sogar sehr wirksame. Manche Tiere sind Kommunisten oder Faschisten wie viele Ameisen; manche sind Anarchisten wie die Gänse. Es gibt Sozialisten wie bei manchen Bienenarten, und selbst unter den dreitausend Familien der Ameisen finden sich neben dem Faschismus auch andere ideologische Schattierungen. Nicht alle sind Sklavenhalter oder Krieger. Es gibt Besitzer von Bankguthaben wie das Eichhörnchen oder wie der Bär, der mit seinem Speck überwintert. Jedes Nest, jeder Bau, jeder Futterplatz ist eine Form individuellen Eigentums, und wie glaubt Ihr, daß die Krähen, Kaninchen, Elritzen und all die anderen geselligen Tiere es fertigbringen, zusammenzuleben, ohne sich mit den Fragen von Demokratie und Gewalt auseinandergesetzt zu haben?«
Offenbar waren alle auf das Thema gut eingespielt, denn bevor der König antworten konnte, unterbrach der Dachs:
»Ihr habt uns nie«, sagte er, »und Ihr werdet uns nie ein Beispiel für Kapitalismus in der Naturwelt nennen können.«
Merlin sah unglücklich drein.
»Und«, fügte der Dachs hinzu, »wenn Ihr uns kein Beispiel geben könnt, dann beweist das nur, daß Kapitalismus unnatürlich ist.« Der Dachs, das muß hier angemerkt werden, neigte zu einem sowjetrussischen Standpunkt. Er und die anderen Tiere hatten in den letzten Jahrhunderten mit dem Zauberer soviel diskutiert, daß sie sich inzwischen in höchst magischen Begriffen ausdrückten; sie sprachen von Bolschewisten und Nazis mit solcher Geläufigkeit, als handle es sich um nicht viel mehr als die Lollar-

den und die Schläger der zeitgenössischen Geschichte. Merlin, der ein unerschütterlicher Konservativer war – und das war recht progressiv von ihm, wenn man bedenkt, daß er rückwärts lebte –, verteidigte sich schwach. »Parasitismus«, sagte er, »hat in der Natur eine alte und anerkannte Tradition, vom Kuckuck bis zum Floh.«

»Wir reden nicht von Parasitismus. Wir reden vom Kapitalismus, der exakt definiert worden ist. Könnt Ihr mir, vom Menschen abgesehen, ein einziges Beispiel einer Spezies nennen, deren Individuen den Arbeitsnutzen von Individuen derselben Spezies ausbeuten? Selbst Flöhe beuten nicht andere Flöhe aus.«

Merlin sagte: »Es gibt gewisse Affen, die in der Gefangenschaft von ihren Wärtern scharf beobachtet werden müssen. Geschieht das nicht, dann enthalten die dominanten Individuen ihren Artgenossen die Nahrung vor, sie zwingen sie sogar, diese wieder zu erbrechen, und die Kameraden verhungern.«

»Das klingt nach einem wackeligen Beispiel.«

Merlin faltete die Hände und sah unglücklicher denn je aus. Endlich schraubte er seinen Mut bis zum höchstmöglichen Punkt, holte tief Luft und stellte sich der Wahrheit. »Es ist ein wackeliges Beispiel«, sagte er. »Es ist mir unmöglich, ein Beispiel für echten Kapitalismus in der Natur zu nennen.«

Kaum hatte er das gesagt, fuhren seine Hände auseinander wie der Blitz, und die Faust der einen schlug in die Handfläche der anderen.

»Ich hab's!« rief er. »Ich wußte, daß ich mit dem Kapitalismus recht hatte. Wir sehen das Problem falsch.«

»Das tun wir gewöhnlich.«

»Die Hauptspezialisierung einer Spezies ist für andere Spezies fast immer unnatürlich. Daß es in der Natur keine Beispiele von Kapital gibt, bedeutet nicht, daß Kapital für den Menschen unnatürlich im Sinn von falsch sei. Genauso könnte man sagen, es sei falsch für eine Giraffe, Baumwipfel zu fressen, weil keine andere Antilopenart so lange Hälse hat, oder es sei für die erste Amphibie falsch gewesen, aus dem Wasser zu kriechen, weil es damals keine anderen Beispiele von Amphibien gab. Der Kapitalismus ist die Spezialität der Menschen, genau wie sein Großhirn. Es gibt in der Natur keine anderen Beispiele eines Lebewesens mit einem Großhirn, wie der Mensch es hat. Das heißt nicht, es sei unnatürlich für den Menschen, ein Großhirn zu haben. Im Gegenteil, es bedeutet, er muß es nutzen.

Das gleiche gilt für den Kapitalismus. Er ist, wie das Gehirn, eine Spezialität, ein Juwel in der Krone! Gerade fällt mir ein, daß sich der Kapitalismus möglicherweise aus dem Besitz eines entwickelten Großhirns ergibt. Warum sollte sonst unser einziger weiterer Nachweis für den Kapitalismus – die Affen, die ich erwähnt habe – unter den Anthropoiden zu finden sein, deren Gehirn dem des Menschen ähnelt? Ja, ja, ich habe gewußt, daß ich recht damit hatte, die ganze Zeit ein kleiner Kapitalist zu sein. Ich wußte, daß es einen sinnvollen Grund dafür gab, warum die Russen meiner Jugend ihre Ideen modifizieren sollten. Die Tatsache, daß etwas einmalig ist, bedeutet nicht, daß es falsch ist; im Gegenteil, sie zeigt, daß es richtig ist. Richtig für den Menschen natürlich, nicht für die anderen Tiere. Es bedeutet ...«

»Ist Euch klar«, fragte Archimedes, »daß Eure Zuhörer seit einigen Minuten kein Wort von dem verstehen, was Ihr sagt?«

Merlin hielt abrupt inne und schaute seinen Schüler an, der dem Gespräch vor allem mit den Augen gefolgt war und von einem Gesicht zum anderen geblickt hatte.

»Es tut mir leid.«

Der König sprach gedankenverloren, fast als rede er mit sich selbst.

»Bin ich dumm gewesen?« fragte er langsam, »dumm, weil ich nicht auf die Tiere geachtet habe?«
»Dumm!« rief der Magier und war wieder ganz obenauf, denn er war höchst entzückt über seinen Einfall mit dem Kapital. »Hier ist endlich ein Krümel Wahrheit auf menschlichen Lippen! *Nunc dimittis!*«*
Und unverzüglich sprang er auf sein Steckenpferd und galoppierte in alle Richtungen davon.
»Die Dreistigkeit der menschlichen Rasse«, rief er, »haut einen um. Beginnt mit dem undenkbaren Universum; konzentriert Euch auf die winzige Sonne darin; geht weiter zu dem Satelliten der Sonne, den wir die Erde zu nennen belieben; werft einen Blick auf die Myriaden von Algen oder wie man die Dinger im Meer nennt, und auf die unendlich vielen Mikroben, die uns bevölkern. Überseht nicht die Viertelmillion anderer Spezies, die ich erwähnt habe, und die unnennbaren Zeiträume, die sie durchlebten. Dann betrachtet den Menschen, einen Emporkömmling, dessen Augen kaum weiter offen sind als die eines jungen Hundes, um es vom Standpunkt der Natur auszudrücken. Da ist er, der – die Vogelscheuche –« Er wurde so aufgeregt, daß er sich keine passenden Bezeichnungen mehr ausdenken konnte. »Da ist er, tituliert sich *Homo sapiens,* fürwahr, ernennt sich zum Herrn der Schöpfung wie dieser Dummkopf Napoleon, der sich selbst die Krone aufsetzte! Da ist er, herablassend gegenüber den anderen Tieren, sogar herablassend, Gott sei meiner Seele und meinem Körper gnädig, gegenüber seinen Vorfahren! Das ist die Große Viktorianische Hybris, die erstaunliche, unsägliche Anmaßung des neunzehnten Jahrhunderts. Schaut Euch diese historischen Romane von Scott an, in

* Wörtlich »nun lässest du fahren« oder »nun entläßt du« nach dem Lobgesang des Simeon, Lukas 2,29. Das Zitat wird allgemein gebraucht im Sinn von »jetzt habe ich alles gesehen; ich kann zufrieden sterben«.

denen die Menschen selbst, weil sie vor zweihundert Jahren lebten, reden müssen wie nachgemachte Bettwärmer! Der Mensch, der stolze Mensch, steht im zwanzigsten Jahrhundert da und glaubt selbstgefällig, die Rasse habe sich im Laufe von elenden tausend Jahren entwickelt, während er gerade dabei ist, seine Brüder in Stücke zu zerfetzen. Wann werden sie lernen, daß es eine Million Jahre dauert, bis ein Vogel eine einzige Schwungfeder verändert hat? Da steht er, der blindwütige Tolpatsch, und tut, als sei alles anders geworden, weil er einen Verbrennungsmotor gebastelt hat. Da steht er, seit Darwin, weil er gehört hat, daß es so etwas wie eine Evolution gibt. Ungeachtet der Tatsache, daß die Evolution in Millionen-Jahren-Zyklen geschieht, glaubt er, er habe sich seit dem Mittelalter entwickelt. Vielleicht hat sich der Verbrennungsmotor entwickelt, aber nicht er. Schaut ihn an, wie er sich über seine eigenen Ahnen lustig macht, ganz zu schweigen von anderen Säugetierarten, in diesem unerträglichen Buch *Ein Yankee aus Connecticut an König Artus' Hof.* Das ist vielleicht eine fiese, finstere Frechheit! Und Gott nach seinem Bild zu schaffen! Glaubt mir, die sogenannten Primitiven, die Tiere als Götter verehrten, waren nicht so einfältig, wie die Leute uns glauben machen wollen. Zumindest waren sie demütig. Warum sollte Gott nicht als Regenwurm auf die Erde gekommen sein? Es gibt sehr viel mehr Würmer als Menschen, und sie tun sehr viel mehr Gutes. Denn worum geht es letzten Endes? Wo ist diese prächtige Überlegenheit, die das zwanzigste Jahrhundert dem Mittelalter überlegen macht und das Mittelalter den Primitiven und den Tieren des Feldes überlegen macht? Gelingt es dem Menschen so besonders gut, seine Macht und seine Grausamkeit und seinen Besitz zu beherrschen? Was tut er denn? Er massakriert die Angehörigen seiner eigenen Spezies wie ein Kannibale! Wißt Ihr, daß man ausgerechnet hat, daß zwischen 1100 und 1900 die Engländer vierhundertneunzehn Jahre Krieg geführt haben und die Franzosen dreihundertdreiundsiebzig? Kennt Ihr die Statistik von Lapouge, nach der in jedem Jahrhundert neunzehn Millionen Menschen in Europa getötet werden und das vergossene Blut einen Springbrunnen versorgen könnte, der seit Beginn der Geschichte siebenhundert Liter Blut in der Stunde versprüht? Und laßt mich Euch noch etwas sagen, lieber Herr. Der Krieg ist in der Natur – vom Menschen abgesehen – eine solche Rarität, daß er kaum vorkommt. Unter all jenen zweihundertfünfzigtausend Spezies sind nur etwa ein Dutzend, die Kriege führen. Wenn die Natur sich je die Mühe machen sollte, den Menschen zu betrachten, diese kleine Scheußlichkeit, dann würde sie vor Schreck den Verstand verlieren.

Und endlich«, schloß der Magier in einem Singsang, »ganz abgesehen von seiner Moral – ist das widerliche Wesen denn auch nur im physischen Sinn wichtig? Würden die Veränderungen, die er auf der Erdoberfläche bewirkt hat, die neutrale Natur zwingen, ihn mehr zu beachten als die grüne Blattlaus oder das Korallentier?«

4

Der König, leicht betäubt von dieser schwungvollen Rede, sagte höflich: »Bestimmt würden sie das. Bestimmt sind wir doch wichtig durch das, was wir getan haben?«
»Inwiefern?« fragte sein Lehrmeister heftig.
»Nun, ich muß doch sagen – betrachtet die Gebäude, die wir auf der Erde errichtet haben, die Städte, die fruchtbaren Felder ...«
»Das große Wallriff«, bemerkte Archimedes und schaute dabei zur Decke, »ist eine Konstruktion von tausend Meilen Länge, und es wurde ausschließlich von Insekten gebaut.«
»Aber das ist nur ein Riff ...«
Merlin schleuderte mit gewohnter Leidenschaft seinen Hut auf den Boden. »Könnt Ihr nie lernen, sachlich zu denken?« fragte er. »Das Korallentier könnte Euch mit dem gleichen Recht antworten, daß London nur eine Stadt sei.«
»Und dennoch, wenn man alle Städte der Welt aneinanderlegen würde ...«
Archimedes sagte: »Wenn Ihr anfangt, alle Städte der Welt aufzuzählen, werde ich alle Koralleninseln und Atolle auf-

führen. Dann werden wir sie sorgsam gegeneinander abwägen, und dann werden wir sehen, was wir sehen werden.«

»Gut, vielleicht sind Korallentiere wichtiger als Menschen, aber das ist nur eine Spezies ...«

Ziege sagte listig: »Das Komitee hatte irgendwo eine Notiz über den Biber, glaube ich, in der es hieß, daß er ganze Meere und Kontinente gemacht habe ...«

»Von den Vögeln«, fing Balin mit übertriebener Gleichgültigkeit an, »heißt es, daß sie durch die Baumsamen in ihren Exkrementen so große Wälder angelegt haben ...«

»Un' die Kaninchen«, unterbrach der Wicht, »die wo beinah' Australien entbevölkert habn ...«

»Die Foraminiferen, aus deren Leichen die ›weißen Klippen von Dover‹ eigentlich bestehen ...«

»Die Wanderheuschrecken ...«

Merlin hob die Hand.

»Berichtet ihm vom gemeinen Regenwurm«, sagte er majestätisch. Und die Tiere sagten im Chor auf: »Der Naturforscher Darwin hat darauf hingewiesen, daß es auf jedem Morgen Land etwa 25000 Regenwürmer gibt, daß sie allein in England jährlich 320000000 Tonnen Erde bewegen und daß sie in fast jeder Region der Welt vorkommen. In dreißig Jahren werden sie die gesamte Erdoberfläche bis zu einer Tiefe von 17,78 cm verändert haben. ›Ohne Würmer‹, sagt der unsterbliche Gilbert White, ›wäre die Erde bald kalt, verhärtet, ohne Gärung und folglich steril.‹«

5

»MIR SCHEINT«, SAGTE DER König glücklich, denn diese übergeordneten Angelegenheiten schienen ihn weit von Mordred und Lanzelot zu entfernen, von dem Ort, wo, wie es in *König Lear* heißt, die Menschheit auf sich selber Jagd macht wie Ungeheuer der Tiefe, in die friedliche Welt, wo die Leute dachten und redeten und einander liebten ohne das Elend des Tuns, »mir scheint, wenn ihr recht habt, könnte es meinen Mitmenschen nicht schaden, einen Dämpfer aufgesetzt zu bekommen. Wenn man ihnen beibringen könnte, sich selbst zur Abwechslung als eine weitere Spezies der Säugetiere zu betrachten, würde sich diese Neuheit vielleicht stärkend auf sie auswirken. Erzählt mir, denn sicher habt ihr darüber beraten, zu welchen Folgerungen das Komitee im Hinblick auf das menschliche Tier gekommen ist.«

»Wir hatten Schwierigkeiten wegen des Namens.«

»Welchen Namens?«

»Homo sapiens«, erklärte die Ringelnatter. »Offensichtlich war *sapiens* als Adjektiv ungeeignet, doch die Schwierigkeit bestand darin, ein anderes zu finden.«

Archimedes sagte: »Erinnert Ihr Euch, wie Merlin Euch

einst erklärt hat, warum der Buchfink *coelebs* genannt wird? Ein gutes Adjektiv für eine Spezies muß so auf eine ihrer Besonderheiten hinweisen.«

»Der erste Vorschlag«, sagte Merlin, »war natürlich *ferox*, da der Mensch das grausamste aller Tiere ist.«

»Seltsam, daß Ihr *ferox* erwähnt. Gerade an dieses Wort habe ich vor einer Stunde gedacht. Doch natürlich übertreibt Ihr, wenn Ihr sagt, er sei grausamer als ein Tiger.«

»Wirklich?«

»Ich habe immer festgestellt, daß Menschen im allgemeinen nett und anständig waren ...«

Merlin nahm seine Brille ab, seufzte tief, putzte sie, setzte sie wieder auf und musterte seinen Schüler neugierig, als würden ihm im nächsten Augenblick lange, weiche, pelzige Ohren wachsen.

»Versucht, Euch an Euren letzten Spaziergang zu erinnern«, schlug er nachsichtig vor.

»Spaziergang?«

»Ja, an einen Spaziergang auf englischen Feldwegen. Hier kommt *Homo sapiens* und erfreut sich an der Abendkühle. Stellt Euch die Szene vor. Hier singt eine Amsel im Busch. Verstummt sie und fliegt mit einem Fluch davon? Keineswegs. Sie singt noch lauter und setzt sich auf seine Schulter. Hier mümmelt ein Hase im kurzen Gras. Flieht er entsetzt in sein Nest? Nicht im geringsten. Er hoppelt auf den Menschen zu. Hier sind die Feldmaus, die Ringelnatter, der Fuchs, der Igel, der Dachs. Verbergen sie sich, oder nehmen sie seine Gegenwart hin?

Warum«, rief der Alte plötzlich und glühte vor einem seltsamen, alttestamentarischen Zorn, »gibt es nicht ein bescheidenes Tier in England, das nicht vor dem Schatten des Menschen flieht wie die armen Seelen aus dem Fegfeuer! Kein Säugetier, kein Fisch, kein Vogel. Dehnt Euren Spaziergang aus, so daß er Euch an einem Flußufer vorbeiführt, und selbst der Fisch wird davonflitzen. Es gehört schon etwas dazu, glaubt mir, in allen Elementen, die es gibt, gefürchtet zu werden.

Und glaubt nicht«, fügte er rasch hinzu und legte seine Hand auf Arthurs Knie, »glaubt nicht, daß sie voreinander fliehen würden. Wenn ein Fuchs des Wegs käme, würde vielleicht der Hase davonlaufen; doch der Vogel im Baum und die anderen ließen sich nicht stören. Wenn ein Falke vorbeiflöge, würde sich vielleicht die Amsel verbergen; doch der Fuchs und die anderen hätten nichts gegen seine Ankunft. Nur der Mensch, nur das eifrige Mitglied der Gesellschaft zur Erfindung der Grausamkeit gegenüber Tieren, nur er wird von jedem Lebewesen gefürchtet.«

»Aber diese Tiere sind nicht eigentlich wild. Ein Tiger zum Beispiel ...«

Wieder brachte Merlin ihn mit einer Handbewegung zum Schweigen. »Verlegt den Spaziergang ins dunkelste Indien«, sagte er, »wenn Ihr wollt. Da ist kein Tiger, keine Kobra, kein Elephant im afrikanischen Dschungel, der vor dem Menschen nicht fliehen würde. Ein paar Tiger, die vor Zahnschmerzen wahnsinnig sind, greifen ihn vielleicht an, und wenn die Kobra genug gequält worden ist, kämpft sie zur Selbstverteidigung. Doch wenn ein normaler Mensch einen normalen Tiger auf einem Dschungelpfad trifft, dann ist es der Tiger, der ausweicht. Die einzigen Tiere, die vor dem Menschen nicht davonlaufen, sind jene, die ihn nie gesehen haben, die Robben, Pinguine, Dodos oder Wale der arktischen Meere, und die werden folglich sofort bis an die Grenze der Ausrottung reduziert. Selbst die wenigen Kreaturen, die den Menschen als Beutetier betrachten, die Mücke und der schmarotzende Floh – selbst sie ängstigen sich vor ihrem Wirt und hüten sich davor, ihm zwischen die Finger zu geraten.

Homo ferox«, fuhr Merlin fort und schüttelte den Kopf, »diese Seltenheit in der Natur, ein Tier, das zum Vergnügen tötet! Jedes Tier in diesem Raum verschmäht das Töten, es sei denn, es ginge um eine Mahlzeit. Der Mensch neigt dazu, über den Würger entrüstet zu sein, der sich einen kleinen Vorrat an Schnecken und ähnlichem auf Dornen spießt; doch seine eigene gut bestückte Vorratskammer ist von Herden bezaubernder Wesen umgeben wie dem verträumten Rind und dem Schaf mit seinem intelligenten und empfindsamen Gesicht. Sie werden nur gehalten, um kurz vor ihrer Reife geschlachtet und von ihrem fleischfressenden Hirten verschlungen zu werden, dessen Zähne noch nicht einmal die eines Fleischfressers sind. Ihr solltet Lambs Brief an Southey lesen über das Backen lebender Maulwürfe und die Jagd auf Junikäfer und Katzen in Blasen und das Kräuseln von Rochen und über Angler, diese ›schwächlichen Auslöser unerträglicher Schmerzen‹. *Homo ferox,* der Erfinder der Grausamkeit gegenüber Tieren, der Fasane unter ungeheuren Kosten züchtet um des Vergnügens willen, sie zu töten; der sich die Mühe macht, andere Tiere aufs Töten zu dressieren; der lebende Ratten verbrennt, wie ich es in Eriu gesehen habe, damit ihre Schreie die Nagetiere der Gegend einschüchtern; der gewaltsam die Leber von Hausgänsen degeneriert, um einen Leckerbissen zu gewinnen; der den Rindern die Hörner absägt, um ihren Transport zu erleichtern; der Goldfinken mit Nadeln blendet, um sie zum Singen zu bringen; der Hummer und Krabben lebend kocht, obwohl er ihre pfeifenden Schreie hört; der sich im Krieg gegen seine eigene Spezies wendet und in jedem Jahrhundert neunzehn Millionen tötet; der öffentlich seine Mitmenschen ermordet, wenn er sie zu Verbrechern erklärt hat; und der eine Methode erfunden hat, seine eigenen Kinder mit einem Stock zu quälen oder sie in Schulen genannte Konzentrationslager zu schicken, wo die Folter von Stellvertretern angewandt werden kann ... Ja, Eure Frage ist berechtigt, ob der Mensch korrekterweise als *ferox* bezeichnet werden kann, denn gewiß sollte das Wort, das eigentlich wildes

Leben unter anständigen Tieren meint, nie auf ein solches Wesen angewandt werden.«

»Du meine Güte«, sagte der König. »Ihr scheint zu übertreiben.«

Doch der alte Magier ließ sich nicht besänftigen.

»Der Grund«, sagte er, »für unsere Zweifel gegenüber dem Gebrauch von *ferox* war, daß Archimedes *stultus* als passender vorschlug.«

»*Stultus?* Ich dachte, wir seien intelligent?«

»In einem der unglückseligen Kriege, die ich als jüngerer Mann erlebte«, sagte der Magier und holte tief Luft, »wurde es als notwendig erachtet, an das Volk von England gedruckte Karten auszugeben, die einen Anspruch auf Nahrung bedeuteten. Diese Karten mußten mit der Hand ausgefüllt werden, bevor die Nahrung gekauft werden konnte. Jedes Individuum mußte auf einen Teil der Karte eine Nummer schreiben, auf einen anderen Teil seinen Namen und auf einen dritten den Namen des Nahrungsgebers. Es mußte diese drei intellektuellen Aufgaben erfüllen – eine Nummer und zwei Namen –, sonst bekam es keine Nahrung und konnte nur verhungern. Sein Leben hing von dieser Handlung ab. Soweit ich mich erinnere, wurde letzten Endes festgestellt, daß zwei Drittel der Bevölkerung unfähig waren, diese Aufgabe fehlerlos auszuführen. Und diesen Menschen werden, wie uns die katholische Kirche sagt, unsterbliche Seelen anvertraut!«

»Seid Ihr Euch der Tatsachen sicher?« fragte der Dachs zweifelnd. Der alte Mann hatte den Anstand zu erröten.

»Ich habe sie nicht aufgeschrieben«, sagte er, »aber sie stimmen, wenn nicht in den Einzelheiten, so doch im wesentlichen. Ich erinnere mich zum Beispiel deutlich, daß im selben Krieg eine Frau in einer Schlange um Vogelfutter anstand, die auf Befragung zugab, gar keine Vögel zu besitzen.«

Arthur widersprach.

»Das beweist nicht viel, selbst wenn sie unfähig waren, ihre drei Dinge richtig zu schreiben. Hätten sie zu den anderen Tieren gehört, dann hätten sie überhaupt nicht schreiben können.«

»Die kurze Antwort darauf ist«, entgegnete der Philosoph, »daß kein einziger Mensch mit seiner Nase ein Loch in eine Eichel bohren kann.«

»Das verstehe ich nicht.«

»Nun, das Insekt, das *Balaninus elephas* genannt wird, kann Eicheln auf diese Weise anbohren, aber es kann nicht schreiben. Der Mensch kann schreiben, aber er kann keine Eicheln aufbohren. Das sind ihre eigenen Spezialisierungen. Der wichtige Unterschied ist jedoch, daß *Balaninus* seine Löcher mit größter Tüchtigkeit bohrt, während der Mensch, wie ich erklärt habe, beim Schreiben überhaupt nicht tüchtig ist. Deshalb behaupte ich, daß, Spezies um Spezies betrachtet, der Mensch untüchtiger ist, mehr *stultus,* als die anderen Tiere. Tatsächlich würde kein aufmerksamer Beobachter das Gegenteil erwarten. Der Mensch befindet sich erst seit so kurzer Zeit auf unserer Erdkugel, daß man von ihm kaum erwarten kann, viel gemeistert zu haben.«

Der König stellte fest, daß er allmählich deprimiert wurde.

»Sind Euch viele andere Namen eingefallen?« fragte er.

»Es gab einen dritten Vorschlag vom Dachs.«

Bei dieser Feststellung scharrte der glückliche Dachs mit den Füßen vor Zufriedenheit, schielte über den Rand seiner Brille auf die Gesellschaft und betrachtete prüfend seine langen Nägel. *»Impoliticus«,* sagte Merlin. *»Homo impoliticus.* Ihr erinnert Euch, daß Aristoteles uns als politische Tiere definierte. Dachs hat vorgeschlagen, das nachzuprüfen, und nachdem wir die menschliche Politik untersucht hatten, schien *impoliticus* das einzig passende Wort zu sein.«

»Fahrt fort, wenn Ihr müßt.«

»Wir stellten fest, daß *Homo ferox* politische Vorstellungen von zweierlei Art hat: Probleme könnten entweder durch Gewalt gelöst werden oder durch Argumente. Die Ameisen-Menschen der Zukunft, die an Gewalt glauben, sind der Ansicht, man bestimmt, ob zwei mal zwei vier ist, indem man alle niederschlägt, die widersprechen. Die Demokraten, die an das Argument glauben müssen, gestehen allen Menschen eine Meinung zu, weil alle gleich geboren seien – ›Ich bin so gut wie alle anderen‹ ist die erste instinktive Äußerung des Menschen, der das nicht ist.«

»Wenn man sich weder auf Gewalt noch auf das Argument verlassen kann«, sagte der König, »weiß ich nicht, was man tun soll.«

»Weder Gewalt noch Argument noch Meinung«, sagte Merlin mit größter Aufrichtigkeit, »sind mit dem *Denken* gleichzusetzen. Das Argument ist lediglich eine Entfaltung geistiger Gewalt, da wird mit Beweisgründen gefochten, um einen Sieg zu erreichen und nicht die Wahrheit. Meinungen sind die Sackgassen fauler oder dummer Menschen, die nicht denken können. Wenn je ein echter Politiker ein Thema wirklich leidenschaftslos durchdenkt, ist sogar *Homo stultus* gezwungen, seine Ergebnisse letzten Endes anzuerkennen. Die Meinung ist der Wahrheit nie gewachsen. Gegenwärtig gibt sich *Homo impoliticus* allerdings damit zufrieden, entweder mit Meinungen zu argumentieren oder mit seinen Fäusten zu kämpfen, statt auf die Wahrheit in seinem Kopf zu warten. Es wird noch eine Million Jahre dauern, bevor man die Masse der Menschen als politische Tiere bezeichnen kann.«

»Was sind wir dann zur Zeit?«

»Nach unseren Feststellungen setzen sich zur Zeit je hundert Vertreter der menschlichen Rasse politisch aus einem Weisen, neun Schurken und neunzig Toren zusammen. Das sind die Feststellungen eines optimistischen Beobachters. Die neun Schurken versammeln sich unter dem Banner des

Schurkischsten und werden ›Politiker‹; der Weise macht nicht mit, weil er weiß, daß er eine hoffnungslose Minderheit ist, und widmet sich der Poesie, der Mathematik oder der Philosophie; die neunzig Toren trotten derweil hinter den Fahnen der neun Schurken je nach Neigung in die Labyrinthe des Betrugs, der Bosheit und der Kriege. Sancho Panza hat festgestellt, es sei angenehm, auch nur eine Schafherde zu kommandieren, und deshalb erheben die Politiker ihre Banner. Darüber hinaus ist es für die Schafe gleichgültig, was auf dem Banner steht. Ist es Demokratie, dann werden die neun Schurken Abgeordnete; ist es Faschismus, werden sie Parteiführer; ist es Kommunismus, werden sie Kommissare. Nichts ist anders außer den Namen. Die Toren sind immer noch Toren, die Schurken immer noch Führer, das Ergebnis ist immer noch Ausbeutung. Was den Weisen angeht, so ist sein Los unter jeder Ideologie so ziemlich das gleiche. In der Demokratie wird man ihn ermuntern, in einer Dachkammer zu verhungern, im Faschismus steckt man ihn in ein Konzentrationslager, im Kommunismus wird er liquidiert. Das ist eine optimistische, aber insgesamt wissenschaftliche Feststellung über die Gepflogenheiten des *Homo impoliticus.*«

Der König sagte finster: »Nun, es tut mir leid. Ich glaube, ich gehe besser und ertränke mich. Ich bin dreist, unbedeutend, grausam, dumm und unpolitisch. Da lohnt es sich kaum, weiterzumachen.«

Doch das schien die Tiere sehr aus der Fassung zu bringen. Sie erhoben sich wie ein Mann, stellten sich um ihn, fächelten ihm Kühlung und boten ihm etwas zu trinken an.

»Nein«, sagten sie. »Wirklich, wir wollten nicht unhöflich sein. Ehrlich, wir wollten helfen. Nehmt es doch nicht so schwer. Wir sind überzeugt, daß es viele Menschen gibt, die *sapiens* sind und kein bißchen grausam. Wir wollten Euch mit diesen Informationen eine Art Basis geben, auf der es später leichter wäre, das Rätsel zu lösen. Kommt,

trinkt ein Glas Madeira und denkt nicht mehr daran. Wirklich, wir halten den Menschen für das herrlichste Geschöpf überhaupt, für das Beste, was es gibt.«
Und sie wandten sich erzürnt an Merlin und sagten: »Jetzt seht nur, was Ihr angerichtet habt! Das kommt von Eurem Gequassel und Geschwätz! Der arme König ist ganz unglücklich, und alles nur, weil Ihr Euch wichtig macht und übertreibt und schwafelt wie ein Einfaltspinsel!«
Merlin entgegnete nur: »Selbst die griechische Definition *anthropos,* Der, welcher aufschaut, ist unrichtig. Nach der Adoleszenz schaut der Mensch nur selten höher, als er selber ist.«

6

DER NEUE ARTHUR, DER geölte Riegel, wurde so lange gehätschelt, bis er wieder guter Laune war; doch sofort beging er den Fehler, die Diskussion um das Thema erneut zu eröffnen.

»Sicher«, sagte er, »sind doch die freundlichen Neigungen der Menschen, ihre Liebe und ihr Heldentum und ihre Geduld anerkennenswert?«

Sein Lehrmeister war durch die Schelte, die er bekommen hatte, nicht aus der Fassung gebracht worden. Erfreut nahm er die Herausforderung an.

»Glaubt Ihr etwa«, fragte er, »daß die anderen Tiere keine Liebe oder Heldentum oder Geduld kennen – oder, was wichtiger ist, keine kooperative Zuneigung? Das Liebesleben der Raben, das Heldentum der Wiesel, die Geduld kleiner Vögel, die einen Kuckuck aufziehen, die kooperative Liebe der Bienen – alle diese Dinge zeigen sich wesentlich vollkommener in der übrigen Natur als beim Menschen.«

»Aber sicher«, fragte der König, »hat der Mensch doch irgendeinen anerkennenswerten Zug?«

Darauf hin gab der Magier nach.

»Ich neige zu der Annahme«, sagte er, »daß es vielleicht einen gibt. Und ich erwähne ihn, so unbedeutend und kindlich er auch scheinen mag, trotz der gelehrten Abhandlungen dieses Burschen Chalmer-Mitchell. Ich meine die Beziehung des Menschen zu seinen Haustieren. In manchen Haushalten gibt es Hunde, die weder zum Jagen noch zum Bewachen taugen, und Katzen, die sich weigern, Mäuse zu fangen; dennoch werden sie von ihren menschlichen Gefährten trotz ihrer Nutzlosigkeit und der Mühe, die sie machen, mit einer Art nachsichtiger Zuneigung behandelt. Ich kann nicht umhin, jede Handlung der Liebe, die platonisch ist und nicht im Austausch für andere Annehmlichkeiten geschieht, bemerkenswert zu finden. Einst kannte ich einen Esel, der mit einem Pferd gleichen Geschlechts auf einer Wiese lebte. Sie hingen sehr aneinander, obwohl offensichtlich keiner dem anderen einen materiellen Nutzen bieten konnte. In gewissen Fällen besteht diese Beziehung, so kommt es mir vor, in einem beachtlichen Ausmaß zwischen *Homo ferox* und seinen Hunden. Doch sie besteht auch bei den Ameisen, also brauchen wir ihr nicht zuviel Bedeutung zuzumessen.«
Ziege bemerkte hinterhältig: »Parasiten.«
Darauf sprang Cavall vom Schoß seines Herrn, und er und der neue König gingen steifbeinig zu der Ziege hinüber. Cavall benutzte zum ersten und zum letzten Mal in seinem langen Leben im Gleichklang mit seinem Herrn die menschliche Sprache. Seine Stimme hörte sich an wie die eines Teutonen, der durch einen Schalltrichter spricht. »Hast du Parasiten gesagt?« fragten sie. »Sag das bloß noch einmal, und wir hauen dich auf den Kopf.«
Die Ziege betrachtete sie belustigt und liebevoll, doch sie wollte keinen Streit.
»Wenn Ihr mich auf den Kopf haut«, sagte sie, »bekommt Ihr blutige Knöchel. Außerdem nehme ich es zurück.«
Sie setzten sich wieder, und der König gratulierte sich ins-

geheim dazu, jedenfalls doch etwas Gutes in seinem Herzen zu haben. Cavall dachte offenbar das gleiche, denn er leckte ihm die Nase.

»Ich kann nicht verstehen«, sagte Arthur, »warum Ihr Euch die Mühe macht, über den Menschen und seine Probleme nachzudenken und zu beraten, wenn das einzig Anständige an ihm die Art ist, wie er mit ein paar Haustieren umgeht. Warum überlaßt Ihr ihn nicht einfach seinem Schicksal, sich selbst auszurotten?«

Das war ein neues Problem für das Komitee. Schweigend dachten sie darüber nach, hielten die Mahagonifächer zwischen ihre Gesichter und das Kaminfeuer und betrachteten die Spiegelung der Flammen im rauchigen Braun des Madeira.

»Weil wir Euch lieben, König, Euch selbst«, sagte Archimedes schließlich.

Das war das schönste Kompliment, das er je bekommen hatte.

»Weil das Geschöpf jung ist«, sagte die Ziege. »Jungen und hilflosen Geschöpfen will man instinktiv beistehen.«

»Weil Helfen sowieso was Gutes ist«, sagte T. natrix.

»Es ist etwas Wichtiges an der Menschheit«, sagte Balin. »Im Moment kann ich es nicht beschreiben.«

Merlin sagte: »Weil man sich gern in die Dinge einmischt, mit den Möglichkeiten spielt.«

Der Igel nannte den besten Grund, und der lautete einfach: »Warum nich?«

Dann schwiegen sie und schauten sinnend in die knisternden Flammen.

»Vielleicht habe ich ein düsteres Bild von den Menschen gemalt«, sagte Merlin zweifelnd, »nicht sehr düster, aber es hätte ein wenig freundlicher sein können. Ich wollte, daß Ihr versteht, warum man auf die Tiere achten soll. Ich wollte nicht, daß Ihr denkt, der Mensch sei darüber erhaben. Im Lauf einer langen Erfahrung mit der menschlichen

Rasse habe ich gelernt, daß sie nur verstehen, was man ihnen unter die Nase reibt.«
»Ihr wollt, daß ich etwas erkenne, indem ich von den Tieren lerne.«
»Ja. Endlich kommen wir zum Zweck Eures Besuchs. Zwei Geschöpfe habe ich Euch zu zeigen vergessen, als Ihr klein wart, und wenn Ihr sie jetzt nicht kennenlernt, kommen wir nicht weiter.«
»Ich werde tun, was Ihr wollt.«
»Es sind die Ameise und die Wildgans. Wir möchten, daß Ihr sie heute nacht kennenlernt. Natürlich wird es nur eine Ameisenart von vielen hunderten sein, aber wir meinen, diese Art solltet Ihr sehen.«
»Sehr gut«, sagte der König. »Ich bin willens und bereit.«
»Hast du den Sanguinea-Zauberspruch zur Hand, mein Dachs?«
Sofort begann das unglückliche Tier in seinem Sessel zu stöbern, es suchte zwischen den Nähten, hob die Decke vom Teppich und brachte Zettel zum Vorschein, die in allen Richtungen mit Merlins Schrift bedeckt waren.
Der erste Zettel trug die Überschrift *Weitere Hybris unter Victoria.* Darunter stand: »Dr. John von Gaddesden, Hofarzt von Edward II., behauptete, den Sohn des Königs von den Pocken geheilt zu haben, indem er den Patienten in rotes Tuch wickelte, rote Vorhänge vor den Fenstern anbrachte und darauf achtete, daß alle Wandbehänge im Zimmer rot waren. Über solche mittelalterliche Naivität erhob sich ein schallendes victorianisches Gelächter, bis im zwanzigsten Jahrhundert Dr. Niels Finsen in Kopenhagen entdeckte, daß rotes und infrarotes Licht tatsächlich die Pocken beeinflußt und die Heilung unterstützt.«
Auf dem nächsten Zettel stand nur: »Bei jedem Lauf einen halben Rosen-Nobel auf Golden Miller.«
Auf dem dritten, der stark nach *Quelques Fleurs* duftete, stand, nicht in Merlins Schrift: »Denkmal von Königin Phi-

lippa am Charing Cross, sieben Uhr dreißig, unter dem Turm.« Darunter waren viele Küsse und auf der Rückseite ein paar Notizen für ein Gedicht, das dem Absender zugedacht war. Die waren von Merlin geschrieben und lauteten: O weh? Couvé? Pürree? Das Gedicht selbst, das anfing

Ach und Weh
Nimue.

war ausradiert.

Die Überschrift auf einem anderen Zettel hieß: »*Andere Rassen, victorianische Verachtung für, sowie für eigene Ahnen, Tiere etc.*« Darunter war geschrieben: »Colonel Wood-Martin, der Altertumsforscher, schrieb 1895 mit einem merkbaren Kichern, daß ›eine *der entartetsten* aller Rassen, die *inzwischen ausgestorbenen* Tasmanier, glaubten, Steine, besonders gewisse Arten von Quarzkristallen, könnten als Medien oder als Kommunikationsmittel ... mit entfernt lebenden Personen benutzt werden!‹ Wenige Jahre nach dieser Aufzeichnung wurde der Rundfunk in die westliche Hemisphäre importiert. Ich ziehe es vor zu vermuten, daß diese entarteten Menschen eine Million Jahre vor dem Colonel auf derselben miesen Bahn waren und ausstarben, weil sie mit ihren Kristallempfängern ständig Swingmusik hörten.«

»Hier«, sagte Dachs. »Ich glaube, das ist es.«

Er reichte Merlin ein Stück Papier, auf dem stand: »*Formica est exemplo magni laboris,** Dativ des Zweckes.«

Es erwies sich als unwirksam.

Schließlich wurde allen befohlen, aufzustehen, ihre Sessel zu durchsuchen, in ihre Taschen zu schauen und so weiter. Der Igel brachte einen schmutzigen, mit Lehm und zerdrückten Blättern bedeckten Fetzen zum Vorschein, auf dem er gesessen hatte, und fragte: »Isses das?« Nachdem

* »Die Ameise ist ein Beispiel großen Fleißes.«

das Papier abgewischt, ausgeschüttelt und geglättet worden war, erkannte man darauf die Worte *Dragguls uoth, Tna eht ot og,* und Merlin sagte, das hätten sie gesucht.
Also wurden aus dem Fliegenschrank zwei Ameisennester geholt, die dort in Untertellern mit Wasser gestanden hatten. Sie wurden auf einen Tisch mitten im Raum gestellt, während die Tiere sich zum Zuschauen setzten; mit Hilfe rotgefärbter Glasscheiben konnte man nämlich in die Nester sehen. Arthur mußte sich neben das größere Nest auf den Tisch setzen, das spiegelbildliche Pentagramm wurde gezeichnet, und Merlin sprach feierlich den Zauberspruch.

7

ES KAM IHM SONDERBAR vor, in seinem Alter nochmal die Tiere zu besuchen. Vielleicht, dachte er beschämt, träume ich meine zweite Kindheit, vielleicht werde ich senil.
Aber es erinnerte ihn lebhaft an seine erste Kindheit, an die schönen Zeiten, als er in Gräben geschwommen oder mit Archimedes geflogen war, und es wurde ihm klar, daß er seit damals etwas verloren hatte. Etwas, das er jetzt als die Fähigkeit zum Staunen begriff. Damals hatte er wahllos seine Vergnügen gefunden. Seine Aufmerksamkeit, sein Sinn für das Schöne oder wie man es auch nennen mochte, hatte sich zufällig Absonderlichkeiten zugewandt. Während Archimedes ihm einen Vortrag über den Vogelflug hielt, hatte er vielleicht bestaunt, wie sich das Mäusefell unter den Eulenklauen sträubte. Oder der große Mr. M. hielt ihm eine Rede über Diktatur, während er die ganze Zeit nur die knochigen Zähne sah und sie in einer Ekstase des Erfahrens anstarrte.
Das, seine Fähigkeit zum Staunen, hatte er verloren, so gut Merlin auch sein Gehirn aufgefrischt haben mochte. Er hatte es eingetauscht – wahrscheinlich für die Fähigkeit der Unterscheidung. Jetzt hätte er Archimedes oder Mr. M.

zugehört. Er hätte nie den grauen Pelz oder die gelben Zähne bemerkt. Er war nicht stolz auf die Veränderung. Der alte Mann gähnte – denn Ameisen gähnen und recken sich, genau wie Menschen nach dem Schlaf –, und danach konzentrierte er sich auf die bevorstehende Aufgabe. Er freute sich nicht, eine Ameise zu sein, wie er sich früher über die Verwandlung gefreut hätte, er dachte nur: Also gut, es ist eine Arbeit, die ich erledigen muß. Wie fängt man damit an?

Die Nester waren so entstanden, daß man Erde in einer dünnen Schicht, kaum einundeinviertel Zentimeter dick, auf kleine Tische wie Schemel gestrichen hatte. Dann wurde auf jede Erdschicht eine Glasscheibe gelegt mit einem Stück Stoff darüber, das die Kinderstuben verdunkelte. Wenn man den Stoff entfernte, konnte man in die unterirdischen Kammern sehen wie bei einem Querschnitt. In die runde Kammer, wo die Larven versorgt wurden, schaute man hinein wie in ein Konservatorium mit einem Glasdach.

Die eigentlichen Nester waren am Ende der Schemel und wurden nur halb vom Glas bedeckt. Vorn waren Erdböschungen unter freiem Himmel, und am anderen Ende jedes Schemels standen die Uhrengläser, in denen der Sirup als Nahrungsvorrat aufbewahrt wurde. Zwischen den beiden Nestern gab es keine Verbindung. Die Schemel standen getrennt, zwar nebeneinander, doch ohne Berührungspunkte, mit den Beinen in den Untertassen.

Natürlich kam es ihm jetzt überhaupt nicht so vor. Die Gegend, in der er sich befand, wirkte wie ein großes Geröllfeld mit einer abgeflachten Festung am Ende. In die Festung gelangte man durch Tunnel, und über dem Eingang zu jedem Tunnel hing ein Schild mit der Aufschrift:

ALLES NICHT VERBOTENE IST PFLICHT
DURCH NEUEN BEFEHL

Er las die Bekanntmachung mit Mißfallen, wenngleich er ihre Bedeutung nicht verstand. Er dachte: Ich werd' mich ein wenig umsehn, eh ich hineingehe. Aus irgendeinem Grunde schreckte ihn die Inschrift ab; sie ließ den grobgehauenen Tunnel unheimlich erscheinen.

Bedächtig ließ er seine Fühler spielen, überdachte die Bekanntmachung, vergewisserte sich seiner neuen Sinne und stellte sich bereit, als wolle er in der neuen Welt festen Fuß fassen. Mit den Vorderbeinen säuberte er seine Fühler, strählte und glättete sie, so daß er aussah wie ein viktorianischer Schurke, der seinen Schnurrbart zwirbelt. Dann wurde ihm etwas bewußt, das darauf gewartet hatte, bemerkt zu werden: In seinem Kopf war ein bestimmtes Geräusch. Es war entweder ein Geräusch, oder aber ein komplizierter Geruch, und am leichtesten ist es zu erklären, wenn man sagt, daß es so etwas wie eine drahtlose Funkübertragung war. Seine Fühler dienten als Antennen. Die Musik hatte einen monotonen Rhythmus, wie einen Pulsschlag, und die Wörter, die damit einhergingen, lauteten etwa: Hund – bunt – rund – Mund, oder: Mammy – Mammy – Mammy, oder: Immer – nimmer, oder: Blau – trau – schau. Zuerst gefiel's ihm, besonders das Wall – Hall – All, bis er merkte, daß es keine Abwechslung gab. Sobald sie einmal erklungen waren, fingen sie wieder von vorne an. Nach ein oder zwei Stunden wurde ihm wirklich komisch zumute.

In den Pausen zwischen der Musik war auch eine Stimme in seinem Kopf, die Anweisungen zu geben schien. »Alle Zwei-Tage-Alten werden in die Westhalle transportiert«, hieß es, oder: »Nummer 210397/WD meldet sich beim Siruptrupp und ersetzt 333105/WD, die aus dem Nest gefallen ist.« Es war eine klangvolle Stimme, doch wirkte sie unpersönlich, als sei ihr Charme angelernt und eingeübt wie ein Zirkustrick. Sie war tot.

Der König – oder vielleicht sollten wir ›die Ameise‹ sagen –

entfernte sich von der Festung, sobald seine Beine des Gehens mächtig waren. Ängstlich erkundete er die Geröllwüste. Einerseits sträubte er sich dagegen, den Ort aufzusuchen, von dem die Befehle kamen, andererseits behagte ihm die Enge nicht. Er fand kleine Pfade zwischen den Gesteinsblöcken, ziellose und zugleich zweckgerichtete Wanderwege, die zum Vorratslager führten sowie in verschiedene andere Richtungen, die ihm nicht klar waren. Einer dieser Pfade endete an einer Erdscholle mit einer natürlichen Höhlung darunter. In dieser Höhle entdeckte er – auch hier wieder das seltsame Phänomen ziellosen Zwecks – zwei tote Ameisen. Sie waren ordentlich hingelegt worden, aber auch wieder unordentlich, so, als habe eine sehr ordentliche Person sie hergeschafft und unterwegs den Sinn des Unternehmens vergessen. Sie waren zusammengerollt und schienen weder froh noch traurig darüber zu sein, daß sie nun tot waren. Sie lagen einfach da, wie ein paar Stühle.

Während er noch die beiden Leichen betrachtete, kam eine lebende Ameise den Pfad herab; sie trug eine dritte.

Sie sagte: »Heil, Sanguinea!«

Der König sagte höflich Heil.

In einer Hinsicht hatte er, ohne es zu wissen, großes Glück. Merlin nämlich hatte nicht vergessen, ihm den richtigen Geruch für dieses besondere Nest mitzugeben – hätte er nach einem anderen Nest gerochen, wäre er auf der Stelle getötet worden. Wenn Miß Edith Cavell, die kühne, in Belgien von den Besatzern hingerichtete Krankenschwester, eine Ameise gewesen wäre, hätte man auf ihr Denkmal schreiben müssen:

GERUCH GENÜGT NICHT.

Die hinzukommende Ameise legte den Kadaver sorglos nieder und zerrte dann die beiden anderen hierhin und dorthin. Sie schien nicht zu wissen, wohin sie gehörten.

Nein, eher so: Sie wußte zwar, daß eine gewisse Ordnung gefordert war, nur wußte sie nicht, wie diese zu bewerkstelligen sei. Das Ganze glich der Situation eines Mannes, der in der einen Hand eine Teetasse hält und in der anderen ein Sandwich – und der sich nun mit einem Streichholz eine Zigarette anzünden will. Wo aber der Mann auf die Idee kommen würde, Tasse und Sandwich abzustellen und hinzulegen, ehe er die Zigarette und das Streichholz aufnimmt – da hätte diese Ameise das Sandwich hingelegt und das Streichholz aufgenommen; dann wäre das Streichholz unten gewesen und die Zigarette oben; und schließlich hätte sie das Sandwich hingelegt und das Streichholz aufgehoben. Sie mußte sich auf eine Serie von schieren Zufällen verlassen, um ihr Ziel zu erreichen. Sie hatte Geduld und dachte nicht. Als sie die drei toten Ameisen in verschiedene Richtungen gezerrt hatte, lagen sie schließlich und endlich in einer Reihe unter der Erdscholle, und das war ihre ganze Aufgabe.

Der König beobachtete erstaunt das Hin-und-her-Arrangieren. Zuerst wunderte er sich, dann ärgerte er sich, und zum Schluß wurde er wütend. Am liebsten hätte er gefragt, weshalb sie sich die Sache nicht vorher überlege. Er hatte das bedrückende Gefühl, das einen überkommt, wenn man zusehen muß, wie eine Arbeit täppisch angefaßt wird. Später hätte er gern mehrere Fragen gestellt, zum Beispiel: »Bist du gern Totengräber?« oder »Bist du ein Sklave?« oder gar: »Bist du glücklich?«

Das Sonderbare war, daß er diese Fragen nicht stellen konnte. Um sie stellen zu können, hätte er sie in Ameisensprache formulieren und durch seine Antennen-Fühler aussenden müssen – und mit einem Gefühl der Hilflosigkeit entdeckte er jetzt, daß es für die meisten Dinge, die er sagen wollte, keine Wörter gab. Es gab keine Wörter für Glück, für Freiheit, für Neigung – und keine Wörter für das jeweilige Gegenteil. Er kam sich vor wie ein Taubstummer, der ›Feuer‹ rufen möchte. Nicht einmal ›richtig‹ oder ›falsch‹ konnte er hinlänglich ausdrücken – es wurde nur ein ›getan‹ oder ›nicht getan‹ daraus.

Die Ameise hörte auf, mit den Leichen herumzuwirtschaften, und wandte sich zum Gehen; die Toten blieben in der seltsamen und zufälligen Ordnung liegen. Da stellte sie fest, daß Arthur ihr im Wege war, also hielt sie inne und bewegte ihre Funk-Antennen auf ihn zu, als wäre sie ein Panzer. Mit ihrem stummen, drohenden Helm-Gesicht und ihrer Haarigkeit und den spornähnlichen Dingen an ihren vorderen Beingelenken wirkte sie allerdings eher wie ein Gewappneter auf einem gepanzerten Schlachtroß – oder wie eine Kombination von beidem: ein haariger Kentaur in voller Rüstung.

Wieder sagte sie: »Heil, Sanguinea.«

»Heil.«

»Was tust du?«

Der König antwortete wahrheitsgemäß, aber nicht klug: »Ich tu gar nichts.«

Das brachte sie erst einmal völlig außer Fassung, wie es unsereinem erginge, wenn Einstein einem plötzlich seine neuesten Weltraum-Theorien erklären würde. Dann fuhr sie die zwölf Glieder ihrer Antenne aus und sprach an ihm vorbei ins Blaue.

Sie sagte: »105978/UDC von Feld fünf. Auf Feld fünf befindet sich eine wahnsinnige Ameise. Bitte kommen.«

Für ›wahnsinnig‹ verwendete sie das Wort ›nicht-getan‹. Später entdeckte Arthur, daß es in der Sprache überhaupt nur zwei Qualifikationen gab: getan und nicht-getan – die auf alle Fragen von Wert angewendet wurden. Wenn der Sirup, den Merlin ihnen gab, süß war, dann war es ein Getan-Sirup. Hätte er ihnen ein ätzendes Sublimat gegeben, wäre es ein Nicht-getan-Sirup gewesen, und damit hatte sich's. Sogar ›Mund‹, ›Mammy‹, ›All‹ und so weiter, was immer in den Sendungen vorkam, war hinlänglich damit

beschrieben, daß es als ›getan‹ bezeichnet wurde. Nach einer Pause in der Übertragung sagte die klangvolle Stimme: »G. H. Q. an 105978/UDC. Was für eine Nummer hat sie? Bitte kommen.«
Die Ameise fragte: »Was für eine Nummer hast du?«
»Ich weiß nicht.«
Als diese Meldung dem Hauptquartier durchgegeben worden war, kam die Anfrage zurück, ob er Rechenschaft über sich ablegen könne. Die Ameise fragte ihn. Sie verwendete die gleichen Wörter wie die Funk-Stimme, sogar mit demselben Tonfall. Das machte ihn sowohl ängstlich als auch ärgerlich, was ihm beides nicht paßte.
»Ja«, sagte er sarkastisch, denn es war augenscheinlich, daß dieses Wesen kein Gespür für Sarkasmus hatte, »ich bin auf den Kopf gefallen und hab' keine Ahnung mehr.«
»105978/UDC an Hauptquartier. Nicht-Getan hat Gedächtnisstörung, da vom Nest gefallen. Bitte kommen.«
»G.H.Q. an 105978/UDC. Nicht-Getan ist Nummer 42436/WD, die heute früh während der Arbeit mit dem Siruptrupp aus dem Nest fiel. Wenn ihr Zustand gestattet, weiterhin ihre Pflicht zu tun ...«
›Zustand-gestattet-weiterhin-Pflicht-zu-tun‹ war in der Ameisensprache wesentlich einfacher, da es nur ›getan‹ hieß wie alles, was nicht ›nicht-getan‹ war. Doch genug von dem Sprachproblem.
»Wenn ihr Zustand gestattet, weiterhin ihre Pflicht zu tun, dann schickt 42436/WD zum Siruptrupp zurück; soll 210021/WD ablösen, die sie ersetzt hat. Ende.«
»Hast du verstanden?« fragte die Ameise.
Es schien, als habe er keine bessere Erklärung als das Auf-den-Kopf-gefallen-Sein erfinden können, auch wenn er's gewollt hätte; denn die Ameisen purzelten tatsächlich dann und wann von ihren Schemeln. Wenn Merlin es zufällig bemerkte, hob er sie mit seiner Bleistiftspitze wieder hinauf.

»Ja.«
Der Totengräber kümmerte sich nicht weiter um ihn und krabbelte davon auf der Suche nach weiteren Leichen – oder was immer beiseite geräumt werden mußte.
Arthur begab sich in die entgegengesetzte Richtung, um den Siruptrupp zu finden. Er merkte sich seine eigene Nummer und die Nummer der Einheit, die abgelöst werden sollte.

8

DER SIRUPTRUPP STAND BEWEGUNGSLOS um das Uhrenglas wie ein Kreis von Anbetern. Er trat in den Kreis und meldete, daß 210021/WD ins Hauptnest zurückzukehren habe. Dann füllte er sich mit dem süßen Nektar wie die anderen. Zuerst fand er ihn köstlich, und er schluckte munter drauflos; ein paar Sekunden später jedoch schmeckte es unbefriedigend. Er konnte sich's nicht erklären. Er mampfte und schluckte und tat es den anderen gleich, aber ihm war, als verzehre er ein Festmahl aus nichts – oder als nehme er an einem Bühnenbankett teil. In gewisser Weise war es wie ein Alptraum, in dem man ungeheure Massen Fensterkitt in sich hineinstopfte, ohne aufhören zu können.

Um das Uhrenglas herum herrschte reges Kommen und Gehen. Jene Ameisen, die sich den Kropf bis zum Überlaufen gefüllt hatten, marschierten in die innere Festung zurück, von wo ihnen eine Prozession leerer Ameisen entgegenkam, die sie ersetzen sollte. Nie tauchten neue Ameisen in der Prozession auf, immer war es nur dieses eine Dutzend, das hin und her ging, hin und her und her und hin, das ganze Leben lang.

Plötzlich merkte er, daß das, war er schluckte, nicht in seinen Magen rutschte. Zu Beginn war ein kleiner Teil bis nach unten gelangt, jetzt aber blieb die Hauptmasse in einer Art von oberem Magen oder Kropf, von wo sie entfernt werden konnte. Zugleich dämmerte ihm ein weiteres: Wenn er sich dem westwärts marschierenden Strom anschloß, hatte er seine Kropfladung in eine Speisekammer oder etwas Derartiges zu entleeren.

Während der Arbeit unterhielten sich die Mitglieder des Zuckertrupps. Zuerst hielt er das für ein gutes Zeichen und hörte zu, um etwas mitzubekommen.

»Ei horch!« sagte eine Ameise zum Beispiel. »Da kommt wieder dies Mammy-Mammy-Mammy-Mammy. Ich pfinde würklich, das Lied Mammy-Mammy-Mammy-Mammy ist großartig (getan). Ist ganz große Klasse (getan).«

Eine andere bemerkte: »Ich pfinde, unsre gelibte Pführerin ist würklich wunnerbar, pfindet ihr nicht? Ich habe gehört, im lötzten Krieg ist sie dreihunnertmal gestochen worden und hat das Ameisenkreuz pfür Tafferkeit gekriegt.«

»Was haben wir pfür Glück gehabt, daß Sanguinea-Blut in unsren Adern pfließt, pfindet ihr nicht? Wie tschrecklich, wenn wir zu den tscheußlichen *Formicae fuscae* gehören würden!«

»War das mit 310099/WD nicht vielleicht pfurchtbar?! Nathürlich ist sie auf Befehl hunserer geliebten Pführerin gleich hexekutiert worden, als sie sich weigerte, ihren Sirup zu entkropfen.« »Ei horch! Da kommt wieder dies Mammy-Mammy-Mammy-Mammy. Ich pfinde würklich ...«

Er ging mit vollem Kropf zum Nest und ließ sie ihren Rundgesang alleine singen. Sie hatten keine Neuigkeiten, keine Skandale, nichts, worüber sie reden konnten. Sogar die Bemerkungen bezüglich der Hinrichtungen waren eine starre Formel, in der allenfalls die Registriernummer der Kriminellen ausgetauscht wurde. Wenn sie mit dem Mammy-Mammy-Mammy-Mammy fertig waren, ging es zwangsläufig zu ihrer geliebten Führerin weiter und dann zu den scheußlichen *fuscae* und zur letzten Hinrichtung. Es war ein ewiger Kreislauf. Und alle Geliebten, Herrlichen, Glücklichen und dergleichen waren ›getan‹, und die Scheußlichen und Schrecklichen waren ›nicht-getan‹.

Auf einmal befand er sich in der Haupthalle der Festung, wo Hunderte und Aberhunderte von Ameisen in den Kinderstuben fütterten oder leckten, Larven in verschiedene Gänge trugen und die Ventilationskanäle öffneten oder schlossen, um eine gleichmäßige Temperatur zu gewährleisten. In der Mitte saß selbstzufrieden die riesige Führerin, legte Eier, widmete sich dem Funksprechverkehr, erließ Anordnungen oder verfügte Hinrichtungen und war von einem Meer von Schmeichelei umgeben. (Später erfuhr er von Merlin, daß das Problem der Thronfolge je nach Spezies verschieden gelöst wird. Bei den *Bothriomyrmex,* zum Beispiel, überfällt die ehrgeizige Gründerin eines Neuen Ordens ein Nest der *Tapinoma* und springt der älteren Tyrannin auf den Rücken. Vom Geruch der Unterlegenen verborgen und geschützt, sägt sie alsdann gemächlich deren Kopf ab, bis sie das Recht auf die Führerschaft erlangt hat.)

Indessen gab es keine Speisekammer, wo er seine Ladung Sirup hätte unterbringen können. Er stellte fest, daß er wie ein lebender Automat zur Bedienung der Innenarbeiterinnen umhergehen mußte. Wer immer Hunger hatte, hielt ihn an, ließ ihn den Mund öffnen und langte zu. Sie behandelten ihn nicht wie eine Person, und sie selbst waren, in der Tat, auch keine Personen. Er war eine Maschine, aus der Maschinen sich bedienten. Nicht einmal sein Magen gehörte ihm.

Aber wir brauchen uns in keine weiteren Ameisen-Einzelheiten zu verlieren – es ist kein erfreuliches Thema. Er lebte geduldig unter ihnen, paßte sich ihren Bräuchen an, beobachtete sie, um soviel wie möglich verstehen zu lernen, ohne jedoch Fragen stellen zu können. Nicht nur, daß ihre Sprache nicht über die Wörter und Begriffe verfügte, die für ihn von Interesse waren (so daß es von vornherein unmöglich war, sie zu fragen, ob sie ans Leben glaubten, an die Freiheit, an das Streben nach Glück), nein, es war auch gefährlich, überhaupt irgendwelche Fragen zu stellen. Eine Frage war für sie das Zeichen von Wahnsinn, denn ihr Leben war nicht fraglich: es war diktiert. Er krabbelte vom Nest zum Sirup und wieder zurück, er fand das Mammy-Lied würklich wunnerbar, er öffnete seine Kiefern, um den Sirup zu spenden, und gab sich Mühe, so viel zu begreifen wie möglich.

Allmählich war ihm so komisch zumute, daß er am liebsten geschrien hätte – da kam eine riesige Hand aus den Wolken herab, die eine Binse hielt. Sie legte die Binse zwischen die beiden Nester, die zuvor getrennt gewesen waren, so daß es jetzt eine Brücke zwischen ihnen gab. Dann verschwand die Hand.

9

NACHMITTAGS WANDERTE EINE SCHWARZE Ameise über die neue Brücke; es war eine der unseligen *fuscae*, einer bescheidenen Rasse, die nur zur Selbstverteidigung kämpft. Sie stieß auf eine der Straßenreinigungs-Ameisen und wurde auf der Stelle ermordet.

Die Rundfunksendungen änderten sich sogleich, als diese Nachricht bekannt geworden war – und sobald spionierende Späher entdeckt hatten, daß sich im *fusca*-Nest ebenfalls ein Sirupglas befand.

Statt ›Mammy-Mammy-Mammy‹ ertönte ›Ameisenland, Ameisenland über alles‹, und die Flut der Anordnungen wurde zugunsten von Vorträgen über den Krieg, über Patriotismus und die wirtschaftliche Lage unterbrochen. Die klangvolle Stimme teilte mit, daß ihre geliebte Heimat von Horden gemeiner *fuscae* umzingelt sei – woraufhin der Rundfunkchor sang:

> Wenn *fusca*-Blut vom Messer spritzt,
> Dann ist die Sache schon geritzt.

Auch wurde erklärt, die Ameisen-Mutter in ihrer unerschöpflichen Weisheit habe verfügt, daß schwarze Ameisen immer die Sklaven der roten sein müßten. Ihr geliebtes Land habe gegenwärtig nicht einen Sklaven, ein schimpflicher Zustand, dem abgeholfen werden müsse, wenn die Herrenrasse nicht untergehen sollte. Eine dritte Verlautbarung besagte, das Nationaleigentum der Sanguinea sei bedroht: Ihr Sirup sei in Gefahr, ihre Haustiere, die Käfer und Blattläuse, sollten entführt werden, und dem Kommunemagen stehe eine Hungersnot bevor. Zweien dieser Rundfunksendungen hörte der König gut zu, so daß er sie später wiedergeben konnte.

In der ersten wurde folgendermaßen argumentiert:

A. Wir sind so zahlreich, daß wir Hunger leiden.

B. Daher müssen wir mehr Kinder gebären, damit wir noch zahlreicher und hungriger werden.

C. Wenn wir so zahlreich und hungrig geworden sind, gebührt uns offensichtlich das Recht, den Sirup anderer Völker in Besitz zu nehmen. Außerdem haben wir dann ein zahlreiches und hungriges Heer.

Erst als dieser logische Gedankengang in die Tat umgesetzt worden war und alle Kinderstuben die dreifache Menge Nachwuchs produzierten (während beide Nester von Merlin reichlich mit Sirup versorgt wurden) – man muß ja zugeben, daß hungernde Nationen nie ganz so verhungert zu sein scheinen, als daß sie sich nicht weitaus kostspieligere Rüstungen als alle anderen leisten könnten –, da erst begann man mit der zweiten Art von Vorträgen.

Der zweite Typ lautete wie folgt:

A. Wir sind zahlreicher als sie, demzufolge haben wir ein Anrecht auf ihren Sirup.

B. Sie sind zahlreicher als wir, daher versuchen sie niederträchtigerweise, unseren Sirup zu stehlen.

C. Wir sind eine mächtige Rasse und haben das natürliche Recht, ihre schwächliche zu unterjochen.

D. Sie sind eine mächtige Rasse und wollen unsere harmlose unnatürlicherweise unterjochen.

E. Wir müssen sie in Selbstverteidigung angreifen.
F. Sie greifen uns an, indem sie sich selbst verteidigen.
G. Wenn wir sie heute nicht angreifen, werden sie uns morgen angreifen.
H. Auf keinen Fall greifen wir sie an. Wir bieten ihnen unschätzbare Vorteile.

Nach der zweiten Art von Sendungen begannen die Gottesdienste. Sie stammten, wie der König entdeckte, aus einer derart weit zurückliegenden phantastischen Vergangenheit, daß er kaum ein Datum dafür nennen konnte, aus einer Epoche, wo noch nicht alle Ameisen sich zum Sozialismus bekannt hatten. Die Rituale entstammten einer Zeit, als die Ameisen noch mehr wie Menschen waren, und einige dieser Gottesdienste waren höchst eindrucksvoll.

Ein Psalm zum Beispiel begann (wenn wir die Verschiedenartigkeit der Sprache außer acht lassen) mit den bekannten Worten: »Die Erde ist dem Schwerte untertan, und alles, was auf ihr ist, dem Kompaß der Bomber und denen, die da bombardieren ...« und endete mit dem erschröcklichen Schluß: »Fliegt in die Luft, oh, ihr Tore, lasset euch in die Lüfte sprengen, ihr unerschütterlichen Türen, auf das Einlaß finde der König der Tories. Wer ist der König der Tories? Der Herr der Geister, er ist der König der Tories.«

Merkwürdig war, daß die gewöhnlichen Ameisen von den Liedern nicht erregt wurden, auch den Vorträgen kein Interesse schenkten. Sie akzeptierten sie als etwas Gegebenes. Für sie waren das eher Rituale – wie die Mammy-Lieder oder die Gespräche über ihre geliebte Führerin. Sie sahen derlei Dinge nicht als gut oder schlecht, als aufregend, vernünftig oder entsetzlich. Sie sahen sie überhaupt nicht – sie akzeptierten sie nur als ›getan‹.

Nun, Sklaven – der Krieg rückte näher. Die Vorbereitungen liefen wie am Schnürchen, die Soldaten waren durchtrainiert bis zum letzten, die Mauern der Nestburg trugen patriotische Aufschriften wie STICHE ODER SIRUP? und GELOBT SEI MEIN GERUCH! – und der König ließ alle Hoffnung fahren. Er meinte, noch nie unter so entsetzlichen Geschöpfen gewesen zu sein, außer zu der Zeit, als er unter den Menschen gelebt hatte, und er wurde fast krank vor Ekel. Die stets sich wiederholenden Stimmen in seinem Kopf, die er nicht abschalten konnte; die mangelnde Privatsphäre, die allgegenwärtige Öffentlichkeit, die es anderen erlaubte, sich aus seinem Magen zu bedienen, während wieder andere in seinem Hirnkasten sangen; diese öde Leere, die das Gefühl ersetzte; die Abwesenheit jeglicher Wertung außer den zwei stereotypen; die absolute Monotonie mehr noch als die Bosheit – all dies hatte die Lebensfreude zum Absterben gebracht, die Merlins Geschenk zum Beginn des Abends gewesen war. Wieder war er so unglücklich wie in dem Augenblick, als der Zauberer ihn weinend über seinen Papieren gefunden hatte, und jetzt, wo die Rote Armee endlich in den Krieg zog, machte er plötzlich mitten auf der Binsenbrücke kehrt wie ein Wahnsinniger, bereit, mit seinem Leben ihren Marsch zu verhindern.

10

»GROSSER GOTT«, SAGTE MERLIN und tupfte sich mit einem Taschentuch die Schweißperlen von der Stirn, »Ihr habt wirklich ein Talent, Euch in Schwierigkeiten zu bringen. Das war knapp.«
Die Tiere betrachteten ihn besorgt und schauten, ob irgendwelche Knochen gebrochen waren.
»Seid Ihr noch heil?«
»Absolut.«
Sie stellten fest, daß er entsetzlich wütend war. Seine Hände zitterten vor Zorn.
»Die Untiere!« rief er aus. »Die Untiere!«
»Sie sind nicht sehr angenehm.«
»Es hätte mir nichts ausgemacht«, brach es aus ihm heraus, »wenn sie gemein gewesen wären – wenn sie gemein sein wollten. Es hätte mir nichts ausgemacht, wenn sie sich entschlossen hätten, aus irgendeinem Grund, vielleicht auch nur zum Spaß, gemein zu sein. Aber sie hatten keine Ahnung, sie hatten sich zu nichts entschlossen. Sie – sie – sie existierten nicht!«
»Setzt Euch«, sagte der Dachs, »und ruht Euch aus.«
»Die entsetzlichen Geschöpfe! Es war, wie wenn man zu

Steinen redet, die sich bewegen, wie wenn man Statuen oder Maschinen anspricht. Wenn man etwas sagte, was der Mechanismus aufnahm, dann funktionierte es; wenn nicht, dann nicht, dann standen sie still, waren leer, ausdruckslos. O Merlin, wie abscheulich! Sie waren wie wandelnde Tote. Wann sind sie gestorben? Hatten sie je irgendwelche Gefühle? Jetzt haben sie keine. Sie waren wie die Tür im Märchen, die sich öffnete, wenn man sagte: ›Sesam, öffne dich.‹

Ich glaube, sie kannten nur etwa ein Dutzend Worte oder Wortsammlungen. Ein Mensch, der die beherrscht, könnte sie zu allem veranlassen, wozu sie fähig sind, und dann ... Dann müßte man wieder von vorn anfangen! Wieder und wieder und wieder! Es war wie ein Leben in der Hölle. Nur daß keine von ihnen wußte, daß sie dort waren. Keine von ihnen wußte überhaupt etwas. Gibt es etwas Schrecklicheres als unaufhörliche Bewegung, als tun und tun und tun ohne Grund, ohne Bewußtsein, ohne Veränderung, ohne Ende?«

»Ameisen *sind* das Perpetuum mobile«, sagte Merlin, »ich glaube es wenigsten. Ich habe noch nie daran gedacht.«

»Am entsetzlichsten fand ich, daß sie wie Menschen waren – nicht menschlich, sondern wie Menschen, wie eine schlechte Kopie.«

»Das ist nicht überraschend. Die Ameisen entschlossen sich in der unendlichen Vergangenheit für die politische Linie, mit der heute die Menschen liebäugeln. Vor dreißig Millionen Jahren perfektionierten sie diese Politik, so daß keine weitere Entwicklung mehr möglich war, und seither blieben sie im selben Stadium. Die Evolution endete für die Ameisen so um 30000000 Jahre vor Christi Geburt. Sie haben den vollkommenen kommunistischen Staat.« Hier hob Merlin fromm den Blick zur Decke und bemerkte: »Mein alter Freund Marx mag ein erstklassiger Wirtschaftswissenschaftler gewesen sein; doch, beim Heiligen

Geist, er war, der Jungfrau sei's geklagt, der letzte Versager in der Naturgeschichte.«

Dachs, der immer jeden in freundlichem Licht sah, selbst Karl Marx – der im Umgang mit seinen Materialien übrigens die gleiche Klarheit an den Tag legte wie der Dachs –, Dachs also sagte: »Sicher wird das dem tatsächlichen Kommunismus nicht gerecht? Ich hätte gedacht, die Ameisen ähnelten mehr Mordreds Faschisten als John Balls Kommunisten ...«

»Das eine ist ein Stadium des anderen. In der Perfektion sind sie identisch.«

»Aber in einer ordentlichen kommunistischen Welt ...«

»Gebt dem König einen Schluck Wein«, sagte Merlin. »Wicht, woran um alles in der Welt denkst du?«

Der Igel rannte nach der Karaffe und brachte sie mit einem Glas zurück. Er drückte dem König eine feuchte Nase ans Ohr, schnaufte schwer hinein mit seinem Zwiebelatem und flüsterte heiser: »Wir ham Euch beobacht, ham wir. Mitm Stock inner Hand. Wir hättn's denen gezeicht. Biestje Biester.« Darauf schüttelte er wiederholt den Kopf, verschüttete den Madeira und boxte mit der Karaffe in der einen und dem Glas in der anderen Hand in die Luft. »Hoch soll er schwebn, Euer Maien spät, sacht unsereiner, unsereiner sacht so. Wir haun sie auf die Nas', fürn Könich mach' das Spaß. Das hättn wir getan, wir warn schon fast dran, wir durftn bloß nich ran.«

Dachs wollte nicht um seine Verteidigung betrogen werden. Sobald dem König eingeschenkt war, fing er geduldig wieder an:

»Die Ameisen führen Kriege«, sagte er, »also können sie keine Kommunisten sein. In einer ordentlichen kommunistischen Welt würde es keine Kriege geben, weil die ganze Welt vereint wäre. Ihr dürft nicht vergessen, daß der Kommunismus erst dann verwirklicht ist, wenn alle Nationen der Welt kommunistisch sind und sich in einer

Union sozialistischer Sowjetrepubliken vereinigt haben. Die Ameisenhügel sind aber nicht in einer Union miteinander verbunden, also sind sie auch noch nicht wirklich kommunistisch, und deshalb kämpfen sie.«
»Sie sind nicht vereinigt«, sagte Merlin unwisch, »weil die Ameisenhügel so klein sind im Vergleich zur Größe der Welt, und weil die natürlichen Hindernisse wie Flüsse und so weiter die Kommunikation für Tiere ihrer Größe und Fingerzahl unmöglich machen. Ich gebe zu, daß sie perfekte Schläger sind und durch geographische und physische Fakten daran gehindert werden, perfekte Lollarden zu werden.«
»Dann müßt Ihr Eure Kritik an Karl Marx zurücknehmen.«
»Meine Kritik zurücknehmen?« rief der Philosoph.
»Ja; denn Marx hat das Rätsel des Königs, soweit es den Krieg betrifft, durch seine Union der sozialistischen Sowjetrepubliken gelöst.«
Merlin wurde blau im Gesicht, biß ein großes Stück von seinem Bart ab, riß sich das Haar in Strähnen aus und warf sie in die Luft, flehte inständig um Erleuchtung, setzte sich neben den Dachs, griff nach seiner Hand und schaute ihm eindringlich in die Brillengläser.
»Aber siehst du nicht ein«, fragte er pathetisch, »daß eine Union von *irgendwas,* ganz egal, was, das Problem des Krieges löst? In einer Union kann es keinen Krieg geben, denn bevor man einen anfangen kann, muß eine Teilung stattgefunden haben. Es gäbe keinen Krieg, wenn die Welt aus einer Union von Hammelkoteletts bestünde. Aber das heißt nicht, daß wir alle losstürzen und Hammelkoteletts werden müssen.«
»Eigentlich«, sagte der Dachs, nachdem er eine Weile nachgedacht hatte, »definiert Ihr die Ameisen nicht als Faschisten oder Kommunisten, weil sie Kriege führen, sondern weil ...«

»Ich werfe alle drei Sekten in einen Topf wegen ihrer Grundvoraussetzung, letzten Endes die Rechte des Individuums zu leugnen.«
»Ich verstehe.«
»Sie haben eine totalitäre Theorie: daß Menschen oder Ameisen um des Staates oder der Welt willen existieren, nicht umgekehrt.«
»Und warum habt Ihr gesagt, Marx habe sich in der Naturgeschichte nicht ausgekannt?«
»Der Charakter meines alten Freundes Karl«, sagte der Magier streng, »liegt außerhalb der Zuständigkeit dieses Komitees. Denk bitte daran, daß wir nicht über Kommunismus beraten, sondern über das Problem des organisierten Mordens. Kommunismus interessiert uns nur insofern, als er mit dem Krieg zusammenhängt. Unter diesem Vorbehalt beantworte ich deine Frage folgendermaßen: Marx war ein mieser Naturwissenschaftler, weil er erstens den groben Fehler begangen hat, den menschlichen Schädel zu übersehen, weil er sich nie um die Gänse kümmerte und weil er sich den Denkfehler der Égalité zu eigen machte, die mit der Natur unvereinbar ist. Die Menschen sind sich in ihren Verdiensten und Fähigkeiten ebensowenig gleich wie in Größe und Aussehen. Genausogut könnte man verlangen, daß alle Menschen auf der Welt gleich große Schuhe tragen sollten. Diese lächerliche Idee der Gleichheit wurde von den Ameisen vor mehr als 30000000 Jahren eingeführt, und indem sie die ganze Zeit daran glaubten, haben sie es fertiggebracht, sie zu verwirklichen. Und jetzt schau dir an, wie es bei ihnen zugeht.«
»Freiheit, Gleichheit und Brüderlichkeit ...« fing der Dachs an.
»Freiheit, Gemeinheit und Liederlichkeit«, fiel der Zauberer sofort ein. »Du solltest einmal versuchen, einige der Revolutionen mitzuerleben, die diesem Motto huldigen. Zuerst verkündigen sie es; dann erklären sie, daß die Ari-

stokraten aus hohen ethischen Gründen liquidiert werden müssen, um die Partei zu reinigen oder die Kommune zu säubern oder die Welt bereit für die Demokratie zu machen; und dann vergewaltigen und ermorden sie mehr aus Sorge denn aus Wut jeden, den sie erwischen können, oder kreuzigen ihn, oder foltern ihn mit Methoden, die ich nicht weiter ausführen möchte. Du hättest es mal mit dem Spanischen Bürgerkrieg versuchen sollen. Ja, das ist die Gleichheit des Menschen. Schlachte jeden ab, der besser ist als du, dann werden wir recht bald alle gleich sein. Alle gleich tot.«

11

T. NATRIX MELDETE SICH PLÖTZLICH zu Wort. »Ihr Menschen«, sagte sie, »habt keine Ahnung von der Ewigkeit, von der ihr schwatzt, mit euren Seelen und Fegefeuern und so weiter. Wenn ihr wirklich an die Ewigkeit glaubtet oder auch nur an sehr lange Zeitläufe, würdet ihr euch das mit der Gleichheit überlegen. Ich kann mir nichts Entsetzlicheres vorstellen als eine Ewigkeit voller Menschen, die alle gleich sind. Das Einzige, was in der langen Vergangenheit das Leben erträglich gemacht hat, war die Verschiedenheit der Geschöpfe auf der Oberfläche des Globus. Wenn wir alle gleich gewesen wären, alle von einer Art, hätten wir schon längst um Euthanasie gefleht. Glücklicherweise kennt die Natur keine Gleichheit an Fähigkeit, Verdienst, Möglichkeit oder Belohnung. Jede noch lebende Tierspezies – von Dingen wie den Ameisen sehen wir einmal ab – ist höchst individualistisch, Gott sei Dank. Sonst würden wir vor Langeweile sterben oder Automaten werden. Selbst Stichlinge, die auf den ersten Blick ziemlich einander gleichen – selbst Stichlinge haben Genies und Toren, die alle um ein Bröckchen Nahrung wetteifern, und die Genies bekommen es. Es war einmal ein

Mann, der das Futter für seine Stichlinge in einem Glasbehälter ins Aquarium stellte. Einige fanden nach drei oder vier Versuchen den Weg ins Glas und erinnerten sich daran, während andere, soviel ich weiß oder mich dafür interessiere, es immer noch probieren. Wenn es anders wäre, dann wäre die Ewigkeit zu furchtbar zu bedenken, denn sie wäre ohne Unterschied und deshalb ohne Veränderung.«

»All das ist außerhalb der Tagesordnung. Wir müssen uns mit dem Krieg beschäftigen.«

»Schon gut.«

»König«, fragte der Magier, »seid Ihr schon bereit für die Gänse, oder wollt Ihr eine Ruhepause?«

»Es ist unmöglich«, fügte er in Parenthese hinzu, »das Thema vernünftig zu betrachten, solange er die Fakten nicht kennt.«

Der alte Mann sagte: »Ich glaube, ich muß mich ausruhen. Ich bin nicht mehr so jung wie einst trotz Eurer Massage, und Ihr habt von mir verlangt, daß ich sehr viele Dinge in sehr kurzer Zeit lerne. Habt Ihr ein paar kurze Minuten übrig?«

»Sicher. Die Nächte sind lang. Wicht, tauche dieses Taschentuch in Essig und lege es ihm auf den Kopf. Hier, legt Eure Füße auf einen Stuhl und schließt die Augen. Und jetzt müssen alle schön ruhig sein und ihm Luft lassen.«

Also saßen die Tiere so still da wie die Mäuse und stießen einander an, wenn einer hustete, während der König mit geschlossenen Augen und einem Gefühl der Dankbarkeit in seine eigenen Gedanken eintauchte.

Denn sie hatten viel von ihm gefordert. Es war schwierig, das alles in einer Nacht zu lernen, und er war nur ein Mensch, außerdem war er alt.

Vielleicht hätte Merlins Wahl nie auf ihn fallen sollen, der nun als gramgebeugter Mann aus dem Zelt bei Salisbury geholt worden war. Er war ein unauffälliges Kind gewesen, wenn auch ein liebevolles, und immer noch war er längst kein Genie. Vielleicht hat sich unsere ganze lange Geschichte nur um einen ziemlich begriffstutzigen alten Herrn gedreht, der sich als Organisator des Dorfkrickets oder des Kirchenchorausflugs in Cranford oder Badger's Green wohler gefühlt hätte.

Da war etwas, worüber er nachdenken wollte. Sein Gesicht mit den überdachten Augen sah nicht mehr aus wie das des Jungen vor langer Zeit. Er wirkte müde und war der König; deshalb beobachteten ihn die anderen ernst, mit Besorgnis und Mitleid.

Er wußte, sie waren rechtschaffen und gütig. Ihre Achtung bedeutete ihm viel. Aber ihr Problem war nicht das der Menschen. Sie hatten ihre sozialen Fragen gelöst, bevor seine Menschen überhaupt auf der Erde waren, deshalb taten sie recht daran, in ihrem fröhlichen Lebenskolleg weise Betrachtungen zu pflegen. Sie hatten es leichter mit ihrem Wohlwollen bei Wein und Kaminfeuer und gegenseitiger Fürsorge, als er, ihr Werkzeug, es mit seiner traurigen Arbeit hatte.

Mit geschlossenen Augen glitt der alte König zurück in die wirkliche Welt, aus der er gekommen war: Seine Frau war entführt, sein bester Freund verbannt, seine Neffen erschlagen, und sein Sohn griff nach seiner Kehle. Das Schlimmste war das Unpersönliche: daß alle seine Mitmenschen in die Sache verstrickt waren. Es stimmte tatsächlich, daß der Mensch grausam war, wie die Tiere gesagt hatten. Sie konnten es abstrakt sagen, sogar mit einem gewissen dialektischen Vergnügen, aber für ihn war es konkret: Er mußte unter Rohlingen aus Fleisch und Blut leben. Er selbst war einer von ihnen, bösartig und töricht wie sie und mit ihnen verbunden durch das seltsame Kontinuum des menschlichen Bewußtseins. Er war Engländer, und England befand sich im Krieg. So sehr er ihn auch haßte oder ihn zu beendigen wünschte: Er war umgeben

von einem wirklichen, aber nicht greifbaren Meer englischer Gefühle, die er nicht beherrschen konnte. Sich dagegen zu wehren, mit diesem Meer zu kämpfen, war mehr, als er wieder auf sich nehmen konnte.
Und er hatte sein Leben lang gearbeitet. Er wußte, daß er kein kluger Mann war. Geleitet vom Bewußtsein des alten Wissenschaftlers, der jung seine Seele geprägt hatte, gequält und geplagt, beladen wie Sindbad, von sich selbst entfernt und rücksichtlos einem abstrakten Dienst geweiht, hatte er schon länger für die schwarze Kunst geschuftet, als er zurückdenken konnte. Er hatte noch nicht einmal alles verstanden, was er tat, wie ein Lasttier, das an den Strängen zerrt. Und immer, das erkannte er jetzt, war Merlin hinter ihm gewesen – dieser sehr erbarmungslose alte Gläubige – und vor ihm der Mensch: grausam, dumm, unpolitisch.
Sie wollten, das erkannte er jetzt, daß er sich wieder an die Arbeit machte: daß er noch härter arbeitete und noch mehr. Gerade als er aufgegeben hatte, gerade als er in Tränen und besiegt gewesen war, gerade als der alte Ochse unterm Joch gefallen war, da waren sie wieder gekommen, um ihn auf die Füße zu stellen. Sie wollten ihn eine weitere Lektion lehren und ihn wieder auf den Weg schicken.
Aber er hatte nie ein eigenes Glück gehabt und nie sich selbst – nie, seit er ein kleiner Junge im Forest Sauvage gewesen war. Ihm alles zu nehmen, war nicht fair. Sie hatten ihn zu einem der geblendeten Goldfinken gemacht, von denen sie sprachen, der, immer blind, sein Lied für den Menschen verströmte, bis ihm das Herz brach.
Jetzt, da sie ihn verjüngt hatten, spürte er die ungeheure Schönheit der Welt, die sie ihm versagten. Er wollte ein wenig Leben haben; auf der Erde liegen und sie riechen; zum Himmel aufschauen wie *anthropos* und sich in den Wolken verlieren. Er wußte plötzlich, daß keiner, und wenn er auf der abgelegensten, ödesten Klippe im Ozean

lebte, sich über eine langweilige Landschaft beklagen konnte, solange er die Augen hob. Am Himmel war jede Minute eine neue Landschaft, in jeder Pfütze der Meeresfelsen war eine neue Welt. Er wünschte sich Urlaub zum leben. Er wollte nicht zurückgeschickt werden, um mit gesenkten Augen unter dem schrecklichen Joch zu ziehen. Er war selbst jetzt noch nicht wirklich alt. Vielleicht konnte er noch zehn Jahre leben – aber Jahre in der Sonne, Jahre ohne Lasten, Jahre, in denen die Vögel sangen, wie sie es zweifellos immer noch taten, obwohl er sie nicht mehr beachtet hatte, bis die Tiere ihn daran erinnerten. Warum mußte er zurück zu *Homo ferox*, wahrscheinlich, um von denen getötet zu werden, denen er helfen wollte, und wenn nicht, um in den Sielen zu sterben – wenn er die Arbeit niederlegen konnte? Jetzt könnte er direkt aus dem Grabhügel hinausgehen und nie mehr gesehen werden. Die Mönche der Thebaide, die frühen Heiligen auf Skellig Michael – diese Glücklichen waren vor dem Menschen in die Natur geflohen, die voll Frieden war. Und das, stellte er fest, wollte er mehr als alles andere – nur Frieden. Noch vor kurzem hatte er sich den Tod gewünscht und war für ihn bereit gewesen; doch jetzt hatten sie ihm eine Ahnung vom Leben gegeben, vom alten Glück und den Dingen, die er geliebt hatte. Grausamerweise hatten sie seine Jugend auferstehen lassen. Er wollte allein sein, schwänzen wie ein Junge, vielleicht sich in ein Kloster zurückziehen, Frieden für sein altes Herz haben.

Doch sie weckten ihn mit Worten, ihren scharfen, glänzenden Waffen.

»Auf jetzt, König. Wir müssen uns um diese Gänse kümmern, sonst ist die Nacht vorbei.«

»Fühlt Ihr Euch besser?«

»Hat jemand die Karaffe gesehen?«

»Ihr seht müde aus.«

»Trinkt einen Schluck Wein, bevor Ihr geht.«

12

Die Gegend, in die er kam, war vollkommen flach. In der Menschenwelt sieht man kaum je etwas absolut Flaches, Ebenes, weil dort die Bäume und Häuser und Hekken jeder Landschaft eine gezackte Kontur verleihen. Sogar das Gras sticht mit Myriaden von Halmen in die Höhe. Hier aber, im Bauch der Nacht, war grenzenloser flacher feuchter Schlamm, gestaltlos wie ein schwarzer Quark. Wäre es nasser Sand gewesen, hätte er diese kleinen Wellenzeichen gehabt, ähnlich dem Gaumen im Munde.

Auf dieser ungeheuren formlosen Fläche lebte ein einziges Element: der Wind. Denn er war ein Element. Er war eine Dimension, eine Macht der Dunkelheit. In der Menschenwelt kommt der Wind irgendwoher und geht irgendwohin und streicht dabei durch irgend etwas – durch Bäume oder Straßen oder Knicks. Dieser Wind kam nirgendwoher. Er fuhr durch das platte Nichts – nirgendwohin. Horizontal, geräuschlos (von einem eigenartigen Dröhnen abgesehen), greifbar, *ad infinitum* – so strömte das verblüffende dreidimensionale Gewicht über den Schlamm. Man hätte es mit einer Klinge durchschneiden können. Die titanische graue Linie war unerschütterlich und fest. Man hätte den Griff eines Regenschirms dar-

überhaken können, und er wäre dort hängengeblieben.
Diesen Wind im Gesicht, hatte der König das Gefühl, nicht erschaffen zu sein. Von der feuchten Festigkeit unter seinen schwimmhäutigen Füßen abgesehen, lebte er im Nichts, einem massiven Nichts, wie es das Chaos ist. Es war das Gefühl eines Punktes in der Geometrie, eines mysteriösen Daseins auf der kürzesten Entfernung zwischen zwei Punkten – oder einer auf glatter Fläche gezogenen Geraden, die Länge und Breite hatte, doch keine Größe. Keine Größe? Es war die personifizierte Größe. Es war Macht, Strömung, Kraft, Richtung, ein pulsloser Weltstrom der Vergessenheit.
Diesem Fegefeuer, dieser unheiligen Vorhölle waren Grenzen gesetzt. Weit im Osten, vielleicht eine Meile entfernt, war ein ungebrochener Geräuschwall. Er wogte ein wenig, brandete, schien sich auszudehnen und zusammenzuziehen, war indessen fest und massiv. Es klang bedrohlich, auf Opfer lüstern – denn es war das gewaltige, unbarmherzige Meer.
Zwei Meilen im Westen waren drei Lichtpunkte, im Dreieck angeordnet: die dürftigen Dochte in den Hütten von Fischern, die früh aufgestanden waren, um bei Flut an einem der Priele im Watt zu sein. Manchmal lief das Wasser dem Meer entgegen. Das war die Gesamtheit seiner Welt: das Meeresrauschen und die drei kleinen Lichter – Dunkelheit, Unendlichkeit, Flachheit, Feuchtigkeit und, im Schlund der Nacht, der Golfstrom des Windes.
Als der Tag warnend heraufdämmerte, stellte er fest, daß er inmitten einer Ansammlung von seinesgleichen stand. Sie saßen auf dem Schlamm, auf den das wütende Meer langsam wieder zurückkroch, oder schwammen schon auf dem Wasser, das sie geweckt hatte, außerhalb der lästig brodelnden Brandung. Die Sitzenden waren wie große Teekannen, deren Schnabelhälse unter den Flügeln steckten. Die Schwimmenden tauchten bisweilen ihren Kopf

unter und schüttelten ihn. Einige, die auf dem Schlamm wach wurden, standen auf und schlugen heftig mit den Flügeln. Das tiefgründige Schweigen wurde von einem schwatzhaften Geschnatter abgelöst. Es waren ihrer an die vierhundert in dieser grauen Nachbarschaft – wunderschöne Geschöpfe, die wilden, weißstirnigen Bläßgänse, die niemand vergißt, der sie einmal gesehen hat.

Lang ehe die Sonne kam, machten sie sich flugbereit. Familienclans aus der Brut vom Vorjahr schlossen sich zu Gruppen zusammen, und diese wiederum schlossen sich anderen an, vielleicht unter dem Kommando eines Großvaters, oder auch eines Urgroßvaters, oder aber eines weithin bekannten und geachteten Führers. Sobald die Züge komplett waren, kam ein leiser Ton der Erregung in ihre Unterhaltung. Sie fingen an, ihre Köpfe ruckartig von einer Seite zur anderen zu bewegen. Dann drehten sie sich in den Wind und waren plötzlich allesamt in der Luft, vierzehn oder vierzig zugleich; ihre weitgespannten Flügel schöpften die Schwärze aus, und in ihren Schreien klang Triumph mit. Sie wendeten, stiegen steil auf und waren den Blicken entschwunden. In zwanzig Schritt Höhe waren sie nicht mehr zu sehen. Die ersten Gruppen zogen lautlos ab; sie schwiegen, solange die Sonne nicht schien; nur gelegentlich gab es eine Bemerkung oder einen einzelnen Warnruf, wenn Gefahr drohte. Wurde gewarnt, stiegen sie sogleich senkrecht gen Himmel.

Er verspürte ebenfalls eine gewisse Unruhe. Die grauen Heere rings umher, die sich Minute für Minute in die Lüfte erhoben, steckten ihn mit ihrer Reiselust an. Er hätte es ihnen allzu gerne gleichgetan, aber er scheute sich. Möglicherweise würden diese Familienverbände ihn als unerwünschten Eindringling betrachten. Andererseits wollte er nicht abseits stehen; er wollte mitmachen und am Morgenflug teilnehmen, der offensichtlich große Wonne bereitete. Es herrschte Kameradschaft, freie Disziplin und *joie de vivre.* Als die Gans neben ihm ihre Flügel lüpfte und sprang, tat er es ihr automatisch gleich. Etwa acht in der Nähe hatten mit den Schnäbeln geruckt, was er nachmachte, als sei solch ein Tun ansteckend, und auf einmal befand er sich mit diesen acht zusammen schwebend in der waagrechten Luft. In dem Augenblick, da er den Erdboden verließ, verschwand der Wind. Dessen Ruhelosigkeit und Brutalität hatten ganz plötzlich aufgehört, wie mit dem Messer abgeschnitten. Er war im Wind und wunschlos.

Die acht Wildgänse formierten sich in Kiellinie, mit genau gleichem Abstand, und er bildete den Schluß. Sie wandten sich gen Osten, wo die kümmerlichen Lichter gewesen waren. Und jetzt stieg vor ihnen kühn die Sonne auf. In der schwarzen Wolkenbank weit hinter dem Land entstand ein Riß aus Zinnober und Orange. Das Leuchten breitete sich aus; die Salzmarsch unter ihnen wurde sichtbar. Er sah sie wie ein gestaltloses Moor, das zufällig maritim geworden war – das Heidekraut, das noch wie Heide aussah, hatte sich mit dem Seetang zusammengetan und war nun salzfeuchtes Heidekraut mit schlüpfrig-glitschigem Grün. Die Brandstreifen, die sich durchs Moor hätten ziehen sollen, bestanden aus Meerwasser auf bläulichem Schlick. Hier und dort waren an Stangen lange Netze ausgespannt, um unaufmerksame Gänse zu fangen. Daher also die Warnrufe. In einem Netz hingen zwei oder drei Pfeifenten, und weit weg von Osten her stapfte fliegenklein ein Mann durch den Schlick, zäh und verbissen, um seine Jagdstrecke einzusammeln.

Die Sonne stieg und färbte das Quecksilber der Priele und den glimmenden Schlamm mit Flammenfarben. Die Brachvögel, die lange vor Hellwerden ihre Klagelieder angestimmt hatten, flogen jetzt von ihren Weidebänken auf. Die Pfeifenten, die auf dem Wasser geschlafen hatten, strichen ab und pfiffen ihren Doppellaut wie Silvesterschwärmer. Die Stockenten plagten sich vom Land her gegen den Wind. Die Rotschenkel huschten wie Mäuse umher und stöberten im Schlick. Eine Wolke winziger Alpenstrandläufer, dichter als ein Starenschwarm, wendete in der Luft mit dem Getöse einer Eisenbahn. Das Krähengesindel erhob sich fröhlich kreischend aus den Kiefern in den Dünen. Strandvögel jeder Art bevölkerten den Gezeitensaum, schön und geschäftig.

Das Morgenrot, die Meeresdämmerung, die Meisterschaft geordneten Fliegens: all dies war von derart eindringlicher Schönheit, daß er das Gefühl hatte, singen zu müssen. Alle sorgenvollen Gedanken über den Menschen, die armseligen Wünsche nach Frieden, die ihn vor kurzem im Kommunikationsraum bedrängt hatten, fielen vorübergehend von ihm ab im Glück seiner Schwingen. Eine Hymne an das Leben wollte er singen, und da tausend Gänse um ihn her im Flug waren, brauchte er nicht lange zu warten. Die Formationen dieser Geschöpfe, die, der Sonne zugewandt, wie Rauchschwaden am Himmel wogten, stimmten zugleich Gesang und Gelächter an. Jedes einzelne Geschwader war im Ausdruck ein wenig verschieden – übermütig, jubilierend-triumphierend, gefühlvoll oder fröhlich-heiter. Die gewaltigen Gewölbe des Tagesanbruchs füllten sich mit Herolden, und dies war ihr Lied:

Du rollend Weltenrad und Uhrwerk sondergleichen
Dreh du ans Firmament der Sonnen Zauberzeichen.

Auf jeder Brust, seht hin, der Morgenröt Frohlocken,
Es jauchzt aus jeder Kehl Posaun und Spiel der Glocken.

Der wilden Vögel Zug zeucht aus den dunklen Stunden,
Ein dämmernd Waidgefolg von Hengsten und
von Hunden.

Frei, frei; fern, fern; schön schwebend auf Schwingen
naht Anser albifrons mit Klingen und Singen.

13

ER BEFAND SICH AUF einer struppigen Wiese; es war Tag. Seine Fluggefährten weideten um ihn her; sie rupften das Gras mit seitlich gedrehten, weichen, kleinen Schnäbeln und verbogen dabei – im Gegensatz zu den anmutigen Bewegungen der Schwäne – grotesk ihre Hälse. Wenn sie weideten, stand einer stets Wache, mit hoch erhobenem Kopf, einer Schlange ähnlich. Sie hatten sich während der Wintermonate gepaart, vielleicht schon in früheren Wintern, so daß sie innerhalb des Familienverbandes und des Geschwaders meist paarweise grasten. Die junge Gänsin, seine Nachbarin aus dem Wattenmoor, stand in ihrem ersten Lenz. Sie behielt ihn fürsorglich im Auge.
Der alte Mann, der noch um seine Jugend wußte, beobachtete sie heimlich und konnte nicht umhin, sie schön zu finden. Er empfand sogar eine gewisse Zärtlichkeit für ihre daunige Brust, die noch nichts von Käfiggittern wußte, für ihre dralle, kompakte Gestalt und die hübsche Fiederung im Genick. Diese Fiederung wurde, wie er verstohlen konstatierte, durch einen Unterschied im Federbesatz bewirkt. Die Federn waren konkav, was sie voneinander trennte, und hierdurch entstand ein Gefüge von Feder-Kämmen, das ihn reizvoll dünkte.

Alsbald gab ihm die junge Gänsin einen Stups mit dem Schnabel. Sie hatte Posten gestanden.
»Los doch«, sagte sie burschikos, »du bist dran.«
Sie senkte den Kopf, ohne auf eine Antwort zu warten, und machte sich mit der gleichen Bewegung ans Weiden, wobei sie sich von ihm entfernte.
Er hielt Wache. Er wußte nicht, wonach er Ausschau halten sollte; auch sah er keinen Feind; er sah nur Grasbüschel und seine knabbernden Gefährten. Aber er hatte nichts dagegen, mit dem Amt des Wachtpostens betraut worden zu sein. Überrascht stellte er fest, daß er nichts dagegen hatte, männlich zu wirken – für den Fall, daß sie ihn beobachtete. Trotz seiner Jahre war er immer noch zu unschuldig, um zu wissen, daß sie das ganz bestimmt tat.
»Was machst du?« fragte sie, als sie eine halbe Stunde später an ihm vorbeikam.
»Ich schiebe Wache.«
»Na, nun mach's halblang«, sagte sie kichernd oder gikkernd oder gackernd. »Du spinnst!«
»Wieso?«
»Das weißt du genau.«
»Nein«, sagte er, »bestimmt nicht. Mach' ich's nicht richtig? Ich versteh' nicht.«
»Hack den nächsten. Du stehst doch schon mindestens doppelt so lang wie nötig.«
Er tat, wie sie gesagt hatte, woraufhin der neben ihm grasende Ganter Posten bezog; er selbst weidete mir ihr weiter. Sie knabberten Seite an Seite und beobachteten sich mit Perlaugen, bis er zu einer Entscheidung kam.
»Du hältst mich für dumm«, sagte er scheu, und zum ersten Mal gab er einem Tier gegenüber das Geheimnis seiner Spezies preis: »... aber das kommt daher, daß ich keine Gans bin. In bin als Mensch auf die Welt gekommen. Das hier ist mein erster Flug mit den Grauen.«
Sie war nur leicht überrascht.

»Das ist ungewöhnlich«, sagte sie. »Meist versuchen sich die Menschen als Schwan. Zuletzt hatten wir die Children of Lir. Aber wir sind wohl doch allesamt *anseriformes.«*
»Von den Children of Lir hab' ich schon gehört.«
»Denen hat's nicht gefallen. Sie waren hoffnungslos nationalistisch und religiös und klebten deshalb dauernd in der Nähe irgendeiner Kapelle in Irland. Man könnte fast sagen, sie hätten die anderen Schwäne gar nicht richtig bemerkt.«
»Mir gefällt's«, sagte er höflich.
»Das hab' ich mir gedacht. Wozu bist du hier?«
»Um etwas über die Welt zu lernen.«
Sie weideten schweigend, bis seine eigenen Worte ihn an seine Aufgabe erinnerten.
»Die Posten«, sagte er. »Sind wir im Krieg?«
Sie begriff nicht.
»Krieg?«
»Kämpfen wir gegen irgendwen?«
»Kämpfen?« fragte sie zögernd. »Manchmal kämpfen die Männer um ihre Frauen und so was. Natürlich gibt's kein Blutvergießen – nur Raufereien, um den besseren Mann zu finden. Meinst du das?«
»Nein. Ich meine: gegen Armeen kämpfen, gegen Heere, gegen andere Gänse, zum Beispiel.«
Sie blickte belustigt drein.
»Wie lächerlich! Meinst du, ganze Gänseherden raufen gleichzeitig? Das möcht' ich gern mal sehn – muß sehr komisch sein.«
Ihr Ton überraschte ihn.
»Du möchtest gern sehen, wie sie sich gegenseitig töten?«
»Sich gegenseitig töten? Eine Gänseherde soll eine andere töten?« Zögernd begann sie zu begreifen, was er meinen mochte, und ein Ausdruck des Abscheus und der Trauer überzog ihr Gesicht. Als sie begriffen hatte, ließ sie ihn stehn. Sie wechselte schweigend auf einen anderen Teil des

Weidegrunds. Er folgte ihr, aber sie drehte ihm den Rükken zu. Er ging um sie herum, um ihr in die Augen zu sehn, und ihr Widerwille erschreckte ihn, verstörte ihn – ein Blick, als hätte er ein unsittliches Ansinnen an sie gerichtet.
»Verzeihung«, sagte er unbeholfen. »Du verstehst das nicht.«
»Wir wollen nicht mehr davon reden.«
»Verzeihung.«
Ein Weilchen später fügte er hinzu: »Man darf doch wohl noch fragen? Scheint mir eine ganz natürliche Frage – mit den Posten.«
Aber sie war wirklich wütend und weinte fast.
»Läßt du das jetzt sofort sein! Was hast du nur für eklige Gedanken! Du hast kein Recht, solche Sachen zu sagen. Und natürlich stehn Posten da. Wegen der Gerfalken und der Wanderfalken. Und hast du die Füchse vergessen und die Hermeline und die Menschen mit ihren Netzen? Das sind natürliche Feinde. Aber welche Geschöpfe könnten so tief sinken, daß sie andere ihres eigenen Blutes ermorden?«
Er dachte: Schade, daß die Menschen keine größeren natürlichen Feinde haben. Wenn es genug Drachen und Vögel Rok gäbe, würde sich die Menschheit vielleicht gegen sie wenden. Unglücklicherweise wird der Mensch nur von Mikroben verfolgt, und die sind zu klein, um richtig gewürdigt zu werden.
Laut sagte er: »Ich wollte bloß lernen.«
Langsam ließ sie sich erweichen und versuchte, ein freundliches Gesicht zu machen. Sie wollte nicht kleingeistig erscheinen. Im Grunde nämlich war sie ein Blaustrumpf.
»Da hast du noch viel vor dir.«
»Dann mußt du mich lehren. Du mußt mir von den Gänsen erzählen, damit mein Geist sich bildet.«
Sie hatte ihre Zweifel nach dem Schock, den er ihr versetzt

hatte, doch in ihrem Herzen war sie nicht bösartig. Wie alle Gänse war sie von einer Güte, die ihr das Verzeihen leicht machte. Bald waren sie Freunde.
»Was möchtest du wissen?«

Sie verbrachten viel Zeit miteinander, und in den nächsten Tagen stellte er fest, daß Lyo-lyok ein bezauberndes Geschöpf war. Ihren Namen hatte sie ihm zu Beginn ihrer Bekanntschaft gesagt und ihm geraten, daß er sich auch einen zulege. Sie hatten Kii-kwa gewählt, einen Ehrennamen der seltenen rotbrüstigen Gänse, die sie in Sibirien kennengelernt hatte. Als sie einander erst einmal bei ihren Namen nannten, stürzte sie sich entschlossen auf seine Erziehung.
Lyo-lyok war nicht nur am Flirt interessiert. Auf ihre besonnene Art nahm sie rational Anteil an der weiten Welt, und obgleich seine Fragen sie verwirrten, reagierte sie mit der Zeit nicht mehr mit Abscheu darauf. Den meisten dieser Fragen lag seine Erfahrung bei den Ameisen zugrunde, und deshalb wurde sie davon verwirrt. Er stellte Fragen über Nationalismus, Staatsverwaltung, individuelle Freiheit, Eigentum und so weiter, über die Dinge, deren Bedeutung im Kommunikationsraum erwähnt oder im Ameisenhaufen deutlich geworden war. Da er ihr die meisten Begriffe erklären mußte, bevor sie etwas erklären konnte, war es interessant, darüber zu reden. Sie sprachen freundschaftlich miteinander, und als seine Erziehung Fortschritte machte, empfand der überraschte alte Mann eine Art tiefe Bescheidenheit und sogar Zuneigung gegenüber ihren Gänsen – ähnlich den Gefühlen, die Gulliver bei den Pferden empfunden haben mußte.
Nein, erklärte sie ihm: Bei den Grauen gab es keine Staatsverwaltung. Sie hatten keinen Gemeinbesitz und erhoben keinen Anspruch auf irgendeinen Teil der Welt. Der schöne Globus, fanden sie, konnte keinem als sich selbst

gehören, und alle Gänse hatten Zugang zu seinen Rohmaterialien. Der einzelne Vogel mußte sich auch keiner staatlichen Disziplin unterwerfen. Die Geschichte vom Todesurteil gegen eine Ameise, die sich geweigert hatte, anderen Nahrung aus ihrem Kropf zu geben, erregte ihren Abscheu. Bei den Gänsen, erklärte sie, aß jeder, soviel er finden konnte, und wer sich auf einem saftigen Grasflecken gütlich tat, den eine andere Gans für sich entdeckt hatte, der wurde ordentlich gehackt. Und, ja, sagte sie, es gab noch weiteren Privatbesitz neben den Weideplätzen: Ein verheiratetes Paar flog Jahr um Jahr zum selben Nest zurück, obwohl sie zwischendurch viele tausend Meilen hinter sich gelegt haben mochten. Das Nest war ebenso privat wie das Familienleben. Gänse, erklärte sie, waren in ihren Liebesaffären nicht mal hier, mal da engagiert, außer in der Jugend; und das war, wie es ihrer Meinung nach sein sollte. Einmal verheiratet, blieben sie ihr Leben lang zusammen. Ihre Politik, soweit sie überhaupt eine hatten, war patriarchalisch oder individualistisch und beruhte auf der freien Entscheidung. Und natürlich führten sie nie Kriege.
Er fragte nach ihrem Führungssystem. Offensichtlich wurden bestimmte Gänse als Führer akzeptiert – im allgemeinen waren das ehrwürdige alte Herren mit gesprenkelten Brustfedern –, die an der Spitze ihrer Formationen flogen. Er dachte an die Ameisenköniginnen, die sich wie die Borgias des Thrones wegen umbrachten, und wollte wissen, wie diese Gänseadmirale gewählt worden waren. Sie wurden nicht gewählt, sagte sie, jedenfalls nicht offiziell. Sie wurden einfach Admirale.
Als er sich damit nicht zufrieden gab, erzählte sie ihm eine lange Geschichte vom Vogelzug.
»Die erste Gans«, sagte sie, »die von Sibirien nach Lincolnshire und zurück geflogen ist, muß wohl in Sibirien eine Familie gegründet haben. Als dann der Winter kam und es schwierig wurde, Nahrung zu finden, muß sie wie-

der ihren Weg gesucht und dieselbe Route benutzt haben, die niemand sonst kannte. Diesem Ganter wird Jahr für Jahr seine immer größer werdende Familie gefolgt sein, und er wurde ihr Lotse und Admiral. Als es dann ans Sterben ging, waren natürlich seine ältesten Söhne die besten Lotsen, da sie die Route öfter zurückgelegt hatten als alle andern. Die jüngeren Söhne und Gösseln waren ihrer Sache nicht sicher und folgten daher gern jemandem, der genau Bescheid wußte. Vielleicht befanden sich unter den ältesten Söhnen einige, die ihrer Wirrköpfigkeit wegen berühmt waren, und denen traute die Familie nicht so recht. So«, sagte sie, »wird ein Admiral gewählt. Vielleicht kommt im Herbst Wink-wink zu unserer Familie und sagt: ›Entschuldigt, aber habt ihr vielleicht einen zuverlässigen Lotsen bei euch? Unser armer alter Opa ist zur Maulbeerzeit verstorben, und Onkel Onk ist untauglich. Wir suchen jemanden, dem wir nachfolgen können.‹ Wir sagen dann: ›Großonkel wird sich riesig freuen, wenn ihr euch uns anschließt; aber wir können gar keine Verantwortung übernehmen, falls etwas schiefgehen sollte.‹Und er sagt: ›Recht herzlichen Dank. Euer Großonkel ist bestimmt sehr zuverlässig. Ob ich das wohl den Honks erzählen darf? Ich weiß nämlich zufällig, daß sie sich in derselben Schwierigkeit befinden.‹›Aber gern.‹ Und so«, erklärte sie, »wurde Großonkel Admiral.«

»Sehr vernünftig.«

»Sieh dir seine Ringe an«, sagte sie respektvoll, und beide blickten sie zu dem stattlichen Patriarchen hinüber, dessen Brust mit schwarzen Streifen geschmückt war.

Bei anderer Gelegenheit fragte er sie nach den Vergnügungen und Ambitionen der Gänse. Entschuldigend wies er darauf hin, daß bei den Menschen ein Leben ohne spektakuläre Erwerbungen oder auch ohne Kriege leicht als langweilig betrachtet würde.

»Die Menschen«, sagte er, »machen viel Aufhebens von Schmuckgegenständen, Reichtümern, Luxusgütern, Vergnügungen und so weiter. Das gibt ihnen ein Ziel im Leben. Angeblich führt es auch zu Kriegen. Doch ich fürchte, wenn sie so wenig besäßen wie das, womit sich die Gänse zufrieden geben, würden sie unglücklich sein.«
»Bestimmt wären sie das. Ihre Hirne sind anders geformt als die unseren. Wenn man die Menschen zwänge, genauso zu leben wie die Gänse, wären sie so unglücklich wie die Gänse, wenn sie wie die Menschen leben müßten. Doch das bedeutet nicht, daß die einen nicht ein wenig von den anderen lernen könnten.«
»So langsam meine ich, daß die Gänse von uns nicht sehr viel lernen können.«
»Wir sind schon Millionen Jahre länger auf der Erde als ihr armen Geschöpfe, also trifft euch da kaum eine Schuld.«
»Aber erzähl mir«, bat er, »von euren Vergnügungen, euren Ambitionen oder Zielen, oder wie ihr's sonst nennt. Sicher sind sie recht begrenzt?«
Darüber mußte sie lachen.
»Unser Hauptziel im Leben«, sagte sie belustigt, »ist, lebendig zu sein. Ich glaube, deine Menschen haben das vergessen. Wenn man jedoch unsere Vergnügungen mit Schmuck und Reichtümern vergleicht, sind sie nicht so spärlich, wie es scheinen mag. Wir haben ein Lied, das sie besingt, es heißt ›Des Lebens beste Gabe.‹«
»Sing es mir vor.«
»Gleich. Zuvor muß ich noch sagen, daß ich in diesem Lied eine gute Gabe immer vermißt habe. Es geht hier um die Freuden der Gänse, und niemand erwähnt das Reisen. Das finde ich dumm. Wir reisen hundertmal weiter als die Menschen und sehen so interessante Dinge und erleben ständig soviel Abwechslung und soviel Schönes, Neues, daß ich nicht verstehen kann, wieso der Dichter das vergessen hat. Stell dir vor, meine Großmutter war in Mickle-

garth; ich hatte einen Onkel, der in Burma gewesen war; und Urgroßvater erzählte immer gern, daß er Cuba besucht hat.«

Da der König wußte, daß Micklegarth der skandinavische Name für Konstantinopel war, während er von Burma nur durch T. natrix gehört hatte und Cuba überhaupt noch nicht entdeckt war, zeigte er sich entsprechend beeindruckt.

»Reisen«, sagte er, »muß himmlisch sein.«

Er dachte an die schönen Schwingen und an die Lieder vom Fliegen und an die Welt, die immer neu und wieder neu unter ihren Flügeln dahinströmte.

»Das ist das Lied«, sagte sie ohne weitere Einleitung und sang es anmutig nach einer Wildgänse-Melodie:

DES LEBENS BESTE GABE*

Kaio antwortete: Gesundheit ist des Lebens beste Gabe:
Watschelfuß, Federweiß, Lockerhals,
Lackknopfaug,
Sie besitzen den Reichtum dieser Welt.

Der würdige Ank drauf: Die Ehre ist unser Alles:
Pfadfinder, Volksspeiser, Zukunftsplaner,
weise Gebieter,
Sie vernehmen ihren hohen Ruf.

Lyo-lyok die Lockere sprach: Liebe wäre mir lieber:
Daunenweich, Zärteltritt, Warmnestchen,
Trippeltraps,
Sie leben für immer.

* Übertragen von H. C. Artmann

Aahng-ang war fürs Schmausen: Ha, rief er, Essen!
Morchelmampf, Grüngraps, Nesselschling,
Nudelschluck,
Sie lassen sich's schmecken.

Wink-wink pries Kameraden, die schöne freie Kumpanei:
Staffelstern, Spitzflitzer, Fitzepfeil,
Wolkenzisch,
Sie lernen Ewigkeit.

Doch ich, Lio, wählte das Dichten, ein Stürmer
und Dränger:
Horngetön, Lachen, Lied, Helden-Herz,
Narr-die-Welt:
Sprach Lio, der Sänger.

Mit ihrem sanften Ernst gesungen, dachte er, war es ein herrliches Lied. Er begann, die Gaben, die sie erwähnt hatte, an seinen Zehen abzuzählen; doch da er vorn nur drei hatte und hinten eine Art Knoten, mußte er zwei Runden zählen. Reise, Gesundheit, Ehre, Liebe, Appetit, Kameraden, Musik, Poesie und, wie sie gesagt hatte, das Leben selbst.
In ihrer Einfachheit war das keine schlechte Liste, zumal sie noch etwas wie Weisheit hätte anführen können.

14

IN DEN VOGELSCHAREN MACHTE sich wachsende Erregung bemerkbar. Die jungen Gänse flirteten heftig oder versammelten sich in Gruppen, um über ihre Lotsen zu diskutieren. Auch spielten sie Spiele, wie Kinder es tun, denen eine aufregende Party bevorsteht. Bei einem dieser Spiele wurde ein Kreis gebildet, in den, einer nach dem anderen, die jüngeren Ganter stolzierten, gereckten Halses und spielerisch zischend. Hatten sie den Kreis zur Hälfte durchschritten, fingen sie zu laufen an und schlugen mit den Flügeln. Hiermit wollten sie zeigen, wie tapfer sie seien und was für ausgezeichnete Admirale sie abgeben würden, sobald sie erwachsen wären. Auch eigneten sie sich die eigentümliche Sitte an, mit dem Schnabel zu schlenkern, wie es vor dem Fluge üblich war. Die Alten und Weisen, welche die Vogelfluglinien kannten, wurden ebenfalls ruhelos. Sie behielten die Wolkenformationen klug im Auge, taxierten Windstärke und -richtung. Die Admirale schritten, stolz die Bürde ihrer Verantwortung tragend, mit gewichtigem Schritt auf ihren Achterdecks einher.

»Warum bin ich unruhig?« fragte er. »Wieso habe ich dies sonderbare Gefühl?«
»Wart's ab«, sagte sie geheimnisvoll. »Morgen, vielleicht, oder übermorgen ...«
Und ihre Augen schauten träumerisch, mit einem Blick aus weiter Ferne und aus alter Zeit.

Als der Tag kam, war alles verändert: Salzmarsch und Schlamm und Schlick. Der ameisenhafte Mann, der jeden Morgen so geduldig zu seinen langen Netzen hinausgestapft war – und die Tide im Kopf hatte, denn ein Irrtum in der Zeit bedeutete den sicheren Tod –, der hörte Signale am fernen Himmel. Er sah nicht mehr Tausende auf den Moorflächen, und keine einzige war auf den Weidegründen, von denen er kam. Auf seine Art war er ein netter Mensch – denn er blieb stehen und nahm feierlich seinen Lederhut ab. Das tat er fromm in jedem Frühjahr, wenn die Wildgänse ihn verließen, und in jedem Herbst, wenn er das erste Gackern der Heimreisenden hörte.

Wie weit ist es über die Nordsee? Auf einem Dampfer braucht man zwei oder drei Tage, um dieses quabbligquaddernde Gewässer zu überqueren. Für die Gänse hingegen, für die Matrosen der Lüfte, für die spitzwinkligen Dreiecke des Himmels, die Wolken zerfetzten, für die Sänger des Firmaments, die eine steife Brise im Rücken hatten – siebzig Meilen die Stunde, und nochmal siebzig – für diese geheimnisvollen Geographen – in drei Meilen Höhe, so heißt es – mit Kumuluswolken zu Füßen anstelle von Wasser – für die war das ganz und gar anders, und vor allem war es eine Lust.
Der König hatte seine Freunde noch nie so fröhlich gesehen. Die Lieder, die sie Stunde um Stunde sangen, waren voll davon. Einige waren vulgär (damit werden wir uns ein andermal beschäftigen), andere waren Sagas von unver-

gleichlicher Schönheit, und wieder andere waren einigermaßen leichtsinnig. Ein Lied fand er besonders komisch.

Wir ziehen am Himmel mit Krächzen und Schrein,
Und landen auf Wiesen, stolzieren querfeldein,
Honk-honk, Honk-honk, Honk-honk.

Verdrehn unsre Hälse recht komisch und keck
Wie emsige Klempner, wenn's Bleirohr ist leck,
Hink-hink, Hink-hink, Hink-hink.

Wir weiden gemütlich und mästen uns satt
An Gräsern und Kräutern, an Stengel und Blatt,
Hunk-hunk, Hunk-hunk,Hunk-hunk.

Ja Honk oder Hink, bei uns geht das flink,
Ja Hink oder Hunk, uns schmeckt jeder Strunk,
Honk-honk, Hink-hink, Hunk-hunk,
Vivat Speis und Trunk!

Ein empfindsamer Song lautete:

Wild und frei, wild und frei,
Ach, mein Gänsrich flog vorbei!

Und einmal, als sie eine felsige Insel überquerten, die von Ringelgänsen bevölkert war – sie sahen aus wie alte Jungfern mit schwarzen Lederhandschuhen, Kapotthütchen und kohlefarbenem Halsband – , stimmte das ganze Geschwader spöttisch an:

Branta bernicla suhlt sich sacht und sanft im Sumpf,
Branta bernicla suhlt sich sacht und sanft im Sumpf,
Branta bernicla suhlt sich sacht und sanft im Sumpf,
  doch wir ziehn im Gänsemarsch.
Glory, Glory, jetzt sind wir da,
Glory, Glory, jetzt sind wir da,
Glory, Glory, jetzt sind wir da,
  Marsch, zum Nordpol, auf, marsch, marsch.

Aber es hat keinen Sinn, von der Schönheit erzählen zu wollen. Das Leben war einfach unglaublich schön, und das ist ein Genuß, der gelebt werden muß.

Manchmal stiegen sie von der Höhe der Zirruswolken nieder, um eines besseren Rückenwindes teilhaftig zu werden, und gerieten in die riesigen Kumuluskissen, in gewaltige Türme geformten Wasserdampfs, weiß wie frischgewaschene Wäsche am Montag und massiv wie Meringen. Bisweilen lag eine dieser aufgehäuften Himmelsblumen, dieser schneeweißen Losungen eines gigantischen Pegasus, einzeln meilenweit voraus. Dann steuerten sie diese an, sahen sie still und kaum wahrnehmbar wachsen: ein regloses Wachstum. Und wenn sie da waren, wenn es schien, als würden sie mit ihren Schnäbeln schmerzhaft an diese scheinbar feste Masse stoßen – dann dämmerte die Sonne herauf. Sekundenlang ringelten sich plötzlich Nebelschwaden zu ihren Füßen wie Schlangen der Lüfte. Grauer Dunst umgab sie – und die Sonne, ein kupferner Pfennig, verblaßte, verblich. Die Flügel des Nachbarn tauchten ins Leere, bis jeder Vogel ein einsames Geräusch war im kalten Nichts, ein Gegenwärtiges nach der Ent-Schöpfung. Und dort hingen sie nun, im Un-Kartographierten, anscheinend ohne Fahrt, ohne Links und Rechts und Oben oder Unten, bis urplötzlich der Kupferpfennig wieder glühte und die Schlangen sich wieder ringelten. Einen Augenblick lang waren sie neuerlich in der Juwelen-Welt, hatten unter sich ein Meer aus Türkis und alle neugeschaffenen Prunkpaläste des Paradieses, auf denen der Tau von Eden noch nicht getrocknet war.
Eine Felsklippe im Ozean half ihnen, bei dieser Flugwanderung nicht die Richtung zu verlieren. Auch andere Orientierungspunkte gab es. Einmal, zum Beispiel, kreuzten Zwergschwäne ihren Weg, in einer Reihe hintereinander fliegend, nach Abisco zu, lärmend wie kläffende

kleine Köter, denen man ein Taschentuch übergeworfen hat. Ein andermal überholten sie eine Waldohreule, die sich mühsam abplagte und – *dem Vernehmen nach* – in ihren warmen Rückenfedern einen winzigen Zaunkönig als blinden Passagier an Bord hatte. Die einsame Insel jedoch war die beste Wegmarke.

Denn es war eine Vogelstadt. Alle brüteten, alle zankten sich, und alle waren trotzdem freundlich. Oben auf dem Kliff, wo das kurze Gras wuchs, waren zahllose Papageitaucher an ihren Bauen tätig. Darunter, auf der Tordalkstraße, hockten die Vögel derart dicht gedrängt und auf so schmalen Graten, daß sie mit der Kehrseite zum Meer stehen und sich mit langen Krallen festhalten mußten. In der Lummenstraße, darunter, hielten die Seetaucher ihre scharfen Zwergengesichter nach oben gerichtet, wie brütende Drosseln es tun. Ganz unten waren die Dreizehenmöwen-Slums. Und alle Vögel, die, fast menschenähnlich, nur ein Ei pro Person legten – standen derart eng beisammen, daß ihre Hälse sich ineinander verschlangen und verwoben. Sie hatten so wenig ›Lebensraum‹, wie wir das fatalerweise zu nennen belieben, daß dauernd dieser Fall eintrat: so oft ein neuer Vogel darauf bestand, auf dem Grat zu landen, der bereits voll besetzt war, purzelte einer der anderen Vögel herunter. Trotzdem aber waren sie bester Laune; sie scherzten und alberten und zogen sich gegenseitig auf. Sie ähnelten einer unzählbaren Menge von Fischweibern auf dem größten Markt der Welt, die sich in private Dispute stürzen, aus Tüten essen, den Ordnungshüter beschimpfen, zweideutige Lieder singen, ihre Kinder verwarnen und über ihre Männer herziehen. »Rück mal 'n Stücke, Tantchen«, hieß es. Oder: »Komm, Oma, mach mal Platz.« Oder: »Setzt sich die Alte doch tatsächlich mittenmang die Garnelen.« Oder: »Willst du dir nicht erstmal die Nase putzen?« Oder: »Sag doch: Ist das nicht Onkel Otto mit'n Bier?« Oder: »Nich' noch Platz für

meine Wenigkeit?« Oder: »Tante Emma – da geht sie hin, ist glattweg vom Stengel gefallen.« Oder: »Sitzt mein Hut auch richtig?« Oder: »Du Schnösel, laß das mal gefälligst bleiben!«
Sie hielten sich mehr oder weniger zusammen, nahmen's aber nicht allzu genau. Es kam durchaus vor, daß eine Dreizehenmöwe in der Lummenstraße saß, auf irgendeinem Vorsprung, und stur auf ihrem Recht beharrte. Insgesamt mochten es ein halbe Million sein, und der Lärm, den sie machten, war ohrenbetäubend.
Der König konnte nicht umhin, sich zu fragen, wie eine Menschenstadt mit verschiedenen Rassen unter solchen Bedingungen wohl aussehen würde.

Dann kamen die Fjorde und Inseln Norwegens. Auf einer dieser Inseln, übrigens, siedelte der große W. H. Hudson eine wahre Gänsegeschichte an, die einen nachdenklich stimmen könnte. Es war ein Küsten-Bauer, so erzählte er, dessen Inseln unter einer Fuchsplage zu leiden hatten. Also stellte er eine Fuchsfalle auf. Als er die Falle am nächsten Tag inspizierte, sah er, daß sich eine alte Wildgans darin gefangen hatte, offenbar ein Großadmiral: wegen seiner Zähigkeit und der dicken Kolbenringe. Der Bauer nahm die Gans mit nach Hause, beschnitt ihr die Schwingen, band ihr die Beine und setzte sie auf den Hof zu seinem anderen Geflügel. Nun hatte aber die Fuchsplage zur Folge, daß der Bauer jeden Abend seinen Hühnerstall versperrte. Abend für Abend ging er über den Hof, scheuchte sie in den Stall und sperrte die Tür zu. Nach einer Weile fiel ihm etwas Sonderbares auf: Das Federvieh brauchte nicht mehr zusammengetrieben zu werden, sondern wartete im Stall auf ihn. Eines Abends wollte er dem Geheimnis auf die Spur kommen und entdeckte, daß der gefangene Potentat die Aufgabe übernommen hatte, die ihm vermöge seiner Intelligenz nicht verborgen geblieben war.

Zur Nachtzeit sammelte der scharfsinnige alte Admiral seine domestizierten Kameraden ein, zu deren Führer er sich aufgeschwungen hatte, und brachte sie selbständig und sorgsam an den dafür bestimmten Ort, so, als hätte er die Situation klar erkannt. Die freien Wildgänse, seine einstigen Gefolgsleute, ließen sich nie wieder auf jener Insel nieder, die früher ihr bevorzugter Aufenthaltsort gewesen war und von der man ihren Käpt'n plötzlich weggehext hatte.

Nach den Inseln kam dann endlich die Landung am Zielort des ersten Reisetages. Dieses freudige Gezeter! Diese Selbstbeglückwünschungen! Sie ließen sich vom Himmel fallen, rutschten seitlich ab, führten allerlei akrobatische Glanzleistungen vor, ja: sie machten sogar Sturzspiralen. Sie waren furchtbar stolz auf sich und auf ihren Lotsen und freuten sich auf die vor ihnen liegenden Familienferien. Die letzte Strecke glitten sie mit niedergebogenen Schwingen dahin. Im allerletzten Moment flatterten sie heftig, peitschten die Luft. Dann – plumps – waren sie auf dem Boden. Einen Augenblick lang hielten sie die Flügel über den Köpfen, dann legten sie sie flink und akkurat zusammen. Sie hatten die Nordsee überflogen.

15

EINIGE TAGE SPÄTER ERREICHTEN sie das sibirische Sumpfland; es war eine Schale voller Sonnenlicht. Die Berge hatten sich ein Filigran von Schnee bewahrt, der, als er schmolz, in kleinen Bächen herunterschäumte wie Ale. Die Seen glitzerten unter Mückenwolken, und zwischen den verkrüppelten Birken an ihren Ufern wanderte das liebenswerte Rentier neugierig umher, schnupperte an den Gänsenestern und wurde von den Gänsen angezischt.

Lyo-lyok ließ sich sofort nieder, um ihre Kinderstube einzurichten – obwohl sie ja unverheiratet war; und der König hatte Zeit, nachzudenken.

Er war ein unkritischer Mann, gewiß kein verbitterter. Der Verrat, dem er durch seine menschliche Rasse ausgesetzt gewesen war, hatte gerade erst begonnen, ihn niederzudrücken. Er hatte es sich selbst nie so direkt zugegeben; doch die Wahrheit war, daß alle ihn betrogen hatten, sogar seine eigene Frau und sein ältester Freund. Sein Sohn war der Geringste unter den Verrätern. Seine Tafelrunde hatte sich gegen ihn gekehrt, zumindest die Hälfte davon, ebenso die Hälfte des Landes, für das er sein Leben lang gearbeitet hatte. Jetzt baten sie ihn, seinen Dienst für die

Verräter wieder aufzunehmen, und endlich wurde ihm zum ersten Mal klar, daß das sein Ende bedeuten würde. Denn welche Hoffnung gab es für ihn unter den Menschen? Sie hatten fast regelmäßig jede anständige Person umgebracht, die seit Sokrates' Zeiten zu ihnen gesprochen hatte. Sogar ihren Gott hatten sie umgebracht. Jeder, der ihnen die Wahrheit sagte, war das legitime Opfer ihrer Niedertracht, und Merlins Spruch über ihn war das Todesurteil.

Doch hier, erkannte er, bei den Gänsen, für die Mord und Verrat Obszönitäten waren, hier war er glücklich und entspannt. Hier konnte ein Mensch mit einem Herzen guter Hoffnung sein. Manchmal spürt ein müder Mann, der eine religiöse Berufung zum Mönch hat, eine richtige Sehnsucht nach dem Kloster, nach dem Ort, wo er seine Seele entfalten kann wie eine Blume und seiner Idee vom Guten entgegenwachsen darf. Das war es, was der alte Mann mit einem plötzlichen Begehren empfand, nur daß sein Kloster der sonnengetränkte Sumpf war. Er wollte mit dem Menschen nichts mehr zu tun haben, wollte sich in Ruhe niederlassen.

Zum Beispiel, sich mit Lyo-lyok niederlassen: ihm schien, einem erschöpften Geist könne Schlimmeres begegnen. Nachdenklich begann er sie mit den Frauen zu vergleichen, die er gekannt hatte, und das war nicht immer zu ihrem Nachteil. Sie war gesünder als die anderen, sie hatte nicht deren Migränen, Launen und hysterische Anfälle. Sie war so gesund wie er, ebenso stark, eine ebensogute Fliegerin. Alles, was er tun konnte, konnte sie auch, so daß ihre Interessengemeinschaft vollkommen wäre. Sie war sanftmütig, gescheit, treu, mitteilsam. Sie war sehr viel reinlicher als die meisten Frauen, weil sie den halben Tag im Wasser verbrachte und die andere Hälfte damit, sich zu putzen, und ihre Züge waren von keinem Tupfer Schminke verunziert. Sobald sie einmal verheiratet war, würde sie keine weiteren Liebhaber erhören. Sie war schöner als die Durchschnittsfrau, weil sie eine natürliche Gestalt statt einer künstlichen hatte. Sie war anmutig und watschelte nicht, denn die Wildgänse gehen leicht, und er hatte gelernt, ihre Fiederung hübsch zu finden. Sie würde eine liebevolle Mutter sein.

In seinem alten Herzen spürte er ein warmes Gefühl für Lyo-lyok, auch wenn wenig Leidenschaft dabei war. Er bewunderte ihre kräftigen Beine mit dem Knubbel darauf und ihren gut geschnittenen Schnabel. Er hatte Zacken wie Zähne und eine große Zunge, die ihn zu füllen schien. Der König mochte es, daß sie nie in Eile war.

Sie widmete sich begeistert dem Nestbau, den er deshalb mit Vergnügen beobachtete. Es war kein architektonischer Triumph, aber doch das, was gebraucht wurde. Sie war heikel gewesen mit der Auswahl des Graspolsters, und als der Standort endlich entschieden war, hatte sie die torfige Höhlung – sie glich weichem, feuchtem, braunem und zerdrücktem Löschpapier oder dem Sägemehlboden im Zirkus – mit Heide, Flechten, Moos und Daunen von ihrem Brustgefieder ausgelegt. Das war nun so zart wie Spinnweben. Er selbst hatte ihr als Geschenk ein paar Gräser gebracht, aber sie waren nicht das richtige gewesen. Als er sie pflückte, hatte er durch Zufall das prächtige Universum des Sumpfes entdeckt, das unter ihren Füßen lag.

Denn das war eine Miniaturwelt ähnlich der, die Japaner angeblich in Schalen anpflanzen. Kein japanischer Gärtner hat je einen täuschenderen verkrüppelten Baum gezüchtet, als ein Heidekraut ihn darstellt mit seinen knopflochähnlichen, regelmäßigen Knoten am Stamm. Hier zu seinen Füßen waren Wälder aus knorrigen Bäumen mit Seen und Tälern und Bergen. Das dichte Moos stand wie Gras, das Unterholz bestand aus Flechten. Malerisch lagen gestürzte Baumstämme dazwischen, und es gab sogar eine merkwürdige Blume: ein winziger, graugrüner Stengel, sehr trocken und spröde, mit einem purpurroten Tropfen am Ende wie Siegelwachs. Es gab mikroskopische Pilze, deren Schirme umgedreht waren wie Eierbecher. Und durch diese ausgedörrte Waldkulisse huschten statt Hasen und Füchsen schwarzschimmernde, ölig glänzende Käfer, die ihre Flügel richteten, indem sie ihre spitzen Schwänze zwirbelten. Das waren eher die Drachen in diesem Zauberland als die Hasen, und es gab sie in unendlicher Vielfalt: Käfer so grün wie Edelsteine, Spinnen so klein wie Nadelköpfe, Marienkäfer wie aus rotem Emaille. In Torfsenken, die unter dem Fuß nachgaben, standen kleine braune Wasserpfützen, die von Meeresungeheuern bevölkert waren: Wassermolche und Ruderwanzen. Hier, im feuchteren Boden, gab es ein Gewirr von Moosen, und jedes unterschied sich von den anderen; manche mit dünnen roten Stengeln und grünen Köpfen sahen aus wie ein besonderes Getreide für Liliputaner. Wo die Heide durch den Einfluß der Natur verbrannt war, etwa von der Sonne, die durch einen Tautropfen schien – und nicht vom Menschen, der den Sumpf im Frühjahr abbrennt, wenn er voll brütender Vögel ist –, dort war eine Öde aus verkohlten Stümpfen mit winzigen Schneckenhäusern, weiß gebleicht und nicht größer als Pfefferkörner, außerdem kittfarbene Flechten wie gedörrte Schwämme, deren Stengel hohl waren, wenn er sie zerbrach. Und zu diesem mikroskopischen Format kam dann die Weite darüber – der Duft des Sumpfes und die reine Luft, die über den Sümpfen viel klarer schmeckt; die Sonne, die auf das Land herunterstürzte und nur ein paar Stunden in der Nacht zur Ruhe ging; und, der Himmel helfe uns, dazu kamen noch die Mücken!

Oft hatte er gedacht, es müsse für einen Vogel langweilig sein, auf den Eiern zu sitzen. Jetzt wußte er, daß Lyo-lyok ein Universum vor sich beobachten konnte, eine ganze Welt, die unter ihrer Nase summte.

Er erklärte sich ihr eines Nachmittags, nicht stürmisch, dazu kannte er die Welt zu lange, sondern sanft und hoffnungsvoll, als sie auf dem funkelnden See waren. Das Wasser in seinem braunen Rahmen spiegelte den Himmel in noch tieferem Blau, so blau wie ein Amselei ohne die Flecken. Er schwamm auf sie zu mit dem Schwanz hoch im Wasser, Kopf und Hals flachgestreckt wie eine schwimmende Schlange. Er erzählte ihr von seinen Sorgen, von seinem unwerten Charakter und von seiner Bewunderung für sie. Er sagte ihr, daß er hoffe, Merlin und der Welt zu entfliehen, wenn er sich mit ihr zusammentat. Lyo-lyok schien wie gewöhnlich nicht überrascht. Auch sie senkte den Hals und schwamm auf ihn zu. Er war sehr glücklich, als er die Freundlichkeit in ihren Augen sah. Doch eine dunkle Hand kam und packte ihn, wie es wohl zu erwarten war. Er wurde zurückgeschleudert, nicht auf Schwingen, nicht fliegend, nein, er wurde in den schmutzigen Schlot der Zauberei gesogen. Während er verschwand, griff er noch nach einer schwebenden Feder, dann war Lyo-lyok nicht mehr vor seinen Augen.

16

»JETZT«, RIEF DER MAGIER, noch bevor der Reisende richtig Gestalt angenommen hatte, »jetzt können wir anfangen, den Hauptgedanken weiterzutreiben. Endlich beginnen wir das Licht zu sehen.«

»Laßt ihn erst mal zu sich kommen«, sagte die Ziege. »Er sieht unglücklich aus.«

»Unglücklich?« Merlin schob den Einwand einfach weg. »Unsinn. Es geht ihm sehr gut. Ich sagte gerade, wir können weiter vordringen ...«

»Kommunismus«, fing der Dachs an, der kurzsichtig und in seinem Thema verfangen war.

»Nein, nein. Mit den Bolschewiken sind wir fertig. Er hat jetzt die Fakten, und wir können beginnen, uns mit der Macht auseinanderzusetzen. Aber man muß ihm gestatten, selbst zu denken. König, bitte entscheidet Euch für irgendeine Tierart, und ich werde Euch erklären, warum ihre Angehörigen Kriege führen oder nicht.

Es gibt da keine Falle«, fügte er hinzu und beugte sich vor, als wolle er seinem hoffnungslosen Opfer mit einem faszinierenden Lächeln die Tiere aufdrängen wie Zuckerwerk.

»Ihr könnt jedes Tier nennen, das Euch gefällt. Affen, Amöben, Antilopen, Axolotl ...«

»Wie wäre es mit Ameisen und Gänsen?« schlug der Dachs nervös vor.

»Nein, nein. Keine Gänse. Gänse sind zu leicht. Wir müssen fair sein und ihn wählen lassen, was er will. Wie wäre es mit Saatkrähen?«

»Sehr gut«, sagte der Dachs. »Saatkrähen.«

Merlin lehnte sich in seinem Stuhl zurück, legte die Fingerspitzen aneinander und räusperte sich.

»Als erstes«, sagte er, »müssen wir das Thema definieren, bevor wir Beispiele betrachten. Was ist Krieg? Krieg, meine ich, kann definiert werden als der aggressive Gebrauch von Macht zwischen Gruppen derselben Spezies. Es muß zwischen Gruppen sein, sonst wäre es lediglich tätliche Beleidung. Der Angriff eines verrückten Wolfes auf ein Rudel Wölfe ist nicht Krieg. Außerdem muß es zwischen Angehörigen derselben Spezies sein. Vögel, die Heuschrecken auflauern, Katzen, die Mäuse verfolgen, selbst Thunfische, die Heringe fangen – also Fische einer Spezies, die Fische einer anderen töten – sind keine echten Beispiele für Krieg. Wir erkennen also zwei wesentliche Momente: daß die Gegner einer Familie angehören, und daß sie einer gesellig zusammenlebenden Familie angehören. Bevor wir Beispiele für Krieg in der Natur suchen, können wir dementsprechend alle Tiere außer acht lassen, die nicht gesellig zusammenleben. Danach bleiben noch zahlreiche Tiere übrig wie die Stare, Elritzen, Hasen, Bienen und Tausende andere. Doch wenn wir uns nun unter diesen nach Kriegen umsehen, stellen wir einen Mangel an Beispielen fest. Wie viele Tiere fallen Euch ein, die gemeinsame aggressive Aktionen gegen Gruppen ihrer eigenen Spezies unternehmen?«

Merlin ließ dem alten Mann zwei Sekunden Zeit für eine Antwort, dann fuhr er mit seiner Lektion fort.

»Eben. Ihr wolltet ein paar Insekten nennen, den Menschen, verschiedene Mikroben oder Blutkörperchen – soweit man diese derselben Spezies zurechnen kann –, und dann wärt Ihr in Verlegenheit gewesen. Die ungeheuerliche Immoralität des Krieges ist, wie ich bereits erwähnt habe, eine Seltenheit in der Natur. Wir konzentrieren uns deshalb – erleichtert über diese glückliche Koinzidenz in einem Faktenbündel, das sich als zu umfangreich hätte erweisen können – auf die Untersuchung der Besonderheiten jener Spezies, die Feindseligkeiten untereinander austragen. Was stellen wir fest? Stellen wir fest, wie die berühmten Kommunisten von Dachs behaupten würden, daß die Spezies kämpft, die individuelles Eigentum besitzt? Im Gegenteil, wir stellen fest, daß ausgerechnet die Tiere Kriege führen, die zur Begrenzung oder Abschaffung individuellen Besitzes neigen. Es sind die Ameisen und Bienen mit ihren Gemeinschaftsmägen und -territorien und die Menschen mit ihrem Nationaleigentum, die einander die Kehlen aufschlitzen; und es sind die Vögel mit ihren privaten Frauen, Nestern und Jagdgründen, die Hasen mit ihren eigenen Bauen und Mägen, die Elritzen mit ihren individuellen Behausungen und die Leierschwänze mit ihren persönlichen Schatzhäusern und Spielwiesen, die friedlich bleiben. Ihr dürft einfache Nester und Jagdgründe nicht als Formen von Eigentum gering achten; sie sind für die Tiere ebenso Formen von Eigentum wie für einen Menschen ein Haus und ein Geschäft. Und, das ist wichtig, sie sind Privateigentum. Die Besitzer von Privateigentum in der Natur sind friedlich, während die Erfinder öffentlichen Eigentums in den Krieg ziehen. Das, Ihr werdet mir zustimmen, ist genau das Gegenteil der totalitären Doktrin.

Zuweilen sind natürlich die Besitzer von Privateigentum in der Natur gezwungen, ihr Eigentum gegen Piratenakte anderer Individuen zu verteidigen. Das führt selten zu

Blutvergießen, und auch die Menschen brauchen solche Umstände nicht zu fürchten, weil unser König sie bereits für das Prinzip einer Polizei gewonnen hat. Doch Ihr wollt einwenden, daß vielleicht die kriegführenden Tiere nicht durch das Band des Nationalismus miteinander verbunden sind: Vielleicht führen sie aus anderen Gründen Krieg – weil alle Fabrikanten sind oder alle Haustiere besitzen oder alle Landwirte sind wie manche Ameisen, oder weil sie alle Lebensmittelvorräte haben. Mit einer Diskussion solcher Möglichkeiten brauche ich Euch nicht zu langweilen, Ihr müßt sie selbst untersuchen. Spinnen sind die größten Fabrikanten, doch sie führen keine Kriege; Bienen haben weder Haustiere noch Landwirtschaft, aber sie kämpfen gegeneinander; viele kriegerische Ameisen haben keine Nahrungsvorräte. Durch solche Denkvorgänge, ähnlich der Suche nach dem größten gemeinsamen Nenner in der Mathematik, werdet Ihr bei der Erklärung enden, die ich angeboten habe – eine Erklärung, die tatsächlich für sich selber spricht, wenn man sie näher betrachtet. Krieg ist auf Gemeinschaftseigentum zurückzuführen, auf eben das, was fast alle Demagogen befürworten, die mit einer sogenannten Neuen Ordnung hausieren gehen.

Ich bin mit meinen Beispielen am Ende. Wir müssen zu den konkreten Fällen zurückkehren, um die Sache zu untersuchen. Laßt uns eine Krähenkolonie betrachten.

Hier haben wir ein geselliges Tier wie die Ameise, das mit seinen Gefährten in luftigen Gemeinschaften zusammenlebt. Die Krähenkolonie kennt einen Nationalismus insoweit, als sie andere Krähen aus anderen Schwärmen vertreibt, die versuchen, sich in ihren Bäumen einzunisten. Die Krähe ist nicht nur gesellig, sondern auch leicht nationalistisch. Wichtig ist aber, daß sie bei ihren Jagdgründen kein *nationales Eigentum* beansprucht. Jedes nahegelegene Stück Land mit vielen Würmern oder Samen wird nicht nur von den Krähen dieser Kolonie besucht, sondern auch von anderen aus Kolonien in der Nähe, außerdem von den Dohlen und Tauben der Nachbarschaft, ohne daß Feindseligkeiten ausbrechen. Der Anspruch der Krähen auf Nationaleigentum beschränkt sich auf ihr Nistgelände, und deshalb kennen sie die Geißel des Krieges nicht. Sie bekennen sich zu der offensichtlichen natürlichen Wahrheit, daß Privatunternehmen Zugang zu Rohstoffen haben müssen.

Wenden wir uns nun den Gänsen zu: eine der ältesten Rassen, eine der kultiviertesten und sprachbegabtesten. Sie sind bewundernswerte Musikanten und Poeten, Herren der Lüfte seit Jahrmillionen, ohne je eine Bombe geworfen zu haben, monogam, diszipliniert, intelligent, gesellig, moralisch, verantwortungsbewußt – und unerschütterlich in ihrem Glauben, daß die natürlichen Resourcen von keiner besonderen Sekte oder Familie ihres Stammes beansprucht werden können. In einem guten Beet von *Zostera marina* oder einem schönen Stoppelfeld kann man heute zweihundert Gänse antreffen und morgen zehntausend. In einem Gänseschwarm, der vom Weidegrund zum Ruheplatz zieht, fliegen Bläßgänse neben Rotfüßlern oder Graugänsen, vielleicht sogar mit Ringelgänsen. Die Welt gehört allen. Dennoch sind sie keine Kommunisten. Jede einzelne Gans ist bereit, ihren Nachbarn wegen einer verfaulten Kartoffel zu überfallen, und ihre Frauen und Nester sind absolutes Privateigentum.

Sie haben kein gemeinsames Zuhause und keinen gemeinsamen Magen wie die Ameisen. Und diese herrlichen Geschöpfe, die frei über den ganzen Erdball ziehen, ohne irgendeinen Teil davon zu beanspruchen, haben nie einen Krieg geführt.

Der Nationalismus, das Verlangen kleiner Gemeinwesen, Teile der unparteiischen Erde als Gemeinschaftseigentum zu besitzen – das ist der Fluch des Menschen. Die engstirnigen und schwatzhaften Verfechter des irischen oder polnischen Nationalismus – sie sind die Feinde des Menschen. Ja, und die Engländer, die prahlerisch einen Weltkrieg für ›die Rechte der kleinen Völker‹ führen – während sie einer Frau ein Denkmal setzen, die den Märtyrertod starb wegen der Bemerkung, Patriotismus sei nicht gut genug –, diese Leute kann man nur als eine Ansammlung wohlmeinender Schwachköpfe unter Führung verwirrter Gauner bezeichnen. Dabei ist es nicht gerecht, ausgerechnet an den Engländern, den Iren und den Polen herumzumäkeln. Das betrifft uns alle. Es ist die allgemeine Idiotie des *Homo impoliticus.* Überhaupt, wenn ich in diesem Zusammenhang unfreundlich von den Engländern spreche, so möchte ich sofort hinzufügen, daß ich mehrere Jahrhunderte lang unter ihnen gelebt habe. Selbst wenn sie eine Ansammlung schwachsinniger Gauner sind, so sind sie doch wenigstens verwirrt und gutgläubig dabei, und das ist meiner Meinung nach der tyrannischen und zynischen Dummheit der Hunnen vorzuziehen, die gegen sie kämpfen. Darüber soll es kein Mißverständnis geben.«

»Und was«, fragte der Dachs höflich, »ist die praktische Lösung?«

»Die einfachste und leichteste der Welt. Man muß Einrichtungen wie Zollgrenzen, Pässe und Einwanderungsgesetze abschaffen und die Menschheit in eine Föderation von Individuen umwandeln. Im Grunde muß man die Nationen abschaffen, nicht nur die Nationen, sondern auch die Staaten; letzten Endes darf man keine Einheit dulden, die größer ist als die Familie. Vielleicht wird es nötig sein, Privateinkommen in einem großzügigen Maßstab zu begrenzen, damit nicht sehr reiche Menschen eine eigene Nation bilden. Daß jedoch Individuen zu Kommunisten oder sonstwas werden, ist völlig unnötig und gegen die Naturgesetze. Wenn wir Glück haben, entsteht im Lauf von tausend Jahren eine gemeinsame Sprache, aber die Hauptsache ist, daß ein Mann aus Stonehenge über Nacht

seine Habseligkeiten packen und ungehindert sein Glück in Timbuktu versuchen kann ...
Der Mensch könnte zum Nomaden werden«, fügte er einigermaßen überrascht hinzu.
»Aber das würde zum Chaos führen!« rief der Dachs. »Japanische Arbeitskräfte ... die Löhne würden unterboten, der Handel ausgehöhlt!«
»Unsinn. Alle Menschen haben die gleiche physische Struktur und den gleichen Nahrungsbedarf. Wenn ein Kuli dich ruinieren kann, weil er in Japan von einer Schüssel Reis lebt, dann gehst du besser nach Japan und kaufst dir eine Schüssel Reis. Dann kannst du den Kuli ruinieren, der inzwischen wohl in London mit deinem Rolls-Royce angibt.«
»Aber das würde der Zivilisation den Todesstoß versetzen! Es würde den Lebensstandard senken ...«
»Quatsch. Es würde den Lebensstandard des Kulis heben. Wenn er im freien Wettbewerb so gut wie du ist oder besser, dann herzlichen Glückwunsch für ihn. Er ist der Mann, den wir brauchen. Und was die Zivilisation angeht – schau sie dir doch an.«
»Es wäre eine ökonomische Revolution!«
»Hättest du lieber eine Reihe von Weltkriegen? Für alles Wertvolle in dieser Welt, mein Dachs, muß man bezahlen.«
»Bestimmt«, sagte der Dachs plötzlich, »das wäre die Lösung.«
»Na also. Überlasse den Menschen seiner schäbigen Tragödie, wenn er darauf besteht, und schau dich nach den zweihundertfünfzigtausend anderen Tieren um. Sie wenigstens haben, von wenigen unbedeutenden Ausnahmen abgesehen, politischen Verstand. Es geht um die Wahl zwischen Ameise und Gans, und unser König braucht nach seiner Rückkehr nichts anderes zu tun, als den Menschen ihre Situation klar zu machen.«

Der Dachs, der ein prinzipieller Gegner jeder Übertreibung war, protestierte heftig.
»Zweifellos«, sagte er, »ist es doch ein verquaster Gedankengang, aus dem heraus man behaupten könnte, der Mensch soll zwischen den Ameisen und den Gänsen wählen? Erstens kann der Mensch weder das eine noch das andere sein, und zweitens sind die Ameisen, wie wir wissen, als solche gar nicht unglücklich.«
Merlin ging sofort auf dieses Argument ein.
»Ich hätte das nicht sagen sollen. Es war eine Redensart. Tatsächlich hat eine Spezies immer nur die Wahl zwischen zweierlei: sich entweder nach ihren eigenen evolutionären Gesetzen zu entwickeln oder ausgelöscht zu werden. Die Ameisen mußten sich entscheiden, entweder Ameisen zu sein oder tot, und die Gänse hatten zu wählen zwischen dem Aussterben und dem Gänse-sein. Es ist nicht so, daß die Ameisen unrecht haben und die Gänse recht. Der Ameisismus ist das Richtige für die Ameisen, und die Gänsigkeit ist das Richtige für die Gänse. Ebenso wird der Mensch sich entscheiden müssen zwischen dem Zugrundegehen und der Menschlichkeit. Und ein großer Teil der Menschlichkeit wird durch die intelligente Lösung eben der Machtprobleme bestimmt, die wir durch die Augen anderer Geschöpfe betrachtet haben. Das muß der König ihnen verständlich machen.«
Archimedes hüstelte und sagte: »Verzeiht, Meister, aber ist Euer zweites Gesicht heute scharf genug, um uns zu sagen, ob es ihm gelingen wird?«
Merlin kratzte sich am Kopf und putzte seine Brille.
»Letzten Endes wird es ihm gelingen«, sagte er schließlich. »Dessen bin ich sicher. Sonst muß die Rasse zugrunde gehen wie die amerikanischen Holztauben, die, das wäre hinzuzufügen, wesentlich zahlreicher waren als die menschliche Familie und dennoch innerhalb eines Jahrdutzends am Ende des neunzehnten Jahrhunderts ausge-

rottet wurden. Doch ob das in dieser Zeit gelingt oder in einer anderen, ist mir immer noch unklar. Die Schwierigkeit vom Rückwärtsleben und Vorwärtsdenken ist, daß man die Gegenwart durcheinanderbringt. Das ist auch der Grund, warum man es vorzieht, sich ins Abstrakte zu flüchten.«

Der alte Herr faltete die Hände über seinem Bauch, röstete sich die Füße am Feuer, dachte über sein eigenes Dilemma in der Zeit nach und fing an, einen seiner Lieblingsautoren zu zitieren:

»Ich sah die Geschichte der Sterblichen vieler verschiedener Rassen vor meinen Augen geschehen ... Könige und Königinnen und Kaiser und Republikaner und Patrizier und Plebejer zogen in umgekehrter Reihenfolge an mir vorbei ... die Zeit raste rückwärts in ungeheuren Bilderfolgen. Große Männer starben, bevor sie ihren Ruhm errungen hatten. Könige wurden abgesetzt, bevor sie gekrönt waren. Nero und die Borgias und Cromwell und Asquith und die Jesuiten genossen ewige Schande und begannen dann, sie zu verdienen. Mein Mutterland ... ging ein ins barbarische Britannien; Byzanz verlöschte in Rom; Venedig im Henetianischen Altino; Hellas in zahllosen Völkerwanderungen. Hiebe fielen und wurden dann erst ausgeteilt.

Stille folgte auf dieses eindrucksvolle Bild, bis die Ziege ein früheres Thema aufgriff.

»Er sieht unglücklich aus«, sagte sie, »da könnt Ihr sagen, was Ihr wollt.«

Zum ersten Mal seit seiner Rückkehr schauten sie den König an, und alle verstummten.

17

Er betrachtete sie und hielt dabei die Feder in der Hand. Unbewußt streckte er sie vor, sein Fragment der Schönheit. Er wehrte sie damit ab, als sei sie eine Waffe.

»Ich gehe nicht«, sagte er. »Ihr müßt einen anderen Ochsen finden, der die Last für Euch zieht. Warum habt Ihr mich weggebracht? Warum sollte ich für den Menschen sterben, wenn Ihr selbst so verächtlich von ihm redet? Denn es würde den Tod bedeuten. Daß die Menschen grausam und dumm sind, ist nur zu wahr. Sie haben mir jedes Leid zugefügt, bis auf den Tod. Denkt Ihr, daß sie auf die Weisheit hören, daß der Tor verstehen und die Arme senken wird? Nein, er wird mich deshalb töten; er wird mich töten, wie die Ameisen einen Albino getötet hätten.

Und Merlin«, rief er, »ich habe Angst zu sterben, weil ich nie eine Chance hatte zu leben! Ich hatte nie ein eigenes Leben, nie Zeit für die Schönheit, und gerade hatte ich angefangen, beides zu finden. Ihr habt mir Schönheit gezeigt und sie mir wieder weggenommen. Ihr schiebt mich hin und her wie eine Schachfigur. Habt Ihr das Recht, meine

Seele in diese oder jene Form zu pressen, einem Verstand den Verstand zu rauben?
O ihr Tiere, ich habe euch im Stich gelassen, ich weiß es. Ich habe euer Vertrauen enttäuscht. Aber ich kann das Joch nicht mehr ertragen, weil ihr mich darin zu lange getrieben habt. Warum sollte ich Lyo-lyok verlassen? Klug war ich nie, doch ich war geduldig, und selbst die Geduld schwindet. Niemand kann das Joch sein Leben lang tragen.«
Sie wagten nicht zu antworten, kein Satz fiel ihnen ein. Sein Gefühl von Schuld und enttäuschter Liebe hatte ihn unglücklich gemacht, jetzt mußte er zur Selbstverteidigung wüten.
»Ja, ihr seid klug. Ihr kennt die langen Worte und wißt, wie man mit ihnen jongliert. Wenn der Satz hübsch wird, lacht ihr und sprecht ihn aus. Aber es sind menschliche Seelen, über die ihr witzelt, und es ist meine Seele, die einzige, die ich habe, die ihr auf den Index gesetzt habt. Und Lyo-lyok hatte eine Seele. Wer hat euch zu Göttern gemacht, die mit dem Schicksal spielen, wieso könnt ihr Herzen befehlen, zu kommen und zu gehen? Ich mache diese schmutzige Arbeit nicht länger; ich kümmere mich nicht weiter um eure schmutzigen Pläne; ich gehe mit den Gänsen an einen stillen Ort, wo ich in Frieden sterben kann.«
Seine Stimme schrumpfte zu der eines alten und unglücklichen Bettlers, als er sich in den Stuhl zurückwarf und die Augen mit den Händen bedeckte.

Plötzlich stand der Igel mitten im Kreis. Die kleinen, bläulichen Finger zu Fäusten geballt, die borstige Nase nach Widerspruch schnuppernd, schwer atmend, knisternd von trockenen Zweigen, klein, wütend, vulgär und verfloht – so stand der Wicht vor dem Komitee und bot ihm die Stirn.

»Hört auf, hört ihr?« befahl er. »Haltet Ruh', wie? Behandelt ihn anständich, verstanden?«
Und er schob seine Gestalt störrisch zwischen sie und seinen Helden, bereit, den ersten niederzuschlagen, der sich dazwischendrängte.
»Ui«, sagte er sarkastisch. »'ne nette Bande Schwätzer, sagt unsereiner. 'ne feine Sorte von Pompius Pilatus, um 'n Menschen loszuwerden. Babbel-babbel, blablabla. Aber wenn eins von euch noch'n Finger rührn tut gegn ihn, dann brech' ich ihms 'n Hals!«
Unglücklich protestierte Merlin: »Niemand hat gewollt, daß er irgendwas tut, was er nicht möchte ...«
Der Igel ging zu ihm, streckte seine zuckende Nase hoch bis an die Brille des Magiers, der erschrocken zurückfuhr, und schnaufte ihm ins Gesicht.
»Ha«, sagte er. »Niemand hat nie nix gewollt. Bloß nur vergessen dran ßu denkn, daß er selber vleicht was gewollt hat.«
Dann ging er zu dem niedergeschlagenen König zurück, wobei er mit Takt und Würde auf Abstand hielt wegen seiner Flöhe.
»Ui, Meester«, sagte er. »Ihr seid ßu lang drin gewesn. Kommt raus mit'n armseljen Egel, daß Ihr die Luft Gottes inner Nase spürt, un' legt Euer Kopp an'n Busn vonner Erde.
Achtet nich' auf die Schwätzer«, fuhr er fort. »Laßt sie dismutiern, bis sie historisch sin', verschieht ihn' recht. Schnauft 'n bißchen frische Luft mit 'nem einfachn Mann un' freut Euch am Himmel.«
Arthur streckte dem Wicht die Hand hin, der ihm zögernd die seine reichte, nachdem er sie an seinen Rückenstacheln abgewischt hatte.
»Unsereiner is' verlaust«, erklärte er bedauernd, »aber ehrlich.« Zusammen gingen sie zur Tür, wo der Igel sich umwandte und die Lage überschaute.

»Orriwoah«, bemerkte er gutgelaunt und betrachtete das Komitee mit unsäglicher Verachtung. »Gebt man bloß acht un' zerstört nich' das Uniservum, bevor wir zurück sin'. Un' erschafft auch nich' kein neues, verstandn!« Und er verbeugte sich sarkastisch vor dem niedergeschmetterten Merlin.

»Gott der Vatter.«

Vor dem unglücklichen Archimedes, der sich streckte, die Augen schloß und den Kopf abwandte.

»Gott der Sohn.«

Vor dem flehenden Dachs.

»Un' Gott, der heilje Greis.«

18

ES GIBT NICHTS SCHÖNERES, als in einer Frühlingsnacht auf dem Land im Freien zu sein; aber es sollte der späteste Teil der Nacht sein, und am besten ist es allein. Dann, wenn man hören kann, wie die wilde Welt dahinrast, wie die Kühe wiederkäuen, gerade bevor man über sie stolpert, wie die Blätter heimlich leben, wie am Gras geknabbert und gerupft wird, wie das Blut in den eigenen Adern strömt; wenn man sehen kann, wie schwarz sich die Bäume und Hügel von der tieferen Dunkelheit abheben, wie die Sterne sich für einen ganz allein in ihren gewohnten Bahnen drehen; wenn ein Licht in einer weit entfernten Hütte auf Krankheit hindeutet oder auf einen Frühaufsteher mit geheimnisvollem Auftrag; wenn die Pferdehufe mit dem quietschenden Karren dahinter zu einem unbekannten Markt trotten und einen in Säcke gehüllten Schläfer ziehen; wenn die Hundeketten auf den Bauernhöfen rasseln, wenn die Füchsin einmal bellt und die Eulen schweigen – dann ist eine herrliche Zeit, um lebendig und ganz wach zu sein, während die übrige Menschheit bewußtlos, inhäusig, bettgekrümmt sich der Gnade des Mitternachtsverstandes ausliefert.

Der Wind hatte sich zur Ruhe gelegt. Die pudrigen Sterne weiteten und verengten sich am klaren Himmel, und hätte man sie dabei hören statt sehen können, dann hätten sie geklingelt und geklimpert. Der felsige Hügel, den sie hinaufkletterten, reckte sich zum Himmel, eine majestätische Finsternis wie ein aufstrebender Horizont.

Der kleine Igel kämpfte sich von Grasbüschel zu Grasbüschel, fiel stöhnend in sumpfige Pfützen und keuchte, wenn er die Miniaturfelsen überwand. Der erschöpfte König half ihm an den schlimmsten Stellen, hob ihn in einen besseren Stand oder schob ihn von hinten, wobei er bemerkte, wie rührend und hilflos die nackten Igelbeine aussahen.

»Dankschön«, sagte der Wicht. »Bestn Dank, wirklich.«

Als sie den Gipfel erreicht hatten, setzte er sich keuchend, und der alte Mann setzte sich neben ihn, um die Aussicht zu bewundern.

Es war England, das langsam im Licht des späten Mondes auftauchte; sein Königreich Gramarye. Zu seinen Füßen hingestreckt, dehnte es sich bis in den fernsten Norden und senkte sich zu den gedachten Hebriden. Das war sein Heimatland. Der Mond machte die Schatten der Zweige und Äste wichtiger als die Bäume selbst, er zeichnete die stillen Flüsse in Quecksilber nach, glättete die Spielzeugweiden und legte einen zarten Dunst über alles. Doch der König spürte, daß er das Land auch ohne Licht erkannt hätte. Er wußte, daß dort der Severn floß, drüben lag das südenglische Hügelland und dort der Peak – alles unsichtbar, doch Teil seiner Heimat. Auf dieser Weide mußte ein weißes Pferd grasen, auf jener hing sicher Wäsche an der Hecke. So mußte es notwendigerweise sein.

Plötzlich empfand er die starke traurige Süße des Seins als Sein, jenseits von richtig oder falsch: daß die bloße Tatsache des Seins das endgültig Richtige war. Er begann das Land unter sich mit einer wilden Sehnsucht zu lieben, nicht weil es gut oder schlecht war, sondern weil es war: wegen der Schatten der Getreidegarben an einem goldenen Abend; weil die Schafschwänze beim Laufen zuckten und weil die Lämmer beim Saugen ihre Schwänze in kleine Wirbel rollten; weil die Wolken am Tag das Land in Licht und Schatten tauchten; weil die grüngoldenen Regenpfeiferschwärme, die auf den Weiden Würmer suchten, mit den Köpfen im Wind gemeinsam ein Stückchen weiterstrebten; weil die altjüngferlichen Reiher, die nach David Garnett ihre Haare mit Fischgräten gesträubt halten, in Ohnmacht fielen, wenn ein Junge sich anschlich und schrie, bevor sie ihn gesehen hatten; weil der Rauch aus den Hütten als blauer Bart in den Himmel strömte; weil die Sterne in den Pfützen heller strahlten als am Himmel; weil es Pfützen und undichte Dachrinnen und Misthaufen voller Mohnblumen gab; weil der Lachs in den Flüssen plötzlich sprang und fiel; weil die Kastanienknospen im lauen Frühlingswind plötzlich aus ihren Hüllen sprangen wie Schachtelmännchen oder wie kleine Geister, die ihn mit grünen Händen erschrecken wollten; weil die Dohlen beim Nestbau mit Zweigen in den Schnäbeln in der Luft hingen und schöner waren als jede Taube, die zur Arche zurückkehrte; weil dort unten im Mondlicht Gottes größter Segen für die Welt lag, das silberne Geschenk des Schlafes.

Er stellte fest, daß er es liebte – mehr als Ginevra, mehr als Lanzelot, mehr als Lyo-lyok. Es war seine Mutter und seine Tochter. Er kannte die Sprache seiner Menschen und hätte gespürt, wie sie sich unter ihm verändert, wenn er wie die Gans, die er einmal gewesen war, von Zumerzet nach Och-aya darübergeflogen wäre. Er wußte, wie das Volk über die Dinge dachte, über alle möglichen Dinge, noch bevor er danach fragte. Er war sein König. Und sie waren sein Volk, seine eigene Verantwortung von *stultus* oder *ferox*, eine Verantwortung, wie sie der alte Gänse-

Admiral auf dem Bauernhof übernommen hatte. Jetzt waren sie nicht grausam, weil sie schliefen.

England lag dem alten Mann zu Füßen wie ein schlafendes Menschenkind. Wenn es aufgewacht war, würde es umherstapfen, nach Dingen fassen und sie zerbrechen, Schmetterlinge töten, Katzen an den Schwänzen ziehen und sein Ego mit amoralischer und erbarmungsloser Überheblichkeit füttern. Doch im Schlaf hatte es seine maskuline Gewalt aufgegeben. Das Menschenkind lag jetzt unbewehrt da, verletzlich, ein Baby voll Vertrauen, daß die Welt es in Frieden schlafen läßt.

All die Schönheit seiner Menschen fiel ihm ein statt ihrer Entsetzlichkeit. Er sah die große Armee der Märtyrer, die seine Zeugen waren: Junge Männer, die selbst im ersten Eheglück ausgezogen waren, um auf schmutzigen Schlachtfeldern wie Bedegraine für den Glauben anderer zu sterben – die aber freiwillig ausgezogen waren; die aber ausgezogen waren, weil sie es für richtig gehalten hatten; die aber ausgezogen waren, obwohl sie darunter litten. Vielleicht waren es unwissende junge Männer gewesen, und sie waren für Sinnloses gestorben. Doch ihre Unwissenheit war voller Unschuld gewesen. Sie hatten etwas ungeheuer Schwieriges getan in ihrer unwissenden Unschuld, was ihnen nicht zugute kam.

Plötzlich sah er all die Menschen vor sich, die ein Opfer auf sich genommen hatten: Gelehrte, die für die Wahrheit verhungert waren, Dichter, die niemals um des lieben Erfolges willen Kompromisse eingegangen waren, Eltern, die ihre eigene Liebe unterdrückten, damit ihre Kinder leben konnten, Ärzte und Heilige, die gestorben waren, um zu helfen, Millionen Kreuzritter, vorwiegend dumme, die wegen ihrer Dummheit geschlachtet worden waren – doch sie hatten es gut gemeint.

Darauf kam es an: es gut zu meinen! Er erhaschte einen Schimmer dieser außerordentlichen menschlichen Fähigkeit, dieses merkwürdigen, altruistischen, seltenen und hartnäckigen Anstands, aus dem heraus Schriftsteller oder Wissenschaftler ihre Wahrheit auch in Todesgefahr verteidigten. *Eppur si muove,* sollte Galileo später sagen: Und sie bewegt sich doch. Sie würden ihn verbrennen können, wenn er darauf bestand, auf diesem albernen Unsinn von der Erde, die sich um die Sonne dreht, dennoch blieb er bei seiner grandiosen Behauptung, weil es etwas gab, was ihm wichtiger war als er selbst. Die Wahrheit. Zu erkennen und zu bestätigen, Was Ist. Das war es, was der Mensch konnte, was seine Engländer konnten, seine geliebten, seine schlafenden, jetzt wehrlosen Engländer. Sie mochten dumm sein, grausam, unpolitisch, fast hoffnungslos. Aber hier und da, oh, so selten, oh, so vereinzelt, oh, so glorreich, gab es doch jene, die sich der Folter aussetzten, dem Henker und selbst dem letzten Ende, weil es um etwas Größeres ging als um sie. Wahrheit, diese merkwürdige Sache, der Witz des Pilatus. Viele dumme junge Männer hatten geglaubt, dafür zu sterben, und viele würden in Zukunft dafür sterben, vielleicht tausend Jahre lang noch. Sie mußten nicht recht haben mit ihrer Wahrheit wie Galileo. Es genügte, daß sie, die Wenigen und Geopferten, eine Größe begründeten, etwas über der Summe all ihrer Ignoranz.

Doch dann überkam ihn wieder die Welle des Leids, der Gedanke an das Menschenkind, wenn es erwacht war: der Gedanke an diese grausame und gemeine Mehrheit, der gegenüber die Märtyrer so seltene Ausnahmen waren. Und sie bewegt sich doch. Wie klein, wie erbärmlich klein war die Zahl derer, die darauf bestehen würden!

Er hätte weinen können aus Mitleid für die Welt und ihre Schrecklichkeit, die immer noch mitleiderregend war.

Der Igel bemerkte: »Hübsch hier, was?«

»Stimmt, Mann. Aber 's gibt nix, was ich für sie tun könnt'.«

»Ihr habt 'ne Supermenge getan.«

Im Tal erwachte eine Hütte. Ihr helles Auge blinzelte, und er konnte den Mann spüren, der das Licht angezündet hatte: wahrscheinlich ein Wilddieb, einer, der langsam und ungeschickt und geduldig war wie der Dachs und der jetzt seine schweren Stiefel anzog.

Der Igel sagte: »Schier?«

»Sire heißt es. Und Euer Majestät, nicht Euer Maien spät.«

»Majestät?«

»Ja, Mann.«

»Wißt Ihr noch, wie unsereiner für Euch gesungn hat?«

»Ich weiß es gut. Es war das Lied vonner *Rustic Bridge*, und *Geneviève*, und ... und ...«

»Home Sweet Home.«

Ganz überraschend neigte der König den Kopf.

»Soll ich wieder für Euch singn, Majestät-Meister?«

Er konnte nur nicken.

Der Igel stand im Mondlicht und nahm die richtige Haltung zum Singen ein. Er stellte sich breitbeinig hin, faltete die Hände über dem Bauch und schaute auf einen Gegenstand in der Ferne. Dann sang er in seinem klaren Volkslied-Tenor dem König von England von *Home Sweet Home*.

Das törichte, einfache Lied verklang – aber es war nicht töricht hier im Mondlicht, auf einem Berg in seinem Reich. Der Igel scharrte mit den Füßen, hustete und war begierig nach mehr.

Doch der König konnte nicht reden.

»Majestät«, sagte er schüchtern, »ich kann'n neues.«

Es kam keine Antwort.

»Wo ich gehört hab', daß Ihr kommn wollt, hab' ich 'n neues gelarnt. So zum Willkommn. Vom fein' Herrn Marlin hab' ich's gelarnt.«

»Sing es«, stieß der alte Mann hervor. Er streckte seine Glieder in der Heide aus, denn das alles war zuviel.

Und da, auf den Höhen von England, in guter Aussprache (weil er sie sorgsam von Merlin gelernt hatte), zu Parrys Musik aus der Zukunft, das Schwert aus Zweigen in der grauen Hand und hinter sich einen Streitwagen aus faulenden Blättern – da stand der Igel und baute Jerusalem. Und er meinte es.

Reicht mir den Bogen aus glänzendem Gold.
Bringt mit die Pfeile zum Abenteuer.
Bringt meinen Speer. Der sei mir hold.
Bringt mir den Wagen aus flammendem Feuer.
Ich werd' nicht ruhen mit meinem Bemüh'n,
Noch wird das Schwert schlafen in meiner Hand,
Bis daß ich erbaut hab' Jerusalem
Auf Englands grünem, gnädigem Land.

19

DIE BLEICHEN GESICHTER DES Komitees, das sich ums Feuer drängte, wandten sich mit einer einzigen Bewegung zur Tür, und sechs schuldbewußte Augenpaare hefteten sich auf den König. Doch wer eintrat, war England.
Es war überflüssig, etwas zu sagen, zu erklären: Sie konnten es von seinem Gesicht ablesen.
Da erhoben sie sich, gingen auf ihn zu und standen demütig um ihn herum. Merlin war zu seiner Überraschung ein alter Mann, dessen Hände zitterten wie Laub. Er schneuzte sich überaus heftig in sein Käppchen, aus dem ein wahrer Schauer von Mäusen und Fröschen herniederregnete. Der Dachs weinte bitterlich und zerquetschte gedankenverloren jede Träne, die ans Ende seiner Nase rollte. Archimedes hatte seinen Kopf ganz von vorn nach hinten gedreht, um seine Scham zu verbergen. Cavall sah leidend aus. T. natrix hatte ihren Kopf mit einer durchsichtigen Träne in jedem Nasenloch auf den königlichen Fuß gelegt. Und Balins Blinzelhaut bewegte sich so schnell wie ein Morse-Apparat.
»Gott schütze den König«, sagten sie.
»Ihr könnt euch setzen.«

Also setzten sie sich ehrerbietig, nachdem er als erster Platz genommen hatte: ein Kronrat.
»Wir werden bald«, sagte er, »in unser schönes Reich zurückkehren. Zuvor haben wir noch Fragen zu stellen. Erstens wurde erwähnt, daß ein Mann wie John Ball auftreten wird; er soll ein schlechter Naturwissenschaftler sein, weil er behauptet, die Menschen sollten leben wie die Ameisen. Welcher Einwand wird gegen seine Behauptung erhoben?«
Merlin stand auf und nahm seinen Hut ab.
»Es ist eine Sache der natürlichen Moral, Sir. Das Komitee vertritt die Ansicht, daß es dieser Moral entspricht, wenn eine Spezies sich auf ihre eigene Spezialität spezialisiert. Ein Elefant muß sich um seinen Rüssel kümmern, eine Giraffe oder ein Kamelopard haben sich ihrer Hälse zu bedienen. Es wäre unmoralisch für einen Elefanten, fliegen zu wollen, denn er hat keine Flügel. Die Spezialität des Menschen, die bei ihm ebenso entwickelt ist wie der Hals bei der Giraffe, ist sein Großhirn. Das ist der Teil des Gehirns, der nichts mit dem Instinkt zu tun hat, sondern Gedächtnis, Deduktion und die Formen des Denkens regelt, die dem Individuum die Erkenntnis seiner Persönlichkeit ermöglichen. Der Denkapparat des Menschen macht ihm bewußt, daß er ein Einzelwesen ist, was selten bei Tieren und Wilden geschieht, so daß jegliche Form eines betonten Kollektivismus in der Politik der Spezialisierung des Menschen widerspricht.
Aus diesem Grund übrigens«, fuhr der alte Herr langsam fort, während seine Augen trübe wurden wie die eines müden, hellsichtigen Geiers, »habe ich mein Leben lang, das sich rückwärts über mehrere langweilige Jahrhunderte erstreckte, meinen kleinen Krieg gegen Macht in all ihren Formen geführt, und deshalb habe ich zu Recht oder zu Unrecht auch andere zu diesem Krieg überredet. Aus diesem Grund habe ich Euch, Sir, einst dazu gebracht, die

Spielwütigen mit Verachtung zu strafen; eure We gen den Baron von Fort Mayne einzusetzen; eher rechtigkeit als an Gewalt zu glauben; und mit geisti tegrität – wie wir es an diesem langen Abend versuc ben – die Ursachen des Kampfes zu untersuchen, den führen: denn Krieg ist ungezügelte, galoppierende G walt. Ich habe diesen Kreuzzug nicht unternommen, we die Tatsache der Gewalt im abstrakten Sinn als falsch ode unrecht betrachtet werden könnte. Für die Boa Constrictor, die praktisch ein Riesenmuskel ist, gilt im wahren Wortsinn, das Macht gleich Recht ist; für die Ameise, deren Gehirn anders beschaffen ist als das menschliche, ist der Staat tatsächlich wichtiger als das Individuum. Doch für den Menschen, dessen Spezialität der Persönlichkeits-Erkenntnis in den Falten seines Großhirns liegt – und die sind bei ihm ebenso entwickelt wie die Muskeln in der Boa Constrictor –, gilt ebenso buchstäblich, daß die geistige Wahrheit und nicht die Gewalt das Recht ist; und daß das Individuum wichtiger ist als der Staat. Es ist soviel wichtiger, daß es den Staat abschaffen sollte. Wir müssen es den Boa Constritors überlassen, sich selbst als Muskelprotzen zu bewundern: Die Spielwütigen, Fort Mayne und so weiter sind für sie schon recht. Vielleicht sind die Netzhäute der Pythonschlangen eigentlich eine Art Sportdress. Den Ameisen müssen wir es überlassen, den Ruhm des Staates zu bestätigen: Der Totalitarismus ist für sie zweifellos das gelobte Land. Aber was den Menschen angeht, so ist das Komitee – und zwar nicht aufgrund einer abstrakten Definition von Recht und Unrecht oder richtig und falsch, sondern aufgrund der konkreten Definition der Natur, daß eine Spezies sich auf ihre eigene Spezialität spezialisieren muß – der Ansicht, daß Macht nie Recht war; daß der Staat nie das Individuum überragen sollte; und daß die Zukunft in der individuellen Seele liegt.«

»Vielleicht solltet Ihr mehr vom Gehirn reden.«

»Sir, in dieser alten Denkschachtel gehen sehr viele Dinge vor; doch zum Zweck unserer Untersuchung können wir uns auf zwei Abteilungen konzentrieren, das Neopallium und das Corpus striatum. Im letzteren werden, um es einfach auszudrücken, meine instinktiven und mechanischen Handlungen bestimmt; im ersteren bewahre ich die Vernunft, der zu Ehren unsere Rasse seltsamerweise den Spitznamen *sapiens* bekommen hat. Vielleicht kann ich es mit einem dieser gefährlichen und häufig irreführenden Gleichnisse erklären. Das Corpus striatum ist wie ein einzelner Spiegel, der die einströmenden Reize auffängt und instinktive Handlungen nach draußen zurückwirft. Im Neopallium jedoch sind zwei Spiegel. *Sie können einander sehen, und deshalb wissen sie, daß sie existieren.* Mensch, erkenne dich selbst, hat da mal irgendeiner gesagt; oder, wie ein anderer Philosoph es ausdrückte, das eigentliche Studienobjekt der Menschheit ist der Mensch. Das kommt daher, daß er sich auf das Neopallium spezialisiert hat. Bei anderen Tieren mit Gehirn ist das Wichtigste nicht der Raum mit den zwei Spiegeln, sondern der mit einem. Wenige Tiere außer dem Menschen sind sich ihrer eigenen Persönlichkeit bewußt. Selbst bei primitiven Rassen der menschlichen Art kommen noch Verwechslungen zwischen dem Individuum und seiner Umgebung vor – Ihr wißt vielleicht, daß der wilde Indianer so wenig zwischen sich und der äußeren Welt unterscheidet, daß er selbst spuckt, wenn er möchte, daß die Wolken regnen. Vom Nervensystem der Ameise kann man behaupten, daß es ein einzelner Spiegel ist wie beim Wilden, und deshalb entspricht es der Ameise, Kommunist zu sein, sich in der Menge zu verlieren. Weil aber das Gehirn des zivilisierten Menschen ein Doppelspiegel ist, wird er sich immer auf die Individualität spezialisieren müssen, auf die Erkenntnis seiner selbst oder wie Ihr es sonst ausdrücken mögt. Weil die beiden Spiegel einander reflektieren, kann er es nie zum selbstlosen Angehörigen des Proletariats bringen. Er muß ein Selbst haben und alles, was zu einem so hochentwickelten Selbst gehört – einschließlich Selbstsüchtigkeit und Eigentum. Bitte verzeiht mir mein Gleichnis, wenn ich es unfair angewandt haben sollte.«

»Hat die Gans ein Neopallium?«

Merlin stand wieder auf.

»Ja, für einen Vogel ein ziemlich gut entwickeltes. Die Ameisen haben eine andere Art von Nervensystem, nach dem Prinzip der Corpora striata.«

»Die zweite Frage betrifft den Krieg. Es wurde vorgeschlagen, daß wir ihn so oder so abschaffen sollten, aber niemand hat ihm die Möglichkeit gegeben, seine Argumente vorzutragen. Vielleicht spricht einiges für den Krieg. Das wüßten wir gern.«

Merlin legte seinen Hut auf den Boden und flüsterte mit dem Dachs, der zu seinen Stapeln von Notizen eilte und zur Überraschung aller mit dem richtigen Blatt zurückkam.

»Sir, mit dieser Frage hat sich das Komitee bereits befaßt. Wir haben eine Liste der Argumente pro und contra aufgestellt und sind bereit, sie vorzutragen.«

Merlin räusperte sich und kündigte mit lauter Stimme an: »PRO.«

»Zugunsten des Krieges«, erklärte der Dachs.

»Erstens«, sagte Merlin. »Krieg ist eine der Haupt-Triebkräfte der Romantik. Ohne den Krieg gäbe es keine Rolands, Makkabäer, Lawrences oder Hodsons of Hodson's Horse. Es gäbe keine Victoria-Kreuze. Er ist ein Stimulans für die sogenannten Tugenden wie Tapferkeit und Kooperation. Tatsächlich hat der Krieg seine Augenblicke der Größe. Es muß auch darauf hingewiesen werden, daß wir ohne den Krieg zumindest die Hälfte unserer Literatur entbehren müßten. Shakespeare ist voll davon.

Zweitens. Der Krieg ist eine Methode zur Begrenzung der

Bevölkerungszahl, wenn auch eine scheußliche und unzureichende. Derselbe Shakespeare, der zum Krieg offenbar die gleiche Einstellung hatte wie die Deutschen und ihr toller Verteidiger Nietzsche, sagt in einer Szene – die er angeblich für Beaumont & Fletcher geschrieben hat –, der Krieg heile mit Blut die kranke Erde und kuriere die Welt von der Pleuritis ihrer Menschen. Vielleicht darf ich in Parenthese und ohne Respektlosigkeit hinzufügen, daß der Barde beim Thema Krieg merkwürdig gefühllos zu sein schien. *König Heinrich V.* ist das abstoßendste Stück, das ich kenne, und Heinrich selbst der abstoßendste Held.

Drittens. Der Krieg öffnet der aufgestauten Grausamkeit des Menschen ein Ventil, und solange der Mensch ein Wilder bleibt, scheint so etwas nötig zu sein. Das Komitee hat nach Überprüfung der Geschichte festgestellt, daß die menschliche Grausamkeit immer einen Weg findet, wenn ihr ein anderer versperrt wird. Im achtzehnten und neunzehnten Jahrhundert, als der Krieg auf Berufsarmeen beschränkt war, die sich aus Angehörigen der kriminellen Klassen zusammensetzten, wandte sich die Masse der Bevölkerung öffentlichen Hinrichtungen, zahnärztlichen Eingriffen ohne Betäubung, brutalen Sportarten und dem Prügeln ihrer Kinder zu. Im zwanzigsten Jahrhundert, als der Krieg sich ausdehnte und die Massen betraf, wurden Hängen, Hacken, Hahnenkämpfe und Hauen abgeschafft.

Viertens. Gegenwärtig beschäftigt sich das Komitee mit einer komplizierten Untersuchung der physischen oder psychischen Notwendigkeit. Zu diesem Zeitpunkt können wir darüber noch keinen zufriedenstellenden Bericht vorlegen, doch wir glauben beobachtet zu haben, daß der Krieg ein echtes Bedürfnis im Menschen befriedigt, vielleicht im Zusammenhang mit der unter drittens erwähnten Grausamkeit, vielleicht aber auch nicht. Wir haben festgestellt, daß der Mensch nach einer Generation des Friedens ruhelos oder niedergeschlagen wird. Der unsterbliche wenn nicht allwissende Schwan von Avon bemerkt, der Frieden scheine eine Krankheit zu erzeugen, die sich zu einer Art Geschwür entwickle und zum Krieg aufplatze. »Krieg«, sagte er, »ist das Geschwür von viel Wohlstand und viel Frieden, das aufbricht; es zeigt kein äußrer Grund, warum der Mensch dran stirbt.« Nach dieser Deutung wird der Frieden als schleichende Krankheit betrachtet, während das Aufbrechen des Geschwürs, der Krieg, eher wohltätig anzusehen ist als umgekehrt. Das Komitee weist auf zwei Möglichkeiten hin, durch die Wohlstand und Frieden die Menschheit zerstören könnten, falls der Krieg verhindert wird: durch Verweichlichung oder durch Drüsenleiden, die zu einem Dämmerzustand der Rasse führen. Zum Thema Verweichlichung muß angefügt werden, daß Kriege die Geburtenrate verdoppeln. Frauen dulden den Krieg, weil er die Virilität der Männer fördert. Fünftens. Schließlich kommen wir zu der Überlegung, die wahrscheinlich alle Tiere auf der Welt außer dem Menschen anstellen würden, daß nämlich der Krieg eine unschätzbare Wohltat für die Schöpfung als Ganzes ist, weil er eine schwache Hoffnung auf Ausrottung der menschlichen Rasse bietet.

»CONTRA«, kündigte der Magier an; doch der König unterbrach ihn.

»Wir kennen die Einwände«, sagte er. »Der Gedanke, daß der Krieg nützlich sein könnte, sollte noch etwas betrachtet werden. Warum will das Komitee die Macht abschaffen, wenn eine gewisse Notwendigkeit für sie besteht?«

»Sir, das Komitee versucht die physiologische Basis zu erkunden, die möglicherweise pituitären oder adrenalen Ursprung hat. Vielleicht braucht der menschliche Körper periodische Gaben von Adrenalin, um gesund zu bleiben. (Nur ein Beispiel für die Drüsenaktivität: Die Japaner essen angeblich große Mengen Fisch, der ihnen Jod zuführt, dadurch die Schilddrüsen vergrößert und sie empfindlich macht.) Bis diese Angelegenheit genau untersucht ist, können wir nichts Genaues sagen, doch das Komitee möchte darauf hinweisen, daß das physiologische Bedürfnis auch anderweitig befriedigt werden könnte. Der Krieg, das wurde bereits festgestellt, ist eine unzulängliche Methode zur Begrenzung der Bevölkerungszahl; möglicherweise ist er auch eine unzulängliche Methode, die Adrenalindrüsen durch Furcht zu stimulieren.«

»Wie anderweitig?«

»Im Römischen Reich bot man als Ersatz blutige Schauspiele im Zirkus an. Sie dienten der Reinigung, von der Aristoteles spricht, und Alternativen dieser Art könnten als zufriedenstellend befunden werden. Die Wissenschaft ermöglicht jedoch radikalere Methoden. Entweder könnte die Drüsendefizienz durch regelmäßige Massenimpfungen mit Adrenalin behoben werden – oder mit dem Stoff, der eben fehlt –, oder die Chirurgie könnte einen Ausweg bieten. Vielleicht ließe sich die Wurzel des Krieges ebenso entfernen wie der Blinddarm.«

»Man hat uns gesagt, der Krieg werde durch Nationaleigentum verursacht; jetzt sagt man uns, er komme von einer Drüse.«

»Sir, beides mag zusammenhängen, obwohl vielleicht das eine nicht aus dem anderen folgt. Wenn zum Beispiel Kriege durch Nationaleigentum verursacht werden, sollte man annehmen, daß sie pausenlos andauern, solange das Nationaleigentum besteht: also immer. Wir stellen jedoch fest, daß sie durch häufige Pausen, Frieden genannt, unterbrochen werden. Es scheint, als versinke die menschliche Rasse während dieser Perioden des Waffenstillstands immer tiefer in einen Dämmerzustand, bis sozusagen der Sättigungspunkt der Adrenalindefizienz erreicht ist; dann greift die Menschheit nach der erstbesten Ausrede für einen guten Schuß Angststimulanz. Die erstbeste Ausrede ist Nationaleigentum. Selbst wenn die Kriege als Religionskriege aufgeputzt werden wie die Kreuzzüge gegen Saladin oder die Albigenser oder Montezuma, bleibt die Basis immer die gleiche. Niemand hätte sich die Mühe gemacht, die Segnungen des Christentums auf Montezuma auszudehen, wenn er nicht goldene Sandalen gehabt hätte, und kein Mensch hätte das Gold an sich als hinlängliche Versuchung betrachtet, wenn sie nicht eine Dosis Adrenalin gebraucht hätten.«

»Bis zur Untersuchung dieser Drüse schlagt Ihr eine Alternative wie den Zirkus vor. Habt Ihr das genauer bedacht?«

Archimedes kicherte plötzlich.

»Merlin wünscht sich einen internationalen Rummelplatz, Sir, mit vielen Schiffsschaukeln und Riesenrädern und Berg- und Talbahnen, alle ein bißchen gefährlich, so daß etwa einer von hundert Besuchern getötet wird. Der Eintritt soll freiwillig sein, denn er meint, das unsagbar Niederträchtige am Krieg sei die Einberufung. Er meint, die Leute werden aus eigenem freien Willen auf den Rummelplatz gehen, aus Langeweile oder wegen der Adrenalindefizienz oder was auch immer, und wahrscheinlich haben sie das Bedürfnis in ihrem fünfundzwanzigsten, dreißigsten und fünfundvierzigsten Lebensjahr. Der Besuch des Rummelplatzes soll in Mode kommen und als Ereignis hingestellt werden. Jeder Besucher erhält eine Erinnerungsmedaille, wer fünfzig Mal dort war, kriegt das D.S.O.*, wie er es nennt, für hundert Besuche gibt es das V.C.**.«

Der Magier sah verlegen aus und ließ seine Fingergelenke knacken.

* Distinguished Service Order = britischer Orden für Offiziere der Armee.

** Victoria Cross = britischer Orden

»Der Vorschlag«, sagte er bescheiden, »sollte eher ein Denkanstoß als bedenkenswert sein.«

»Jedenfalls ist es kein praktischer Vorschlag für das gegenwärtige Jahr der Gnade. Gibt es kein Mittel gegen den Krieg, das unterdessen eingesetzt werden könnte?«

»Das Komitee hat ein Gegenmittel vorgeschlagen, das eine vorübergehende Wirkung haben könnte wie Natron bei einem übersäuerten Magen. Es würde das Übel nicht heilen, könnte es aber lindern und ein paar Millionen Leben in einem Jahrhundert retten.«

»Und was ist dieses Gegenmittel?«

»Sir, Ihr werdet bemerkt haben, daß die Verantwortlichen für die Erklärung und Führung von Kriegen selten zu denen gehören, die deren Härten erleiden. Bei der Schlacht von Bedegraine konnte Eure Majestät diese Erfahrung machen. Die Könige und die Generale und die Schlachtenführer haben eine seltsame Fähigkeit, bei den Auseinandersetzungen am Leben zu bleiben. Das Komitee hat vorgeschlagen, daß nach jedem Krieg alle Offiziere der Besiegten über dem Rang eines Obersten ungeachtet ihrer Kriegsschuld unverzüglich exekutiert werden sollen. Zweifellos läge in dieser Maßnahme eine gewisse Ungerechtigkeit, doch das Bewußtsein, daß ein verlorener Krieg mit dem Tod bezahlt werden muß, hätte eine abschreckende Wirkung auf jene, die solche Auseinandersetzungen fördern und leiten, und es könnte nicht nur ein paar Kriege verhindern, sondern damit Millionen Menschenleben aus den unteren Klassen retten. Selbst ein Führer wie Mordred würde sich Feindseligkeiten zweimal überlegen, wenn er wüßte, daß ihr unglücklicher Ausgang zu seinem eigenen Tod führt.«

»Das klingt vernünftig.«

»Es klingt vernünftiger, als es ist, weil zum Beispiel die Verantwortung für Kriege nicht ausschließlich bei den Führern liegt. Immerhin muß ein Führer von den Geführten gewählt oder akzeptiert worden sein. Die hydraköpfigen Massen sind nicht so unschuldig, wie sie gern vorgeben. Sie haben ihren Generalen ein Mandat gegeben, und sie müssen die moralische Verantwortung anerkennen.«

»Immerhin würden sich die Führer von ihren Anhängern dann nicht so leicht in Kriege treiben lassen, und selbst das würde helfen.«

»Es würde helfen. Die Schwierigkeit wäre zunächst, die führenden Klassen zu einer solchen Übereinkunft zu bewegen. Außerdem fürchte ich, Ihr werdet feststellen, daß sich immer ein Wahnsinniger findet, der um jeden Preis eine große Rolle spielen will, selbst den Märtyrer, und den Ruhm der Führerschaft noch eifriger annehmen würde, wenn er durch melodramatische Strafen verklärt wäre. Die Könige der irischen Mythologie waren durch ihren Stand gezwungen, in der ersten Schlachtenreihe zu marschieren; ihre Sterblichkeitsziffer war dadurch erschreckend hoch, und dennoch scheint es in der Geschichte der Grünen Insel nie an Königen oder Schlachten gefehlt zu haben.«

»Wie steht's mit diesem neumodischen Gesetz«, fragte die Ziege plötzlich, »das unser König erfunden hat? Wenn Individuen durch die Furcht vor der Todesstrafe von Mord abgehalten werden können, warum läßt sich dann kein internationales Gesetz einführen, unter dem Nationen durch gleiche Methoden vom Kriegführen abgehalten werden? Eine aggressive Nation bliebe vielleicht friedlich, wenn sie wüßte, daß sie bei einem kriegerischen Überfall von einer internationalen Polizeiorganisation zur Vertreibung, zum Beispiel durch Massendeportation in andere Länder verurteilt würde.«

»Dagegen gibt es zwei Einwände. Erstens wäre das der Versuch, die Krankheit zu heilen, nicht, sie zu verhindern. Zweitens wissen wir aus Erfahrung, daß die Todesstrafe Mord nicht abschafft. Es könnte jedoch ein Schritt in die richtige Richtung sein.«

Der alte Mann verschränkte seine Hände in den Ärmeln wie ein Chinese und schaute verbissen in die Runde; er wartete auf weitere Fragen. Seine Augen waren nicht mehr so wachsam wie zuvor.

»Er hat ein Buch geschrieben mit dem Titel *Libellus Merlini, Merlins Prophezeiungen«*, fuhr Archimedes boshaft fort, als er merkte, daß dieses Thema abgeschlossen war, »und daraus wollte er Eurer Majestät gleich nach Eurer Ankunft vorlesen.«

»Dann hören wir uns das an.«

Merlin rang die Hände.

»Sir«, sagte er, »es handelt sich nur um Wahrsagereien, nichts als Zigeunertricks. Es mußte geschrieben werden, weil im zwölften Jahrhundert viel davon die Rede war, und danach soll es bis zum zwanzigsten Jahrhundert in Vergessenheit geraten. Aber, ach, Sir, es ist nichts als ein Gesellschaftsspiel – und verdient gegenwärtig nicht die Aufmerksamkeit Eurer Majestät.«

»Dann lest mir wenigstens Teile daraus vor.«

Also holte der gedemütigte Wissenschaftler, dem es in der letzten Stunde alle Witze und Scherze verschlagen hatte, das angesengte Manuskript vom Kaminsims und verteilte ein Anzahl der Blätter, die noch lesbar waren, als handle es sich wirklich um ein Gesellschaftsspiel. Die Tiere lasen die Texte der Reihe nach vor wie Sprüche aus Knallbonbons:

»Gott wird schon sorgen, wird der Dodo sagen.«

»Der Bär heilt sein Kopfweh, indem er sich den Kopf abhackt – aber dann hat er einen wehen Hintern.«

»Der Löwe wird sich zum Adler legen und sagen: Endlich sind alle Tiere vereint! Doch der Teufel wird den Witz verstehen.«

»Die Sterne, die die Sonne aufzugehen lehrten, müssen am Mittag mit ihr einer Meinung sein – oder verschwinden.«

»Ein Kind wird auf dem Broadway stehen und rufen: Schau, Mutter, da ist ein Mensch!«

»Wie lang es dauert, Jerusalem zu bauen, wird die Spinne sagen und erschöpft eine Pause einlegen beim Netzbau im Erdgeschoß des Empire State Building.«
»Lebensraum führt zum Raum für Särge, stellte der Käfer fest.«
»Gewalt schafft Gewalt.«
»Kriege der Städte, Staaten, Konfessionen, Kontinente, Rassen. Danach die Hand Gottes, wenn nicht zuvor.«
»Imitation (mimesis) vor der Aktion wird die Menschheit retten.«
»Der Elch starb, weil er sein Geweih zu gewaltig wachsen ließ.«
»Zur Vertilgung des Mammut war kein Zusammenstoß mit dem Mond nötig.«
»Das Schicksal aller Spezies ist zu ihrem Glück der Untergang als solcher.«
Nach dem letzten Spruch entstand eine Pause, während die Zuhörer das Gehörte bedachten.
»Was bedeutet das mit dem griechischen Wort?«
»Sir, ein Teil der Bedeutung, aber nur ein kleiner Teil, ist, daß die einzige Hoffnung für unsere menschliche Rasse in der Erziehung ohne Zwang liegt. Konfuzius sagt:

Um die Tugend in der Welt zu verbreiten, muß man zuerst sein Land regieren.
Um sein Land zu regieren, muß man zuerst seine Familie regieren.
Um seine Familie zu regieren, muß man zuerst seinen Körper durch sittliche Zucht in Ordnung bringen.
Um seinen Körper in Ordnung zu bringen, muß man zuerst seinen Geist in Ordnung bringen.
Um den Geist in Ordnung zu bringen, muß man zuerst aufrichtig in seinen Absichten sein.
Um aufrichtig in seinen Absichten zu sein, muß man zuerst sein Wissen vermehren.

»Ich verstehe.
Hat das Übrige irgendeine Bedeutung von Belang?« fügte der König hinzu.
»Überhaupt keine.«
»Noch eine Frage, bevor wir aufbrechen. Ihr habt gesagt, daß Politik unzulässig sei, aber sie scheint so eng mit der Frage der Kriegsführung verbunden, daß sie in gewissem Maße berücksichtigt werden muß. Zu einem früheren Zeitpunkt habt Ihr behauptet, ein Kapitalist zu sein. Seid Ihr Euch da sicher?«
»Wenn ich es gesagt habe, Eure Majestät, dann habe ich es nicht gemeint. Der Dachs redete mit mir wie ein Kommunist aus den Zwanziger Jahren, das hat mich gezwungen, zur Selbstverteidigung wie ein Kapitalist zu reden. Ich bin ein Anarchist wie jeder vernünftige Mensch. Tatsächlich wird die Menschheit feststellen, daß Kapitalisten und Kommunisten sich im Lauf der Zeit so modifzieren, daß man sie schließlich so wenig voneinander unterscheiden kann wie die Demokraten; und was das angeht, so werden auch die Faschisten sich modifzieren. Doch wie sich diese drei Zweige des Kollektivismus auch krümmen und drehen mögen und wie viele Jahrhunderte lang es ihnen gelingen mag, sich gegenseitig aus kindischer Wut abzuschlachten, es bleibt die Tatsache, daß *alle* Formen des Kollektivismus im Blick auf den menschlichen Schädel Irrwege sind. Das Schicksal des Menschen ist ein individualistisches Schicksal, und in diesem Sinn habe ich möglicherweise eingeschränkte Zustimmung zum Kapitalismus impliziert, falls ich das impliziert haben sollte. Der verhaßte viktorianische Kapitalist, der dem Individuum zumindest einen gewissen Spielraum einräumte, war in seiner Politik wahrscheinlich *futuristischer* als all die neuen Systeme, nach denen man im zwanzigsten Jahrhundert schrie. Er war ein Mann der Zukunft, weil der Individualismus in der Zukunft des menschlichen Gehirns liegt. Er war nicht so

altmodisch wie die Faschisten und Kommunisten. Aber natürlich war er dennoch ziemlich altmodisch, und deshalb ziehe ich es vor, Anarchist zu sein: das heißt, ein Mann auf der Höhe der Zeit. Erinnert Euch, daß die Gänse Anarchisten sind. Sie erkennen, daß der sittliche Verstand von innen kommen muß, nicht von außen.«

»Ich dachte«, sagte der Dachs wehmütig, »daß Kommunismus ein Schritt zur Anarchie sein sollte. Ich dachte, wenn der Kommunismus richtig verwirklicht wäre, würde der Staat verfallen.«

»Das hat man mir auch erzählt, aber ich bezweifle es. Ich verstehe nicht, wie man ein Individuum emanzipieren kann, indem man zuerst einen allmächtigen Staat schafft. In der Natur gibt es keine Staaten, außer bei Monstrositäten wie den Ameisen. Mir scheint, daß Menschen, die Staaten schaffen – wie Mordred es mit seinen Schlägern versucht –, sich leicht mit ihnen identifizieren und deshalb nicht mehr herauskommen können. Aber vielleicht stimmt, was du sagst. Ich hoffe es. Jedenfalls sollten wir diese zweifelhaften Fragen der Politik den anrüchigen Despoten überlassen, die sich darum kümmern. In zehntausend Jahren mag die Zeit gekommen sein, daß die Gebildeten sich mit solchen Themen beschäftigen, doch unterdessen müssen sie abwarten, bis die Rasse erwachsen geworden ist. Wir haben heute abend als Schiedsrichter eine Lösung für das Spezialproblem der Gewalt angeboten: die offensichtliche Platitüde, daß der Krieg auf das Nationaleigentum zurückgeht, mit dem Zusatz, daß er von bestimmten Drüsen stimuliert wird. Damit wollen wir es in Gottes Namen im Moment bewenden lassen.«

Der alte Magier schob mit zitternder Hand seine Notizen zur Seite. Die kritischen Bemerkungen des Igels hatten ihn tief verletzt, denn in der Tiefe seines Herzens liebte er seinen Schüler sehr. Jetzt, da der königliche Held aus eigener Entscheidung siegreich zurückgekehrt war, wußte er, daß seine Weisheit nicht die endgültige war. Er wußte, daß er als Lehrer ausgespielt hatte. Einst hatte er dem König gesagt, er werde nie mehr Wart sein, die Warze; aber das war zur Ermunterung gewesen: Er hatte es nicht so gemeint. Jetzt meinte er es, jetzt wußte er, daß er zurückgetreten war, daß er die Autorität zu führen oder zu leiten aufgegeben hatte. Die Abdankung hatte ihn seine Fröhlichkeit gekostet. Er würde nicht mehr prahlen können oder witzeln oder mit den schimmernden Falten seines Zauberumhangs die Leute verwirren. Er würde nicht mehr leutselig seine Bildung weitergeben. Er kam sich alt vor und beschämt. Der alte König, dessen Kindheit ebenfalls entschwunden war, spielte mit einem übriggebliebenen Zettel auf dem Tisch. Gedankenverloren beobachtete er seine Hände. Sorgsam faltete er das Papier mal so und mal so und strich es wieder glatt. Es war eine von Merlins Notizen für seine Kartei, die der Dachs zwischen die *Prophezeiungen* geschoben hatte: ein Zitat eines Historikers namens Bruder Clynn, der 1348 gestorben war. Dieser Bruder, der als Chronist seiner Abtei die Annalen führen mußte, hatte gemerkt, wie der Schwarze Tod kam, ihn zu holen – vielleicht die ganze Welt zu holen, denn ein Drittel der Bevölkerung Europas hatte er schon umgebracht. Der Mönch hatte sorgsam ein paar Seiten leeres Pergament in dem Buch gelassen, in das er nicht mehr schreiben würde, und mit folgender Mitteilung geendet, die einst Merlins seltsamen Respekt hervorgerufen hatte. »Angesichts dieser vielen Leiden«, hatte er in Latein geschrieben, »und als wäre die ganze Welt dem Verderben anheimgegeben, während ich zwischen den Toten auf den Tod warte, habe ich aufgeschrieben, was ich wahrheitsgemäß gehört und nachgeprüft habe. Und damit nicht die Schrift mit dem Schreiber untergehe oder die Arbeit mit dem Arbeiter sterbe, lasse ich nun etwas Papier für die Fortsetzung zurück – für den Fall, daß vielleicht ein Mensch die Zukunft

noch erlebt oder eine Person vom Stamme Adams dieser Pest entkommt und dieses Werk fortführt, das ich einst begonnen habe.«
Der König faltete das Blatt säuberlich und legte es auf den Tisch. Sie schauten ihm zu und wußten, gleich würde er aufstehen; sie waren bereit, seinem Beispiel zu folgen.
»Sehr gut«, sagte er. »Wir verstehen das Rätsel.«
Er klopfte mit dem Papier auf den Tisch, dann erhob er sich. »Wir müssen vor dem Morgengrauen zurück sein.«
Auch die Tiere standen auf. Sie geleiteten ihn zur Tür, drängten sich um ihn, um seine Hand zu küssen, und sagten ihm lebwohl. Sein jetzt zurückgetretener Tutor, der ihn nach Hause bringen mußte, hielt ihm die Tür auf. Ob er nun ein Traum war oder nicht – jedenfalls fing er an zu verschwimmen wie sie alle. Sie sagten: »Viel Erfolg, Eure Majestät, ein rasches und gutes Gelingen.«
Er lächelte ernst und sagte: »Wir hoffen, daß es rasch sein wird.« Doch er sprach von seinem Tod, und einer von ihnen wußte es. »Es ist nur dieses Mal, Majestät«, sagte T. natrix. »Ihr erinnert Euch an die Geschichte von St. Georg, und der *Homo sapiens* ist immer noch so. Euer Versuch wird fehlschlagen, weil es in der Natur des Menschen liegt zu töten, wenn nicht im Zorn, dann aus Unwissenheit. Doch aus dem Fehler kommt der Erfolg, und die Natur verändert sich. Das Beispiel eines guten Menschen lehrt immer die Unwissenden und verringert nach und nach im Lauf der Zeit ihren Zorn, bis der Geist des Wassers zufrieden ist; also, Euer Majestät: Seid guten Mutes und heiteren Herzens.«
Er neigte seinen Kopf vor dem, der wußte, und wandte sich zum Gehen. Im letzten Augenblick zupfte eine Hand an seinem Ärmel und erinnerte ihn an den Freund, den er vergessen hatte. Er hob den Igel mit beiden Händen unter seinen Achseln hoch und hielt ihn mit ausgestreckten Armen in Augenhöhe.

»Ach, Egel«, sagte er, »unsereiner hat dir zu danken für ein Königtum. Mach's gut, Egel, und ein glückliches Leben dir und deinen schönen Liedern.«
Doch der Igel strampelte mit den Füßen, als führe er Rad, weil er abgesetzt werden wollte. Er zupfte wieder am Ärmel, als er sicher auf dem Boden stand, und der alte Mann neigte sein Ohr, um das Flüstern zu hören.
»Ne, ne«, wisperte er heiser und packte fest seine Hand, wobei er ihm ernst ins Gesicht schaute. »Sagt nicht lebwohl.«
Er zupfte wieder und senkte seine Stimme, daß sie fast unhörbar war.
»Orriwoah«, flüsterte der Wicht. »Orriwoah«.

20

NUN, WIR SIND ENDLICH am Schluß unserer verschlungenen Geschichte angekommen.

Arthur von England kehrte in die Welt zurück, um seine Pflicht zu tun, so gut er konnte. Er vereinbarte mit Mordred eine Waffenruhe, nachdem er sich entschlossen hatte, um des Friedens willen sein halbes Königreich anzubieten. Um die Wahrheit zu sagen, er war bereit, auf alles zu verzichten, wenn es nötig sein sollte. Als Besitz hatte es längst seinen Wert für ihn verloren, und er war zu der Überzeugung gelangt, daß Frieden wichtiger ist als ein Königreich. Doch er empfand es als seine Pflicht, wenn möglich die Hälfte zu bewahren, und zwar aus diesem Grund: Wenn er auch nur eine halbe Welt hatte, in der er wirken konnte, wäre es vielleicht doch möglich, in sie die Samen der Vernunft zu legen, die er von den Gänsen und den Tieren gelernt hatte. Der Waffenstillstand wurde geschlossen, und die Armeen zogen in Schlachtordnung auf und stellten sich einander gegenüber. Jede hatte eine Standarte, einen Schiffsmast auf Rädern, an dessen Spitze ein kleiner Kasten die heilige Hostie enthielt, während von den Masten die Banner des Drachen und der Distel wehten. Die Ritter von Mordreds Partei trugen schwarze Rüstungen, auch ihre Federn waren schwarz, und an ihren Armen strahlte die purpurrote Peitsche von Mordreds Wappen in der düsteren Farbe des Blutes. Vielleicht sahen sie schrecklicher aus, als ihnen zumute war. Den wartenden Soldaten wurde erklärt, daß keiner eine feindselige Haltung einnehmen dürfe, alle Schwerter sollten in der Scheide bleiben. Doch da man vor Verrat nie ganz sicher war, wurde ihnen gesagt, sie dürften rettend eingreifen, sobald bei der Verhandlung ein blankes Schwert gesichtet wurde.

Arthur schritt mit seinen Beratern in den freien Raum zwischen den Truppen, und Mordred kam ihm mit seinem eigenen Gefolge in der schwarzen Ausstaffierung entgegen. Sie standen einander gegenüber, und der alte König sah wieder das Gesicht seines Sohnes. Es war hager und abgespannt. Auch er, armer Mann, war vor Sorge und Einsamkeit weggelaufen ins Land von Kennaquhair; aber er war ohne Führer gegangen und hatte sich verirrt.

Sie einigten sich zur Überraschung Aller müheloser über die Abmachung, als zu hoffen gewesen war. Der König behielt sein halbes Reich. Einen Augenblick lang waren Freude und Friede im Gleichgewicht.

Doch auf diesem Messerrücken eines Augenblicks bäumte sich der alte Adam in anderer Gestalt auf. Lehenskrieg, Unterdrückung durch die Barone, individuelle Macht, selbst ideologische Rebellion – alle hatte Arthur auf die eine oder andere Weise beigelegt, um jetzt beim letzten Schritt geschlagen zu werden; und durch nichts als die episodische Tatsache, daß der Mensch ein Mörder aus Instinkt ist.

Eine Ringelnatter bewegte sich auf der Wiese zu ihren Füßen, dicht bei einem Offizier aus Mordreds Gefolge. Der Offizier trat instinktiv zurück und schwang seine Hand über den Körper, wobei seine Armbinde mit der Peitsche blitzschnell sichtbar wurde. Das funkelnde Schwert strahlte auf, um die vermeintliche Viper zu töten. Die wartenden Truppen glaubten an Verrat und brachen in einen Wutschrei aus. Auf beiden Seiten wurden die Lanzen eingelegt. Und als König Arthur auf seine eigenen Reihen zulief, ein alter Mann mit weißem Haar, der versuchte, sich gegen die endlosen Gezeiten zu stemmen, die knöchernen Hände ausgestreckt, um sie zurückzuhalten, bis zuletzt im Kampf gegen die Flut der Macht, die sein Leben lang, kaum hatte er sie eingedämmt, an einer neuen Stelle ausgebrochen war – da schwoll das Getümmel, der Kriegsruf erklang, und die aufeinanderprallenden Wogen schlugen über ihm zusammen.

Lanzelot kam zu spät. Er war so schnell wie möglich gereist, doch vergeblich. Er konnte nichts mehr tun als das Land zu befrieden und die Toten zu begraben. Als dann eine Art Ordnung wiederhergestellt war, eilte er zu Ginevra. Sie sollte immer noch im Tower von London sein, denn Mordreds Belagerung war erfolglos gewesen.

Doch Ginevra war verschwunden.

In jenen Tagen waren die Regeln der Klöster nicht so streng wie heute. Häufig dienten sie den wohlgeborenen Gönnern eher als eine Art Herberge. Ginevra hatte in Amesbury den Schleier genommen. Sie fand, daß sie genug gelitten und anderen genug Leid verursacht habe. Sie weigerte sich, ihren alten Liebhaber zu sehen oder mit ihm zu reden. Sie sagte, und das war offenkundig unwahr, daß sie ihren Frieden mit Gott machen wolle.

Ginevra hatte sich nie um Gott gekümmert. Sie war eine gute Theologin, doch das war alles. In Wahrheit war sie alt und weise: sie wußte, daß Lanzelot Gott leidenschaftlich liebte und daß es für ihn wichtig war, diese Richtung einzuschlagen. Also schwor die große Königin um seinetwillen, um es ihm leichter zu machen, allem ab, wofür sie ihr Leben lang gekämpft hatte, gab ein Beispiel und blieb bei ihrer Wahl. Sie war von der Bühne abgetreten.

Lanzelot erriet davon nicht wenig, und als sie sich weigerte, ihn zu empfangen, kletterte er mit alternder gallischer Artigkeit über die Klostermauer. Er lauerte ihr auf, um ihr Vorhaltungen zu machen, doch sie war unerbittlich und tapfer. Etwas an dem Zusammenstoß mit Mordred scheint ihre Lebenslust zerstört zu haben. Sie trennten sich und sahen sich auf Erden niemals wieder.

Ginevra wurde eine weltliche Äbtissin. Sie leitete ihr Kloster mühelos, königlich, mit einer gewissen großartigen Geringschätzung. Die kleinen Mädchen in der Schule wurden in der großen Tradition der Aristokratie erzogen. Sie sahen Ginevra im Park spazierengehen, aufrecht, gerade, blitzende harte Ringe an den Fingern, die Wäsche weiß und fein und, entgegen den Klosterregeln, parfümiert. Die Novizinnen verehrten sie ausnahmslos mit der Leidenschaft von Schulmädchen und flüsterten über ihre Vergangenheit. Sie wurde eine Große Alte Dame. Als sie schließlich starb, holte ihr Lanzelot mit seinem schneeweißen Haar und den runzeligen Wangen ihre Leiche und brachte sie zum Grab ihres Ehemannes. Dort, in dem berühmten Grab, wurde sie beerdigt: ein stilles und königliches Gesicht, das in die Erde versenkt und begraben wurde.

Was Lanzelot angeht, so wurde er wahrhaft ein Einsiedler. Mit sieben seiner Ritter als Gefährten trat er in ein Kloster bei Glastonbury ein und widmete sein Leben dem Gottesdienst. Arthur, Ginevra und Elaine waren dahingegangen, doch seine geistige Liebe blieb. Er betete für sie alle mit seiner ganzen nie besiegten Kraft zweimal täglich und lebte in froher Askese fern von den Menschen. Er lernte sogar, die Vogelstimmen in den Wäldern zu unterscheiden und Zeit für all die Dinge zu haben, die Onkel Dap ihm verwehrt hatte. Er wurde ein vorzüglicher Gärtner und ein bekannter Heiliger.

»Ipse«, sagt ein mittelalterliches Gedicht über einen anderen alten Kreuzritter, einen großen Herrn wie Lanzelot zu seiner Zeit und einen, der sich ebenfalls von der Welt zurückgezogen hatte:

Ipse post militiae cursum temporalis,
Illustratus gratia doni spiritualis,
Esse Christi cupiens miles specialis,
In hac domo monachus factus est claustralis.

Er wurde, nach dem Getümmel der Schlacht,
Bedacht mit der Gnade göttlicher Gaben,
Um Christi getreulicher Kämpe zu sein,
In diesem Kloster zum Bruder gemacht.

Über die Maßen sanft, mild und gütig,
Weiß wie ein Schwan vom Alter gebleicht,
War er freundlich und ohne Mühe zu lieben
Und trug in sich selbst den Heiligen Geist.

Denn oft zog es ihn in die heilige Kirche.
Dort lauschte er froh den Mysterien der Messe
Und lobte und pries nach seinem Vermögen
Und sann und bedachte den himmlischen Ruhm.

Freundlich und fröhlich war stets sein Gespräch,
Höchlichst zu schätzen und voll Religion,
So daß es die ganze Bruderschaft freute;
Er lamentierte und nörgelte nie.

Spazierte er zwischen den Mauern des Klosters,
Neigte er das Haupt vor den Mönchen,
Und mit Kopfnicken grüßte er jene,
Die er von allen am meisten geliebt.

Hic, per claustrum quotiens transiens meavit,
Hinc et hinc ad monachos caput inclinavit,
Et sic nutu capitis eos salutavit,
Quos affectu intimo plurimum amavit.

Als seine eigene Todesstunde kam, wurde sie von Visionen im Kloster begleitet. Der alte Abt träumte von herrlich klingenden Glocken und von Engeln, die unter glücklichem Gelächter Lanzelot gen Himmel trugen. Sie fanden ihn tot in seiner Zelle, wo er das dritte und letzte seiner Wunder bewirkte. Denn er war im sogenannten Geruch der Heiligkeit gestorben. Wenn Heilige sterben, ist der Raum von einem süßen Duft erfüllt – vielleicht nach frischem Heu, oder nach Frühlingsblüten oder nach der sauberen Meeresküste.

Ector sprach seines Bruders Totenklage, ein Stück Prosa, wie man es selten trefflicher findet. Er sagte: »Ah, Lanzelot, Ihr wart der Beste aller christlichen Ritter. Und nun wage ich zu sagen, Ihr, Sir Lanzelot, der Ihr hier liegt, fandet in keinem irdischen Ritter Euresgleichen. Und Ihr wart der höflichste Ritter, der je ein Schild trug. Und Ihr wart der beste Freund derer, die Euch liebten, der je auf einem Pferde ritt. Und Ihr wart der treueste Liebhaber unter allen sündigen Männern, der je eine Frau liebte. Und Ihr wart der gütigste Mensch, der je mit einem Schwerte zuschlug. Und Ihr wart der rechtschaffenste Mann, der je im Gedränge der Ritter stand. Und Ihr wart der Freundlichste und Sanfteste, der je im Saal mit den Damen aß. Und Ihr wart der grimmigste Ritter für Euren Todfeind, der je einen Speer hob.«

Die Tafelrunde war bei Salisbury zerbrochen, die Zahl ihrer wenigen Überlebenden wurde im Lauf der Jahre geringer. Schließlich waren nur noch vier von ihnen übrig: Bors der Weiberfeind, Ector, Bleoberis und Demaris. Diese alten Männer machten für den Seelenfrieden aller ihrer Gefährten eine Pilgerfahrt ins Heilige Land, und sie starben dort an einem Karfreitag zu Ehren Gottes, die letzten der Tafelrunde. Jetzt sind keine mehr übrig; es gibt nur noch Ritter des Bath-Ordens und anderer vergleichsweise korrumpierter Orden.

Um König Arthur von England, dieses milde Herz und Zentrum von allem, ist bis heute ein Geheimnis. Manche glauben, daß er und Mordred umkamen – einer durch des anderen Schwert. Robert von Thornton erwähnt, daß er von einem Arzt aus Salerno untersucht worden sei, der angesichts seiner Wunden festgestellt habe, er könne nicht mehr geheilt werden, und da »sagte er kühn auf dem Platz, wo er lag, *In manus** ... und sprach nicht mehr.« Jene, die diesem Bericht zustimmen, behaupten, er sei in Glastonbury begraben unter einem Stein mit der Inschrift: HIC JACET ARTURUS REX QUONDAM REX QUE FUTURUS**, und Heinrich II. habe seine Leiche exhumiert als Gegenschlag für den walisischen Nationalismus – denn die Cymry blieben selbst dann noch dabei, daß der große König nie gestorben sei. Sie glaubten, er werde wiederkommen, um sie anzuführen, und wie üblich bestanden sie auch wider besseres Wissen auf seiner britischen Abstammung. Adam von Domerham erzählt uns andererseits, die Exhumierung habe sich im April 1278 unter Edward I. ereignet, und er selbst sei Zeuge gewesen; außerdem ist bekannt, daß eine dritte vergebliche Graböffnung unter Edward III. unternommen wurde – der übrigens 1344 die Tafelrunde als ernstzunehmenden Ritterorden wie den Hosenbandorden wiederbelebte. Welches Datum nun auch stimmen mag, die Überlieferung sagt, die exhumierten Knochen seien von riesigen Ausmaßen gewesen, und Ginevra habe goldenes Haar gehabt. Dann gibt es eine andere, weit verbreitete Geschichte, nach der unser Held von einer Gruppe Königinnen in einem Zauberboot ins Tal von Affalach gebracht wurde. Sie sollen ihn über den Se-

* »In deine Hände.« Der ganze Satz über den Tod Jesu (Lukas 23, 46) lautet: »Vater, ich befehle meinen Geist in deine Hände!«

** »Hier liegt Arthur, der ehemalige und zukünftige König.« (vgl. den engl. Originaltitel von Whites' Hauptwerk)

vern in ihr eigenes Land gesteuert haben, wo sie seine Wunden heilen wollten.
Bei den Italienern ist von einem gewissen Arturo Magno die Rede, der auf den Berg Ätna überführt worden sei und dort, so sagen sie, gelegentlich gesehen werden könne. Der Spanier Don Quichotte, ein sehr gebildeter Herr, der über der Sache den Verstand verlor, behauptet, er sei ein Rabe geworden – und das mag denen, die unsere kleine Geschichte gelesen haben, nicht so unbedingt lächerlich erscheinen. Dann sind da noch die Iren, die ihn mit einem der FitzGeralds verwechselt haben und meinen, er reite zur Musik von *Londonderry Air* mit erhobenem Schwert um eine Häuptlingsburg. Die Schotten erzählen sich eine Legende, in der es heißt:

Arthur der Ritter
Ritt nachts allein
Mit goldenen Sporen
Im Kerzenschein

und schwören, er sei in Edinburgh, wo er auf Arthurs Thron sitze. Die Bretonen bestehen darauf, sein Horn gehört und seine Rüstung gesehen zu haben; auch sie glauben, er werde wiederkehren. Ein Buch mit dem Titel ›*The High History of the Holy Grail*‹, das von einem reizbaren Gelehrten namens Dr. Sebastian Evans übersetzt worden war, behauptet im Gegensatz dazu, er sei wohl begraben in einem Gotteshaus, »das an der Spitze des Abenteuermoors steht«. Eine Miß Jessie L. Weston erwähnt ein Manuskript, dem sie die Nummer 1533 zu geben beliebt, das sich auf *Le Morte d'Arthur* stützt und den Hinweis enthalte, daß die Königin, die ihn fortgebracht habe, keine andere gewesen sei als die gealterte Zauberin Morgan, seine Halbschwester, und daß sie mit ihm auf eine magische Insel reiste. Dr. Sommer betrachtet den gesamten Bericht als absurd. Viele Leute wie Wolfram von Eschenbach, Ulrich von Zatzikhoven, Dr. Wechssler, Professor Zimmer, Mr. Nutt und so weiter weichen der Frage entweder völlig aus oder verharren in gebildeter Verwirrung. Chaucer, Spenser, Shakespeare, Milton, Wordsworth, Tennyson und eine Anzahl weiterer zuverlässiger Zeugen stimmen darin überein, daß er noch auf der Erde weilt; Milton neigt zu der Ansicht, er sei darunter *(Arturumque etiam sub terris bella moventem)**, während Tennyson der Meinung ist, er werde wiederkehren und uns besuchen »wie ein moderner Herr von stattlichster Haltung«, möglicherweise wie der Prinzgemahl. Shakespeares Beitrag besteht darin, den geliebten Falstaff bei seinem Tod nicht in Abrahams, sondern in Arthurs Schoß zu legen.

Die Legenden des Volkes sind schön, sonderbar und sicher. Gervase von Tilbury schreibt um 1212, daß in den Wäldern von Britannien »die Förster erzählen, daß an verschiedenen Tagen um Mittag oder um Mitternacht, wenn der Mond voll und glänzend ist, sie häufig eine Gruppe Jäger sehen, die auf Befragen sagen, sie gehören zum Haushalt und Gefolge von Arthur.« Das waren jedoch wahrscheinlich echte Banden angelsächsischer Wilderer wie die Anhänger von Robin Wood, die sich zu Ehren des alten Königs so genannt hatten. Die Leute in Devon zeigen gern »den Thron und Ofen« von Arthur zwischen den Felsen ihrer Küste. In Somersetshire gibt es von Leland erwähnte Dörfer, die Ost und West Camel(ot) heißen und voller Legenden von einem König sind, der immer noch in einer goldenen Krone sitzt. Darauf hinzuweisen wäre, daß der Fluß Ivel, dem, nach Drayton, unsere »ritterlichen Taten und mutigen Erfolge entsprangen«, im selben Landesteil liegt, genau wie South Cadbury, dessen Pfarrer folgende Erzählung seiner Pfarrkinder wiedergibt: »Die Leute sagen, daß in der Vollmondnacht König Arthur und seine

* »Und auch Arthur treibt zum Krieg unter der Erde.«

Männer um den Berg reiten – ihre Pferde sind mit Silber beschlagen, und ein silberner Huf ist auf ihrem Weg gefunden worden, und wenn sie um den Berg geritten sind, halten sie an und führen ihre Pferde am Wunschbrunnen zur Tränke.« Schließlich gibt es noch das kleine Dorf Bodmin in Cornwall, dessen Bewohner davon überzeugt sind, daß der König in einem örtlichen Grabhügel haust. 1113 haben sie sogar in der heiligen Stätte eine Gruppe von Mönchen aus Britannien angegriffen – eine nie dagewesene Sache –, weil diese die Legende bezweifelt hatten. Es muß zugegeben werden, daß manche dieser Daten kaum mit dem dornigen Thema von Arthurs Chronologie übereinstimmen, und Malory, der große Mann, der die edelste Quelle dieser ganzen Geschichte ist, hüllt sich in diskrete Zurückhaltung.

Was mich angeht, so kann ich des Igels letzten Abschiedsgruß im Verein mit Quichottes Hinweis auf die Tiere und Miltons unterirdischen Traum nicht vergessen. Es ist kaum mehr als eine Theorie, doch vielleicht schauen sich die Bewohner von Bodmin ihren Grabhügel genauer an, und wenn er einem riesigen Maulwurfshaufen mit einer dunklen Öffnung an der Seite gleicht, besonders wenn es in der Umgebung Dachsfährten gibt, dann können wir unsere eigenen Schlüsse ziehen. Denn ich neige dem Glauben zu, daß mein geliebter Arthur der Zukunft in diesem Augenblick bei seinen gelehrten Freunden im Kommunikationsraum der Schule des Lebens sitzt, und daß sie dort drauflosdenken, so klug sie können, um die besten Methoden zu finden, mit denen unserer seltsamen Spezies zu helfen wäre; und ich zumindest hoffe, daß eines Tages, wenn nicht nur England, sondern die Welt sie braucht, und wenn sie bereit ist – falls sie das je sein sollte –, auf die Vernunft zu hören – daß sie dann fröhlich und kraftvoll aus ihrer Burg kommen. Und dann werden sie uns vielleicht wieder Glück in der Welt schenken und Ritterlichkeit und den ehrwürdigen mittelalterlichen Segen gewisser einfacher Menschen – die jedenfalls versucht haben, mit ihren eigenen geringen Möglichkeiten den alten brutalen Traum von Attila, dem Hunnen, zu beenden.

Explicit liber Regis Quondam, graviter et laboriose scriptus inter annos MDCCCCXXXVI et MDCCCCXLII, nationibus in diro bello certantibus. Hic etiam incipit, si forte in futuro homo superstes pestilenciam possit evadere et opus continuare inceptum, spes Regis Futuri. Ora pro Thoma Malory Equite, discipuloque humili ejus, qui nunc sua sponte libros deponit ut pro specie pugnet.

Hier endet das Buch des ehemaligen Königs, geschrieben mit viel Mühe und Fleiß zwischen den Jahren 1936 und 1942, als die Nationen in einem entsetzlichen Krieg kämpften. Hier beginnt zugleich – falls durch Zufall ein Mensch in Zukunft die Pest überlebt und das Werk fortführt, das er begonnen hat – die Hoffnung auf den zukünftigen König. Betet für Thomas Malory, den Ritter, und seinen bescheidenen Schüler, der jetzt freiwillig seine Bücher zur Seite legt, um für seine Art zu kämpfen.

ENDE

FREDERIK HETMANN

MERLIN

Porträt
eines
Zauberers

MERLIN: *ein Poet, Zauberer und Prophet, der wahrscheinlich im 6. Jahrhundert gelebt hat und im 12. Jahrhundert eine zentrale Figur im Geschichtenkreis um Artur wurde. Die mittelalterliche Literatur über ihn ist zahlreich. Seine Gestalt taucht in fast allen Sprachen der westlichen Christenheit auf. Das Textmaterial über ihn läßt sich in vier Gruppen einteilen: 1) Gedichte aus Wales; 2) die Arbeiten des Geoffrey von Monmouth; 3) französische Romanzen und davon abgeleitete Texte; 4) örtliche Assoziationen, Sagen und Märchen. Die bretonischen Gedichte, die in Barzac-Breiz erschienen, und von La Villemarqué stammen, brauchen nicht berücksichtigt zu werden, da es sich bei ihnen um Fälschungen handelt.*

Standard Dictionary of Folklore Mythology and Legend, Funk & Wagnall

Ihr habt meinen Rat zu wörtlich genommen, König. Nicht an die ursprüngliche Sünde zu glauben, bedeutet nicht, an die ursprüngliche Tugend zu glauben. Es bedeutet nur, daß Ihr nicht glauben sollt, die Menschen seien völlig schlecht. Schlecht mögen sie sein, und sogar sehr schlecht, doch nicht völlig.

T. H. White, Das Buch Merlin

I

ZUERST WILL ICH MIR vorstellen, wie Merlin in die Welt kam. *Blausilber, Baby, los, jetzt flipp!* Ich springe in einen Traum, *FLIPP, baby, so flipp doch.*

Da war in Cornwall, in Wales oder in Caledonien eine Königstochter, Herzogstochter, Grafentochter, Extrawursttochter, die nicht gleich unter die Haube kam und nicht ins Bett eines jener barbarischen Kleinkönige, sondern ins Kloster gesteckt wurde, zwecks Konservierung ihrer Tugend und damit sie derweil etwas Rechtes lerne. Mai war, so ein Mai, wie er richtig ist. Wie er auch heutzutage hier und da immer wieder einmal vorkommt. Sie ging durch den Klostergarten. Der echte, der starkduftende, der nachduftende Flieder blühte. Auch Ginster. Weiter ging sie, über die Grenze des Gartenzauns ins Verbotene hinaus, ins offene Land. Dann, sagen wir, über einen Friedhof, überwuchert von wilden Narzissen. Vielleicht war es doch nicht Mai, sondern erst April. *O now to be in England when April is there!* Des Wegs kam ein *minstrel.* Was sagen will: eben nicht einer von jenen Hofpoeten, deren Reime nur Reklame waren für die Mächtigen. Vielmehr einer von denen, die wissen, daß im Grund das einzige poetische Thema die Frage betrifft: Was überlebt von der Geliebten? Ein herumstrolchender Sänger, dessen Lieder wieder und wieder um jene alte Geschichte kreisen, die aus dreizehn Kapiteln und einem Epilog besteht: von der Geburt, dem Leben und dem Tod und der Wiederauferstehung des Gottes und Königs des vergehenden Jahres, und worin die entscheidende Episode eben jene ist, in der berichtet wird, wie der König des Alten Jahres antritt zum Kampf mit dem Gott des Kommenden Jahres, zum Kampf um die Liebe der kapriziösen und allmächtigen dreifaltigen Göttin, die Mutter, Braut und Totengräberin in einer Person ist.

In ihren Liedern pflegten sich jene Sänger der Zunft außerhalb des Geländers mit dem König des Vergehenden Jahres zu identifizieren, und ihre Muse war die dreifaltige Göttin, jene schöne, schlanke Frau mit einer Hakennase, todbleichem Gesicht, Lippen mit dem Rot von den Beeren der Eberesche, stechenden blauen Augen und langem blondem Haar.

Daher kam also dieser Kerl, pfeifend oder singend. Und er sah das Mädchen und war davon überzeugt, es handele sich um eine Erscheinungsform der Göttin, nach der er schon lange verrückt war, die sich ihm im Traum hundertmal verweigert und statt ihrer selbst ihm immer nur ihre Mägde geschickt hatte.

Jetzt aber stand sie vor ihm, im brechenden Licht eines Tages, durch das soviel blühendes Weiß geweht war. Er nahm sie, warf sie auf einen Grabhügel und beschlief sie. Vielleicht hörte sie das verrückte Konzert einer Amsel von der Spitze eines blühenden Apfelbaums her. Vielleicht sah sie über sich den ersten Stern in einem noch ziemlich hellen Abendhimmel. Bis ihr Hören und Sehen vergingen. Sie schrie, aber nicht um Hilfe, sondern vor Lust.

Es roch nach den zerbrochenen Stengeln der Narzissen, aber auch nach Toten, nach wieder zu Erde gewordenem Fleisch. Mäuse raschelten im Buchenlaub vom vergange-

nen Jahr, und im Efeu, der am Kirchtum rankte, schrie eine Eule.
So wurde Merlin gezeugt.
Sollte es damals schon Tarotkarten gegeben haben, die sich das Mädchen legen konnte, noch schwach in den Knien und liebeswarm in der Klosterzelle, so wird ganz oben rechts, am Ende der Zukunftsreihe der Gehängte gelegen haben.
Freilich war das, was sich auf dem Kirchhof zugetragen hatte, eine Geschichte, die man nur von Frau zu Frau flüstern konnte. Sagen wir mal, die Äbtissin sei eine kluge Frau gewesen. Träumen wir uns mal, den armen alten White im Sinn, in ihr Bewußtsein, dann dürfte sie bei allem Verständnis für die Kleine wohl gesagt haben, sich lächelnd dabei an eigene Erlebnisse ähnlicher Art erinnernd: »Also bitte, Kindchen ... keine Reklame für Hedonismus. Man hat seinen Spaß, allright, aber dann hält man schön seinen Mund.«
Und sie erfand die Geschichte von dem Incubus, der ein armes Nönnchen nachts im Bett überfallen und ihr Gewalt angetan habe.

Im Walisischen stammt das Wort für »Bedeutung« (ystyr) vom Lateinischen »historia«, aus dem sich im Englischen sowohl das Wort »story« wie auch das Wort »history« ableitet. »History« ist mit der Zeit in seiner Bedeutung um den ursprünglich extra-historischen Inhalt, den »historia« besaß entleert worden. Das Wort selbst hat eine gemeinsame Wurzel mit »wissend«, »gelehrt«, »weiser Mann« und »Richter«.
Das alte walisische Wort für »Geschichte«, »cyfarwyddyd« bedeutet »Führung«, »Richtung«, »Unterweisung«, »Wissen«, »Geschicklichkeit«, »Rezept«. Es ist abgeleitet von »araydd«, was wiederum heißt »Zeichen«, »Symbol«, »Manifestation«, »Omen«, »Wunder« und kommt von

der Wurzel des Wortes »sehen«. Der Geschichtenerzähler (cyfarwydd) war ursprünglich ein Seher und ein Lehrer, der die Seelen seiner Zuhörer durch die Welt des Geheimnisvollen führte.

Alwyn Rees and Brinley Rees, Celtic Heritage, Ancient Tradition in Ireland and Wales

Vom Standpunkt der etablierten Ordnung in dieser Welt verläuft bei der Art und Weise, in der ein »hero« (Held) gezeugt und geboren wird, alles falsch.

Gewöhnliche Kinder werden verheirateten Eltern geboren, die keine Blutsverwandten sind.

Der »hero« wird zumeist »illegitim« gezeugt und von einem ledigen Mädchen geboren. Wenn die Mutter verheiratet ist, findet seine Zeugung unter dem Vorzeichen dessen statt, was man sonst Ehebruch nennt, und die Regelwidrigkeit der Verbindung wird oft noch durch Gewaltanwendung oder List besonders betont. Um die Dinge noch schlimmer zu machen, wird selbst die Integrität der Familie verletzt: ein Vater zeugt den »hero« mit seiner Tochter, ein Sohn schläft mit seiner Mutter, der Bruder mit der Schwester. Die Ereignisse spotten den Naturgesetzen. Eine unfruchtbare Frau kann ein Kind empfangen, indem sie Wasser trinkt, einen Wurm verschluckt, einen Fisch ißt oder ein Weizenkorn.

Doch dies sind alles ursprünglich religiöse Geschichten, die einen befreienden und erhebenden Effekt bei den Zuhörern haben sollen.

Wir haben erwähnt, daß es üblich war, sie bei der Geburt eines menschlichen Kindes zu erzählen und hatten vermutet, daß sie als Beispiele galten, in deren Licht die Bedeutung einer gewöhnlichen Geburt erst recht begriffen wurde. Aber es sind ganz offensichtlich keine Muster, die das reale Leben nachzeichneten. Will man das Paradoxe dieser Mythen auflösen, so muß man sie als Symbole für die

transzendente Bedeutung der entsprechenden Geburt ansehen. Man muß sich fragen, was diese Geburt vom Standpunkt der unsichtbaren Welt aus bedeutet.
Vom real-irdischen Standpunkt aus wird das Kind unbeabsichtigt im Verlauf der elterlichen Beziehungen ohne Eingreifen einer anderen Macht gezeugt.
Vom Standpunkt der übernatürlichen Welt aus sind die Eltern auserwählt, Zeit und Ort sind vorherbestimmt, das irdische Leben des Kindes ist vorgezeichnet, noch ehe es empfangen wird.
Feindliche Kräfte auf der Erde können seine Ankunft nicht verhindern, die Mutter hat keine Wahl, in gewissem Sinn wird ihr Gewalt angetan.
Und bei jeder solcher Geburt gibt es einen dritten Faktor. Das Kind mag biologisch von seinen irdischen Eltern abstammen, es ist aber auch die Inkarnation einer übernatürlichen Wesenheit. Die Doktrin, daß bei der Empfängnis ein Geist in den Mutterleib fährt, ist weitverbreitet, sowohl unter primitiven wie auch unter hochgebildeten Völkern.

Alwin Rees and Brinley Rees, Celtic Heritage,
Ancient Tradition in Ireland and Wales

Als das Gesetz Gottes wieder aufgerichtet worden und Britannien wieder zu einem christlichen Land geworden war, hört nun, welch böse Taten geschahen durch Verrat und durch Neid. Rowena, die böse Stiefmutter, gab Befehl, Vortimer, ihres Ehemannes Sohn, vergiften zu lassen, denn sie haßte ihn, weil er Hengist aus seinem Reich vertrieben hatte. Als nun Vortimer bestätigt ward, daß er sterben müsse und kein Arzt ihm werde helfen können, versammelte er um sich seine Barone und teilte unter ihnen den Schatz aus, den er zusammengetragen hatte. Achtet genau auf das, was er seinen Freunden sagte.

›Ritter‹, sprach er, ›werbt Krieger an, nicht zu wenig und spart nicht am Sold für die Unterführer. Haltet zusammen und verteidigt dieses Land gegen die Sachsen, damit mein Lebenswerk nicht umsonst gewesen ist. Nehmt meine Leiche und begrabt sie an diesem Strand. Errichtet ein Grab so groß und dauerhaft, daß es alle, die reisen, schon weit draußen auf See erkennen. An die Küste, an der mein Leib begraben liegt, werden sie nicht zu kommen wagen.‹ Nachdem er so gesprochen, starb der König. Sein Leichnam wurde nach London gebracht und dort bestattet. Die Barone bauten ein Grabmal, wie er es in seiner Rede vor seinem Tod verlangt hatte.

Nach Vortimers Tod machten die Briten Vortigern zu ihrem König, wie er es ja auch schon in den Tagen zuvor gewesen war. Auf Rat seines Weibes schickte er Boten zu seinem Schwiegervater Hengist. Ihn bat er ins Königreich zurückzukehren, aber nur mit einer kleinen Gruppe von Leuten, damit die Briten nicht verschreckt würden, denn da Vortimer, sein Sohn, tot sei, bestehe keine Notwendigkeit, mit einem Heer zu erscheinen. Hengist schiffte sich ein, aber bei ihm waren dreihunderttausend Mann. Die Furcht vor den Briten war es, die ihn veranlaßte, so viele Krieger mit sich zu bringen. Als der König nun hörte, daß Hengist mit einem so großen Heer kam, wurde ihm Angst und er wußte nichts mehr zu sagen. Die Briten kamen zusammen mit großem Zorn und versprachen einander, sich in der Schlacht beizustehen und die Heiden aus dem Reich hinauszuwerfen. Hengist war schlau und böse im Herzen. Er sandte falsche Botschaften an den König. Er bat um Waffenstillstand und um einen Tag der Liebe, an dem sie miteinander sprechen konnten als Freund zu Freund. Friede sei alles, was er sich wünsche, Frieden habe er im Sinn, dem Frieden gelte seine Liebe, Frieden suche er mit Tränen. Nichts liege ihm ferner als Krieg und lieber wolle er aus dem Reich verbannt werden als mit Waffengewalt dort Fuß fassen. Es sei an den Briten zu entscheiden, welche von den Besuchern bleiben und welche wieder abreisen sollten.

Die Briten gingen auf den Vorschlag des Liebestages ein, und die beiden Völker beschworen voreinander an diesem Tag den Frieden. Aber kann man dem Eid eines Lügners trauen? Ein Datum wurde für eine Beratung festgesetzt, und der König ließ Hengist wissen, er solle zu dieser Besprechung nur mit ein paar Gefährten kommen. Auch einigte man sich, daß keiner Waffen tragen werde, damit nicht die Männer nach erregten Worten zum Schwert greifen könnten. Die beiden Delegationen trafen sich nahe der Abtei von Ambresbury, in der großen Ebene von Salisbury. Es war ein Tag im Mai. Hengist hatte seinen Kameraden gesagt, jeder von ihnen sollte ein scharfes, zweischneidiges Messer zu sich stecken. Er bat sie, bei dieser Besprechung mit dabei zu sein und zuzuhören, und wenn er rufe Nimad covre seax (Holt eure Messer raus!), einen Satz, den die Briten nicht verstehen würden, sollten sie ihre Dolche fassen und den Mann neben sich niederstoßen. Und so geschah es. Hengist selbst saß sehr nahe dem König. Er hielt den König fest am Mantel, riß ihn beiseite, so daß er mit dem Leben davon kam. Aber die anderen trieben ihre Messer in die Leiber neben sich, und bald wanden sich da vierhundertsechzig der vornehmsten und tapfersten Männer des Königreiches im Staube. Nur wenigen gelang es zu entkommen, obwohl sie nichts bei sich hatten, um sich zu verteidigen, außer Steinen.

Eldof, der Graf von Gloucester, hielt eine große Keule in seiner rechten Hand, die er am Boden gefunden hatte. Er wußte nicht, wer sie zur Besprechung mitgebracht haben mochte. Mit dieser Waffe verteidigte er sich wütend, bis er ganze 70 der Heiden erschlagen hatte. Ein mächtiger Kämpfer war er und von großer Gewandtheit. Es gelang ihm, sich eine Gasse zu hauen, und allen Messern, die man nach ihm warf, oder mit denen man nach ihm stieß, vermochte er zu entgehen. Keines fuhr ihm ins Fleisch. Er erreichte endlich sein Pferd, ritt nach Gloucester und verbarrikadierte sich in der Stadt. Auch Vortigern wäre von den Sachsen bestimmt erschlagen worden, hätte sich nicht Hengist vor ihn gestellt und gerufen:

»Tut dem König nichts zu leide. Von ihm habe ich nur Gutes erfahren. Und ich will nicht, daß der Mann meiner Tochter so elend umkommt. Laß ihn uns lieber als Gefangenen halten und sehen, ob seine Freunde ihn freikaufen und uns alle Städte und befestigten Plätze übergeben, wenn wir ihm das Leben schenken.«

Also erschlugen sie den König nicht, sondern legten ihn in Eisen und ließen ihn gefesselt, bis er ihnen alles zu geben versprach, was sie von ihm haben wollten. Als Lösegeld, um aus der Gefangenschaft frei zu kommen, trat Vortigern Sussex, Essex und Middlesex an Hengist ab und außerdem die Grafschaft Kent, die diesem zuvor schon einmal gehört hatte.

In Erinnerung an diesen gemeinen Verrat hießen Messer unter den Engländern lange hin »seax«, aber die Namen ändern sich; die Welt dreht sich weiter, und die Menschen vergessen das, was in der Vergangenheit geschah. Im Anfang wurde das Wort gebraucht, um den Verrat zu tadeln, der da geschehen war. Aber als die Geschichte von den seax in Vergessenheit geriet, sprachen die Leute wieder von Messern und dachten nicht mehr an die Schande ihrer Vorväter.

Als Vortigern nun ein Mann im Elend war, überquerte er den Severn und zog tief hinein nach Wales. Dort aber hielt er Rat mit seinen Freunden. Er ließ seine gelehrten Schreiber und Zauberer zusammenrufen und fragte sie, wie er seine Macht über das Land aufrecht erhalten könne, und was er tun solle, wenn ihn jemand angreife, der mächtiger sei als er selbst.

Jene, die er fragte, fürchteten am meisten die zwei Brüder des Constantin, die immer noch lebten, denn von ihnen wußten sie, daß sie ihren Haß nicht begraben würden. Die Zauberer rieten ihm schließlich, einen mächtigen Turm zu bauen, der nie und nimmer eingenommen werden und auch von keiner Maschine, die der Witz eines Menschen ersinnt, zerstört werden könne.

Nachdem eine solch starke Burg fertig wäre, solle er sich darin einschließen und werde derart sicher sein vor dem Haß seiner Feinde. Dieser Rat gefiel dem König, und er sah sich nach einer Stelle um, die für eine solch starke Zwingburg geeignet war. Einen solchen Platz meinte er endlich im Gebirge von Erir (Snowdon) gefunden zu haben. Er holte Steinmetze herbei und hieß sie, Steine behauen, und Maurer, die mit Mörtel die Steine zu einer Mauer zusammenfügten. Die Männer begannen umgehend mit der Arbeit, aber was sie bei Tag hochzogen, stürzte bei Nacht wieder zusammen. Sie arbeiteten darauf mit noch größerem Eifer und mit noch mehr Sorgfalt, aber wieder und wieder sanken die Fundamente bei Nacht ein, und das Gemauerte brach zusammen. So ging das viele Tage, und nicht ein Stein blieb auf dem anderen.

Als der König von diesen merkwürdigen Vorgängen hörte und sah, daß alle Mühen umsonst waren, beriet er sich wieder mit seinen Zauberern.

»Bei meinem Glauben«, sprach er, »ich frage mich, was mit diesem Turm los ist, da ihn die Erde nicht tragen mag. Macht euch Gedanken darüber und ratet mir dann, wie man haltbare Fundamente mauern kann?«

Da suchten die Zauberer Rat im Runenwerfen und mit Beschwörungen und rieten dem König – obgleich es recht wohl so gewesen sein mag, daß sie sich selbst keinen Rat wußten –, er solle nach einem Mann forschen lassen, der keinen irdischen Vater habe, ihn müsse man erschlagen, sein Blut nehmen, damit den Mörtel anrühren, dann würden die Fundamente fest stehen bleiben und das Schloß gebaut werden können.

Sofort schickte der König Boten über das ganze Land hin aus, hieß sie einen solchen Menschen suchen, und sobald er gefunden sei, sollten sie ihn sofort an seinen Hof bringen.

Sie rannten hin und her im Land, und gingen auch in andere Länder, befragten die Leute, aber trotz all ihrer Mühen und ihrem Eifer hörten sie nichts von einem solchen Menschen.

Nun geschah es aber, daß zwei Männer aus dem Gefolge des König ihres Weges gingen und sich in einer Stadt begegneten, die hieß Caermerdin (Carmarthen). Eine große Menschenmenge, Jugendliche und Kinder, hatten sich vor den Toren versammelt. Die beiden Männer blieben stehen und sahen ihnen bei ihren Spielen zu.

Unter denen, die sich da miteinander im Wettkampf maßen, waren auch zwei Kappen, die hießen Merlin und Dinabus. Eben begannen sie sich zu streiten, und sie redeten wütend aufeinander ein. Der eine hänselte dabei den anderen ob des Makels seiner Geburt.

»Sei du doch still, Merlin«, sagte Dinabus, »du hast es gerade nötig, das Maul so weit aufzureißen. Ich warne dich. Ich weiß von einer schmutzigen Sache, und du tust gut daran, mich nicht zu reizen, sonst pack ich davon aus. Ein Wort noch über meine Vorfahren und alle kriegen's zu hören. Ein jeder der unseren war Herzog oder König. Aber wie sieht's denn mit deiner sauberen Verwandtschaft aus? Du wüßtest ja nicht einmal den Namen deines Vaters zu nennen. Du kennst ihn nicht, wirst ihn nie kennen, denn wie soll ein Sohn seines Vaters Namen nennen, wenn er gar keinen Vater gehabt hat.«

Als nun die Männer aus dem Gefolge des Königs das hörten, fragten sie die Umstehenden, ob es zutreffe, daß dieser Junge da seinen Vater nie zu Gesicht bekommen habe.

Die Leute bestätigten das. Ja, erzählten sie, die Mutter, die ihn in ihrem Leib getragen, behauptete, nie habe ein Mann seinen Samen in sie gesät.
Aber wenn man auch seinen Vater nicht kenne, so wisse doch alle Welt, welche Mutter ihn an ihren Brüsten gesäugt habe. Die Tochter des Königs von Dimetia sei es, nun vertrieben aus Wales. Eine Nonne sei sie, eine vornehme Frau, die ein heiliges Leben führe und in einem Kloster wohne, das in den Mauern dieser Stadt liege.
Als die Räte des Königs das hörten, gingen sie auf der Stelle zur Obrigkeit dieser Stadt und hießen sie, diesen Merlin festzunehmen und ihn auf der Stelle zusammen mit seiner Mutter zum König zu schaffen.
Man lieferte also Merlin und seine Mutter den Räten aus, und diese nahmen sie mit, zu ihrem Herrn. Der König hieß sie mit viel Ehren willkommen und sprach freundlich mit ihnen.
»Weib«, sagte er, »antwortete mir wahrheitsgemäß. Niemand außer dir kann uns sagen, wer der Vater deines Sohnes Merlin ist.«
Die Nonne verbeugte sich. Nachdem sie eine Weile nachgedacht hatte, gab sie dies zur Antwort:
»Gott ist mein Zeuge und wird mich schützen und erhalten, aber ich kenne den, der dieses Kind gezeugt hat, nicht, noch habe ich ihn je gesehen. Nie hab ich ergründen können, ob es ein menschliches Wesen war, das mich mit diesem Kind schwanger werden ließ. Und dies ist die Wahrheit, und so seltsam sie auch klingen mag, ich bin bereit sie zu beschwören. Zu jener Zeit, als ich ein junges Mädchen war, kam oft zu mir ein Geisterwesen in die Kammer und küßte mich innig. Bei Nacht und bei Tag suchte es mich heim, doch immer so, daß man es nicht sehen konnte. Als Mann sprach er süße Schmeichelworte. Je öfter dieses Wesen mich besuchte, desto stürmischer wurden seine Küsse. Es berühte meine Brüste, meine Schenkel und dann be-

schlief es mich, und ich wurde schwanger. Aber ob es ein irdischer Mann war oder was sonst, das weiß ich nicht. Endlich gebar ich dieses Kind. Mehr habe ich nicht zu sagen.«

Nun hatte der König einen Schreiber namens Malgantius, den er für sehr gescheit hielt. Er schickte nach diesem gelehrten Schreiber und erzählte ihm von der Angelegenheit, und darauf verlangte er von Malgantius zu wissen, ob sich die Dinge so zugetragen haben könnten, wie die Frau berichte. Der Schreiber antwortete dies: »In Büchern habe ich geschrieben gefunden, daß es eine bestimmte Art von Geistern gibt, die sich in dem Raum zwischen dem Mond und unserer Erde bewegt. Wenn man nun versucht, die Natur dieser Wesen zu ergründen, so stellt man fest, daß sie teils menschlich, teils geisterhaft sind. Diese Dämonen nennt man Incubi. Ihr Aufenthaltsort und ihr Reich ist die Luft, aber manchmal nehmen sie Zuflucht auf der warmen Welt. Es steht nicht in ihrer Macht, Menschen größeres Leid zuzufügen. Sie können nicht viel mehr ausrichten, als ihnen Streiche spielen und Ärger zu stiften. Jedoch verstehen sie es ausgezeichnet, sich als Menschen zu verkleiden. Ihre Natur ist für solche Täuschung wie geschaffen. Manch Mädchen hat mit ihnen Umgang gehabt und ist von ihnen getäuscht worden. Schon möglich, daß Merlin von einem solchen Wesen gezeugt worden ist, er also von einem Dämonen abstammt.«

»König«, rief Merlin plötzlich, »du hast mich hierher bringen lassen. Sag mir nun, was du von mir willst?«

»Merlin«, antwortete der König, »das wirst du gleich erfahren. Hör aufmerksam zu, was ich dir jetzt erzähle. Ich begann damit, einen hohen Turm bauen zu lassen. Ich ließ Mörtel mischen, und die Maurer setzten einen Stein auf den anderen. Aber wie fleißig auch meine Leute arbeiteten, kaum war es dunkel geworden, da stürzte alles wieder ein und bei Nacht verschlang es die Erde. Der Tag hat nicht so viele Stunden um zu bauen, wie nächtens wieder zerstört wird. Viel Mühe und Kraft haben wir auf die Sache verwendet. Meine Räte behaupten, der Turm werde nicht fertig gestellt werden können, wenn man nicht den Mörtel mit Blut anrühre ... mit dem Blut eines Menschen, der keinen Vater hat.«

»Herr im Himmel!« rief Merlin, »du glaubst ihnen doch nicht etwa. Ich zeihe jene, die solchen Unsinn behaupten, der Lüge. Zeige mir die falschen Propheten, und ich werde sie als Lügner entlarven.«

Der König schickte nach seinen Zauberern und stellte sie Merlin gegenüber. Und nachdem dieser einem nach dem anderen ins Gesicht gesehen hatte, sprach er: »Meister und mächtiger Zauberer! Erklärt mir nun den Grund, weshalb des Königs Werk scheitert und die Mauern nicht stehen bleiben? Wenn Ihr mir nicht erklären könnt, warum der Turm immer wieder bei Nacht von der Erde verschluckt wird, wie könnt Ihr dann glaubhaft raten, daß mein Blut den Bau vor dem Einstürzen bewahren kann?«

Alle Zauberer schwiegen betreten und keiner antwortete Merlin auch nur mit einem Wort. Als er sie nun so beschämt hatte, sprach Merlin zum König dies:

»Sire, hört, was ich rate. Unter den Fundamenten Eures Turmes liegt ein Teich, groß und tief ist er, und ob dieses Wassers stürzt Euer Gebäude jedesmal wieder ein. Ihr könnt das nachprüfen lassen. Befehlt Euren Männern zu graben. Dann wird sich herausstellen, daß ich recht habe.«

Der König hieß Männer graben, und bald stießen sie beim Ausschachten zu jenem Teich vor, auf den Merlin hingewiesen hatte.

»Meister und große Zauberer!« rief Merlin, »hört noch einmal her. Ihr habt den Rat gegeben, mein Blut unter den Mörtel zu mischen. Sagt jetzt, was verborgen ist, in diesem Teich.«

Wieder blieben alle Zauberer stumm und machten lange

Gesichter. Weder mit gutem Zureden noch mit Schelte war ihnen auch nur ein Wort zu entlocken. Da wandte sich Merlin wieder an den König:

»Laßt Gräben ziehen, damit das Wasser aus dem Teich abfließen kann. Auf dem Grund werdet Ihr zwei hohle Steine finden und zwei Drachen schlafen in diesen Höhlungen.«

Darüber erstaunte der König sehr, aber er ließ die Gräben ziehen von den Arbeitern, wie Merlin geheißen. Als das Wasser abgeflossen war, sprangen die beiden Drachen auf und starrten einander stolz und böse an. Vorbei war es mit ihrer Zufriedenheit, sie stürzten verbissen kämpfend aufeinander los. Genau konnte man erkennen, wie Schaum vor ihren Mäulern stand und wie Flammen aus ihren Rachen züngelten.

Der König setzte sich an den Rand des Teiches, und er bat Merlin, ihm zu erklären, was dieser Drachenkampf zu bedeuten habe. Die Drachen, so deutete es ihm Merlin, seien die Zauberbilder zweier Könige, die wild miteinander kämpften. Merlin tat dann jene Prophezeiungen, von denen Ihr alle gewiß auch schon gehört habt. Ich sage nichts mehr darüber, denn ich fürchte mich, Merlins Prophezeiungen zu übersetzen, weil ich, was die Auslegung angeht, nicht sicher bin. Es ist gut, meine Lippen zu verschließen, denn der Verlauf der Ereignisse könnte mich Lügen strafen.

Der König aber pries Merlin ob seiner Fähigkeiten und hielt ihn für einen wahren Propheten. Er verlangte von dem Jungen zu wissen, zu welcher Stunde er, der König, sterben werde und auf welche Art, denn er hatte große Furcht vor dem Sterben.

»Hüte dich«, sagte Merlin, »hüte dich vor den Söhnen des Constantin. Durch ihre Hand wirst du den Tod erleiden. Sie sind bereits in Armorica (Bretagne) mit hochfliegenden Erwartungen abgefahren. Jetzt befinden sie sich auf See.

Du wirst sehen, und auch dies ist ein Beweis dafür, daß ich wahr spreche, morgen wird ihre Flotte mit 14 Galeeren hier ankommen. Viel Böses hast du ihnen angetan. Viel Böses werden sie dir antun, um sich zu rächen.
An einem schwarzen Tag hast du ihren Bruder verraten, und er hat deswegen den Tod gefunden. An einem schwarzen Tag und zu deinem eigenen bitteren Schaden hast du diese heidnischen Sachsen als Hilfstruppen angeworben. Du bist wie ein Mann, gegen den Pfeile abgeschossen werden von beiden Seiten, und ich weiß nicht, ob du besser daran tust, dich gegen diese Seite hin zu schützen oder gegen die andere. Auf der einen Straße nähert sich das Heer der Sachsen und will dir dein Reich entwinden. Auf der anderen kommen die rechtmäßigen Erben heran und trachten, dir die Krone vom Kopf zu reißen als Preis für das Blut ihres Bruders. Wenn du noch kannst, so flieh, denn die Brüder kommen rasch näher. Von ihnen wird Aurelius zuerst König werden, aber auch er wird durch Gift sterben. Uther Pendragon, sein Bruder, wird dann auf den Thron kommen. Er wird Frieden machen, aber auch er wird allzu rasch an Gift sterben, das seine Freunde ihm in ein Getränk mischen. Dann wird Artur aus Cornwall, sein Sohn, sich wie ein Eber in die Schlacht stürzen. Er wird die Verräter bestrafen und deine Verwandten aus diesem Land vertreiben. Ein tapferer Ritter und ein gesitteter Fürst wird er sein und all seine Feinde überwinden.«
Und nachdem Merlin dies prophezeit hatte, nahm er Abschied von Vortigern und ging seines Wegs …

II

Halten wir einen Augenblick inne und versuchen wir zu begreifen, was jene merkwürdige Episode mit dem einstürzenden Schloß und den beiden Drachen in der Tiefe bedeutet.

Niemand anderer als Tolkien war es, der 1936 in seiner »Israel Gollancz Memorial Vorlesung« mit dem Thema »Beowulf: Die Monster und die Kritiker« versucht hat, zu einer differenzierteren Sicht der sich in der Vorzeit Europas mit dem Drachen verbindenden Vorstellungen zu gelangen.

Verkürzt ausgedrückt kommt er dabei, die Entwicklungslinie dieses Bildes in die Frühzeit Europas zurückverfolgend, zu folgendem Ergebnis: Es gibt keinen Helden ohne Drachen. Im Drachen bildet sich die Gefährdung des Menschen und der Welt durch ein immer vorhandenes, nie endgültig besiegbares Böse ab.

»Soweit wir überhaupt etwas über diese alten Dichter wissen, ist es dies: der Prinz unter diesen Helden des Nordens ... war ein Drachentöter ... Fáfnisbani.« »Es ist die größte Errungenschaft der nordeuropäischen mythologischen Imagination, daß sie dieses Problem (des radikal Bösen,

des Bösen schlechthin) *sieht, die Monster in den Mittelpunkt ihrer Betrachtungsweise stellt.*
Mit dem Christentum komme nun eine optimistischere, hoffnungsträchtigere Sichtweise in die Welt.
Mit dem angelsächsischen Heldengedicht »Beowulf« habe man einen Text vor sich, in dem sich frühe und spätere Vorstellungen überblenden. Der Dichter des »Beowulf« selbst sei wohl schon Christ gewesen, habe aber in seinem Bewußtsein noch Erinnerungen an jene älteren Vorstellungen mit sich herumgetragen.
Es ist klar, daß Tolkien selbst durch seine Beowulf-Studien zum Abbild des Bösen schlechthin inspiriert worden ist, das personifiziert dann im »Herr der Ringe« Sauron heißen wird.
Was aber hat dies mit Merlin und der Drachen-Episode zu tun?
Nun, auch zu der Zeit, in der diese Episode spielt, befinden wir uns in einer ganz ähnlichen Situation des Übergangs und der Auseinandersetzung zwischen zwei unterschiedlichen Bewußtseinszuständen.
Die Briten, denen Merlin prophezeit, für die er ein Phänomen analysiert, in dem sich das Chaos spiegelt, sind Christen.
Aber ihr christlicher Glaube hat nicht die Wirkung, die Ordnung im Reich durchzusetzen, Frieden zu stiften und zu erhalten.
In den Machtkämpfen haben sich die christlichen Briten den heidnischen Invasoren, den Sachsen, nicht überlegen erwiesen.
So mag Merlins Aufdeckung des Drachenkampfes wohl zumindest auch als Hinweis auf einen der christlichen Zeit vorangegangenen Bewußtseinszustand zu verstehen sein, mit dessen Verschüttung oder Überlagerung wichtige Einsichten über die Seele des Menschen und das Wesen des Bösen verloren gegangen sind.

Merlins Verhaltensweise ist mythisch. Er praktiziert sie in einer rational funktionierenden Gesellschaft.
An der Drachenszene wird einmal klar, daß beide Bewußtseinszustände in dieser Geschichte anwesend sind.
Es erweist sich aber auch, daß im Merlinthema von Anfang an die Frage nach dem Wesen des Bösen, nach den Wurzeln des Chaos und nach den Möglichkeiten des Menschen steckt, den ihm selbst innewohnenden Kräften des Aggressiven Herr zu werden.
Beiläufig stellt sich bei einer solchen Analyse auch heraus, daß *fantasy* unserer Zeit – wenigstens in ihren besten Texten – alles andere als harmlos oder spielerisch unverbindlich ist.
Sie stellt einen Rückgriff auf eine frühe, imaginative Form des Denkens dar, unternommen zu einem Zeitpunkt, da das faustische Prinzip, das rationale Bewußtsein sich seiner Grenzen schmerzhaft bewußt wird.
In der Auseinandersetzung mit einem Text früher Literatur des Nordwestens von Europa stößt der Sprachwissenschaftler Tolkien auf die »catchwords«, die das Grundthema seines Hauptwerkes »Herr der Ringe« ergeben. Indem er sich darüber klar wird, welche Bedeutung »Drache« und »Held« tatsächlich haben, stellen sich ihm die Fragen, auf die er imaginativ-erzählerisch Antwort zu geben versucht, nämlich: wie läßt sich Macht- und Gewaltmißbrauch vermeiden? Was kann der Mensch tun angesichts des Schattens usurpierter Macht, der auf ihn fällt und den er selbst wirft, indem er sich zu absoluter Herrschaft über die Naturkräfte berufen fühlt?
Ähnlich bei White: Hinter seiner Vorliebe für die Gestalt des keltischen Zauberers Merlin, der es einzurichten weiß, daß Artur geboren werden wird und dann, als sich dieser als »wahrer König« erweist, zu Arturs Mentor und grauer Eminenz wird, steht der Wunsch nach einem »Seelenführer« (Heinrich Zimmer) ähnlicher Art in Momenten, in

denen er, White, von Angstphantasien und sadistischen Schüben heimgesucht wurde.
Diese Konstellation führt dazu, daß das Hauptthema des »Book of Merlyn« das Problem der Aggression ist.
Es muß gelöst werden, soll sich die menschliche Welt nicht in eine barbarische verwandeln, soll es überhaupt noch eine Zukunft für das Menschengeschlecht geben. Indem White mit dem Wissen erzählt, daß diese Frage schon im 5. Jahrhundert n. Chr. akut war, daß sie das ganze Mittelalter hindurch akut blieb und heute erst recht wieder akut ist, indem beispielsweise Mordreds Heer als ein Haufen nazi-ähnlicher Schläger bezeichnet wird, entsteht ein zeitloser Raum, eben die mit Wort-Magie erzeugte Zeit dieser spezifischen Erzählung, und White wird, über den Merlin von damals mit dem Wissen von heute erzählend, zu einem modernen Merlin. In einer höchst unterhaltsamen Mischung aus Ironie und Gelehrsamkeit teilt sich ein Geschichtsbewußtsein mit, daß das unsere ist, oder von dem der Autor doch wünschte, welches das unsrige wäre. Es schließt das Wissen um Methoden zum Aufspüren destruktiver Störungen in der Psyche des Individuums ebenso ein wie die Erfahrung von zwei Weltkriegen, die Entstehung totalitärer, menschenfeindlicher Regime aus Heilslehren und die Massenvernichtung und Ausrottung ganzer Völker durch den Menschen. Es stellt den Glauben an den Fortschritt der Menschheit radikal in Frage und rückt an dessen Stelle ein Lebensgefühl, das man als Mut und unbeirrbare Tapferkeit angesichts des Absurden umschreiben könnte.

III

WIR HABEN JENEN BERICHT über Merlins Kindheit einer Version der Geschichten um Merlin und Artur entnommen, die der *clerc lisant,* ein »gelahrter Schreiber«, Robert Wace 1155 in seinem »Roman de Brut« überliefert. Der Tonfall ist hier schon halb der einer Romanze: Historisches vermischt sich mit Legendär-Sagenhaftem.

Das große Thema, der Generalbaß all dieser Geschichten, die archetypische Komponente, die sie enthalten und die wahrscheinlich auch bewirkt, daß sie variiert das ganze Mittelalter hindurch in West- und Mitteleuropa weiter erzählt werden, wird gerade an diesem Text besonders anschaulich.

Eine Welt voller Krieg, Gemeinheit und Aggressionen, eine Welt, deren Mächtige nicht in der Lage sind, Frieden und eine gerechte Ordnung durchzusetzen und zu erhalten, wartet auf einen »guten König«, auf einen, auf dem sichtbar Gottes Gnade ruht, dessen Autorität nicht nur die der Macht, sondern die der geistigen Ordnung ist.

Merlin, ein Kind, von dem man nicht weiß, wer der Vater ist, geboren von einer Jungfrau wie Jesus, erweist sich in dieser Zeit der Wirren als in besonderem Maße inspiriert.

Obwohl noch ein Kind oder ein Jüngling, beschämt Merlin durch seine Einsicht die Weisesten im Land. Und er prophezeit jenen guten Herrscher und Friedensfürsten, prophezeit in argen Zeiten, daß die Utopie Wirklichkeit werden wird.

Es ist nicht unwichtig, zu welcher Zeit der europäischen Geschichte dieser Text verfaßt wird. 1155. Das gefährliche Jahr 1000, das so viele endzeitliche Erwartungen hervorrief, liegt noch im Bereich des genaueren geschichtlichen Erinnerungsvermögens des Schreibenden. Die Welt ist nicht untergegangen. God bless! Prophezeiungen sind in Hinblick auf dieses Ereignis in ganz Europa populär geworden.

Immer haben Autoren, die Geschichte schrieben, für ihre Gegenwart nach Parallelen in der Vergangenheit gesucht. Wace, der Kanonikus von Bayeux, schreibt über das 5. Jahrhundert in England. Wahrlich auch jene Zeit, zu der das absolute Chaos, das Ende jedes kulturellen und zivilisierten Lebens, denkbar schien. Die einheimischen Herrscher und Herren – unfähig und uneins. Vom Kontinent her drohen Einfälle der barbarischen Sachsen, im Norden die Pikten und Schotten, immer bereit, über das Reich der Briten herzufallen.

Wie sieht die historische Wirklichkeit aus, in der aus keltischem Märchenglauben und geschichtlichem Faktum jene aufeinander bezogenen Gestalten, Merlin und Artur, die das ganze Mittelalter hindurch die Phantasie der abendländischen Welt beschäftigen werden?

IV

ALS DIE LEGIONEN DES zusammenbrechenden Römischen Reiches sich zu Beginn des 5. Jahrhunderts zurückzogen, ließen sie auf der britischen Insel eine romanisierte und christianisierte Gesellschaft keltischer Völker zurück, die sich so gut sie konnten gegen die Iren, die aus Westen angriffen, und gegen die Pikten, die das Territorium der Briten aus dem Norden bedrohten, verteidigte. Zur gleichen Zeit aber unternahmen die Angeln, Sachsen und Jüten vom Rhein und aus Dänemark blutige Überfälle auf die Ostküste der britischen Insel.

Viele dieser vom Kontinent stammenden Invasoren waren ursprünglich von König Vortigern, dem überragenden britischen Fürsten des 5. Jahrhunderts, als Alliierte gegen die Pikten und Schotten ins Land gerufen worden. Dies war eine Praxis, die schon von den römischen Kaisern geübt worden war, aber Vortigern besaß nicht jene finanziellen Reserven, auf die die Römer zurückgreifen konnten. Als seine Truppen keinen Sold erhielten, wandten sie sich gegen ihn und zogen plündernd und brandschatzend durch das Reich. Unterstützt wurden sie von Verwandten, die ihnen übers Meer zu Hilfe kamen. Britannien zerfiel schließlich in eine ganze Reihe von Kleinkönigreichen. Die Sachsen drohten das Land zu überrennen, als die Briten endlich ihre Uneinigkeit überwanden. Die örtlichen Anführer setzten die aus Erdwällen bestehenden Hügel-Forts aus vorrömischer Zeit in Stand und begannen sie als Stützpunkte zu benutzen.

Eine Widerstandsbewegung, angeführt von dem römisch-britischen Prinzen Ambrosius Aurelius, verstärkte die Kampfkraft der Briten im Süden und Westen. Es kam zu einem sich lange hinziehenden Krieg mit den Sachsen, der über Jahre hin unentschieden verlief.

Gegen Ende der Regierungszeit des Ambrosius geschah es, daß ein Mann namens Artos oder Artus immer mehr kleinere Kampfverbände unter seiner Führung vereinigte und sie endlich an einem Ort, der in den Chroniken Mount Badon genannt wird, zu einem entscheidenden Sieg führte. Die Schnelligkeit, mit der seine Streitmacht sich durch das Land bewegte, läßt vermuten, daß es sich um Reiterverbände gehandelt hat, was Artus oder Artur eine beträchtliche Überlegenheit über die Sachsen verschafft haben mag, die keine Kavallerie besaßen. Auf die Briten, die hinter den Wällen ihrer Hügelfesten hockten, muß das Auftauchen dieser Reiter wie ein Wunder gewirkt haben. Allein diesem Reiterführer war zuzutrauen, daß er die Sachsen endgültig schlagen und den Frieden wiederherstellen werde.

Der Name Artur enthält einen Hinweis auf die Herkunft des Reiterführers. Es ist die keltische Form des römischen Artorius, woraus man geschlossen hat, daß es sich um einen keltischen Adligen gehandelt haben könnte, dessen Familie in der Zeit der römischen Besatzung hohes Ansehen genossen hatte.

Bis zum 5. Jahrhundert nachchristlicher Zeit findet sich kein Hinweis auf einen Mann namens Artur. Aber in den hundert Jahren nach dem möglichen Todesdatum dieses

Reiterführers taucht dieser Name von Zeit zu Zeit immer wieder auf. Ein Hinweis darauf, wie berühmt dieser erste historische Artus gewesen sein muß, denn eben dieses Prestige war es, was die Leute bewog, ihre Kinder nach ihm zu nennen.

Ein Hinweis auf Artus' Tapferkeit findet sich in den Schriften eines aus dem Norden stammenden Barden Aneurin um das Jahr 600 nach Chr. Andere literarische Zeugnisse kommen aus dem westlichen Cumbrien und aus Schottland. Aber keiner der frühen Geschichtsschreiber hat einen vollständigen Lebensbericht über jenen Mann verfaßt, der als Sieger am Mount Badon zum Nachfolger von Ambrosius aufstieg.

Nennius, ein Mönch aus Bangor, spricht in seiner im 9. Jahrhundert zusammengestellten »History of the Britons« von ihm als »dux bellorum« (Kriegsführer). Auch Ort und Datum jener Schlacht am Mount Badon bleiben unsicher. Frühe Chroniken aus Wales nennen als Jahreszahl 516 oder 518. Als Schauplätze stehen zur Auswahl Liddington Castle nahe Swindon in Wiltshire oder Badbury Rings in Dorset. Insgesamt soll Artus zwölf große Schlachten geschlagen haben, von der die letzte eben die von Mount Badon gewesen ist.

Seinen ersten Sieg errang er am River Glein – ein Name, der auf den Glenfluß hindeutet. Dann folgten die Treffen bei Linnius (nördliches Lincolnshire) am River Bassas, für den es keinen realen Bezugspunkt gibt, im schottischen Forst von Celidon, der im Quellgebiet von Tweed und Clyde zu suchen sein mag, bei der Stadt der Legion (Chester), am Fluß Tribuit (irgendwo auf dem schottischen Hochland) und auf dem Hügel von Agned.

Ein so weite Feldzüge unternehmender, entschlossener und erfolgreicher Heerführer muß nach den vorangegangenen Zeiten der Zwietracht im Lager der Briten große Hoffnungen erweckt haben. Indem man sich rühmen konnte, an seinem Geburts- oder Sterbeort ansässig zu sein, übertrug sich auf die Nachkommen ein Teil seiner magischen Macht. So ist es kein Wunder, daß sowohl Cornwall wie auch Schottland für sich in Anspruch nehmen, Artur hervorgebracht zu haben, und daß es in Wales, Ceshire, West-Cumbria und Northumberland Höhlen gibt, in denen er mit seinen Reitern bis zum Tag seiner Wiederkehr schlafen soll.

Eine historische Gestalt wie er forderte geradezu dazu heraus, verklärt und überhöht zu werden. Sie war wie geschaffen dazu, als Kristallisationskern für eine Mythe zu dienen, die sich um einen guten irdischen König rankte. Und gewiß konnte es einem solchen König oder Kaiser nicht ohne Zauber oder Bindung an das Heilige gelingen, langwährenden Frieden in einem Reich herzustellen, das zu seinen Lebenzeiten sogar weiter reichte als die britische Insel.

Nennius ist die früheste Quelle, in der erwähnt wird, daß ein Kind Vortigern beim Bau seines immer wieder einstürzenden Schloßes berät. Bei Nennius heißt dieser Junge Emrys und er erklärt, sein Vater sei ein römischer Konsul gewesen.

In der nächsten, uns überlieferten Fassung dieser Episode, sie stammt von Geoffrey von Monmouth, heißt der Junge Myrddyn und wird in Caerfryddin aufgespürt. Dieser Ort (heute Carmarthen) war in der Zeit vor der Herrschaft Vortigerns das römische Maridunum. Es gibt jedoch einen Myrddin Wyllt, einen nordischen Barden, der zur Zeit von Rhydderch Hael, dem König der nördlichen Briten im 6. Jahrhundert, gelebt hat. Im Lateinischen heißt er Merlinus Silvestris, während der Emrys aus dem Manuskript des Nennius Merlinus Ambrosius genannt wird. Dieser Name könnte aus einer Verschleifung von Myrddin und Emrys entstanden sein.

T. Gwynn Jones, Welsh Folklore and Folk-Custom

V

WENN ARTUR DAS MYTHISCHE Bild des idealen Herrschers darstellt, der in eine heillose Welt kommt, so ist Merlin jene mythische Figur, die dank ihres Geheimwissens und ihrer tieferen Einsicht in die kosmologische Situation es einzurichten weiß, daß ein solcher König geboren wird. Mit Merlin gerät die keltische Unterströmung, gerät heidnischer Zauber, aber auch abgesunken-verdrängtes magisches Wissen unter die Mythe vom weltlichen Friedensfürsten.

Sollte es einen realen, historischen Merlin, einen Adligen unehelicher Geburt, tatsächlich gegeben haben, so kann es das Kind und der Junge nicht leicht gehabt haben. Vielleicht aber hat er gerade durch seine schwierigen Lebensumstände, durch den Druck, der auf ihm lastete, eine besondere Sensibilität für psychische Zusammenhänge entwickelt. Dies, und das Geheimnis seiner Geburt, mag ihn zu Taten befähigt haben, die übernatürlich, magisch, zauberhaft erschienen.

Wenn er, ohne Geburtsrecht, standesgemäß leben wollte, wird er es nötig gehabt haben, seine Sensibilität dazu zu gebrauchen, Voraussagen über den Lauf der politischen

Ereignisse und über das Schicksal mächtiger Personen in seiner Umgebung zu machen.
Wenn ihn seine intellektuellen Fähigkeiten außerdem noch befähigten, technologische Probleme zu lösen, angesichts derer die Experten des Establishment versagten, so dürfte das weiter zu seiner Aura als Zauberer beigetragen haben.
Zumindest zweimal wird in den sogenannten »Arthurian Chronicles« (ein Sammelausdruck für den »Roman de Brut« von Wace und den »Brut« des englischen Landpfarrers Layamon aus dem Jahre 1204) Merlin mit einer Bautätigkeit in Verbindung gebracht. Das erste Mal beim Bau des Königs Vortigern, der immer wieder bei Nacht einstürzt, das zweite Mal im Zusammenhang mit der Aufrichtung der gewaltigen Felsen des Steinkreises von Stonehenge. Wace schildert diese Episode so:

Von dort aus ritt der König nach Ambresbury, um am Grab jener zu beten, die von Hengist auf so gemeine Weise nahe der Abtei erschlagen worden waren. Er rief zusammen eine große Zahl von Steinmetzen, Zimmerleuten und erfahrenen Handwerkern, denn er hatte sich vorgenommen, den Toten ein Denkmal aus Stein errichten zu lassen, das dauern würde bis ans Weltende.
Darüber sprach der König mit einem gewissen klugen Mann, Tremonius, Erzbischof von Caerleon, den bat er nach Merlin zu schicken, denn es gab keinen erfahreneren Experten nach dessen Dafürhalten.
Zu dieser Zeit wohnte Merlin nahe der Quelle von Labenes. Diese Quelle entspringt an einem verborgenen Ort, tief in Wales, aber ich weiß nicht wo, denn ich bin nie selbst dagewesen.
Merlin kam auf der Stelle zum König, und dieser hieß ihn freudig willkommen und erwies ihm alle Ehren.

Er verwöhnte ihn und bestürmte ihn, ihm etwas über den Lauf der Dinge, die noch kommen werden, zu verraten, denn Neugier kitzelte ihn im Ohr.

»Sire«, erwiderte Merlin, »das werde ich nicht tun. Ich wage es nicht, von solch furchtbaren Dingen zu sprechen. Sollte Gier oder Unbedachtsamkeit mir die Zunge lösen, sollte die Eitelkeit mich zu dergleichen verführen, dann möge der Geist, mit dem ich vertrauten Umgang habe, mich nicht länger inspirieren und mir den Atem nehmen. Mein Wissen würde sich von mir trennen, und die Worte, die ich spreche, würden nicht mehr Gewicht haben als die bei törichtem Geschwätz. Laßt die Zukunft sich um sich selbst sorgen. Halten wir uns lieber an das, was heute wichtig ist. Wenn Ihr wirklich etwas Bleibendes schaffen wollt, etwas, von dem die Menschen bis ans Ende aller Zeiten reden werden, dann laßt den Steinkreis, den ein Riese gesetzt hat, von Irland hierher schaffen. Dieser Riese hat hart arbeiten müssen. Es sind viele Steine, und so gewaltig und schwer sind sie, daß starke Männer, Männer unserer Tage, auch nicht den kleinsten davon aufheben können.«

Der König lachte laut.

»Aber Merlin«, sagte er, »wenn die Steine so schwer zu bewegen sind wie du sagst, wie sollen sie dann meine Arbeiter hierher schaffen? Gibt es denn nicht in meinem Reich große Steine genug?«

»König«, erwiderte Merlin, »habt Ihr nie sagen hören, daß Verstand und Wissen mehr bewirken können als Stärke? Mit Überlegung und einer entsprechenden Planung bringt man viele Dinge zu einem guten Ende, die man sonst nicht einmal wagte zu beginnen! Muskeln sind gut, aber denken zu können, ist besser. Wir werden Geräte bauen, um diese Steine zu bewegen, und mit Hilfe dieser Geräte werden wir sie an uns bringen. König, diese Steine sind von Afrika herbeigeschafft worden. Dort wurden sie ursprünglich behauen. Der Riese, der sie nach Irland schaffte, machte einen Steintanz aus ihnen, mit dem er sehr zufrieden sein konnte. Sehr nützlich sind diese Steine, besonders für Kranke. Die Ärzte in diesem Land haben die Angewohnheit, diese Steine mit sauberem Wasser zu übergießen. Das Wasser erhitzen sie dann zu einem Bad und setzen jene hinein, die eine Wunde haben oder an einer Krankheit leiden. Sie waschen sich in diesem Wasser und sind geheilt. Wie schwer die Wunde auch sein mag, wie ernst die Krankheit, sie genesen, und eine andere Medizin brauchen sie nicht.«

Als der König und seine Briten von der Heilkraft dieser Steine hörten, wünschten sie sehr, sie zu besitzen. Aber keiner wagte es, das Abenteuer auf sich zu nehmen und allein jene Steine zu holen, von denen Merlin so Wunderbares berichtet hatte.

Sie stachen in See mit fünfzehntausend Mann, um die Iren mit Krieg zu überziehen und ihnen die Steine fortzunehmen.

Uther wurde auf seinen eigenen Wunsch hin zum Anführer bestimmt. Merlin aber zog mit dem Heer, um sich um die Gerätschaften zu kümmern, mit denen der Transport vonstatten gehen sollte. Also fuhren Uther und seine Männer hinüber nach Irland auf eine Queste.

Als der König von Irland, der Guillomer hieß, davon Nachricht bekam, daß Fremde in sein Land eingefallen seien, versammelte er seinen Haushalt und die Iren um sich und drohte stolz, die Fremden wieder aus dem Reich zu jagen. Nachdem die Iren erfahren hatten, weswegen die Briten gekommen waren, verspotteten sie sie mit Worten und Liedern. Denn töricht schien es ihnen, die Mühen einer Seereise und eines Feldzugs auf sich zunehmen, nur um ein paar nackte Steine zu holen.

»Nicht einen Stein sollen sie haben«, sagten sie, »nicht einen Stein werden sie mit nach Haus nehmen.«

Nicht schwer fällt es, verächtliche Gedanken über einen Gegner zu hegen. Ein anderes aber ist es, ihn mit eigenen Händen zu besiegen. Die Iren spotteten und drohten und suchten die Fremden, bis sie sie fanden. Dann stießen die Heere aufeinander. Die Iren waren friedliebende Leute, wenig erfahren im Gefecht. So blieben die Briten Sieger. Der König von Irland floh von dem Schlachtfeld. Er reiste von Ort zu Ort, und nirgends konnte er lange verharren, sonst hätten ihn die Briten gefangen genommen.

Nachdem die Briten nun ihre Rüstungen abgelegt und sich von der Schlacht ausgeruht hatten, brachte Merlin seine Kameraden in ein Gebirge, wo jener Steinkreis stand. Die hohe Stelle wurde Hilomar (Kildare) genannt von einem Volk, das verschwunden war. Die Briten starrten die Steine an. Sie gingen um sie herum. Und einer sagte zum anderen, ein solches Bauwerk habe er noch nie zu Gesicht bekommen. Sie wunderten sich, wie man solche Steine aufeinander legen und sie übers Meer schaffen könne.

»Kameraden«, sagte Merlin, »Ihr seid starke Kämpfer. Versucht nun Eure Stärke. Versucht die Steine zu bewegen.« Wieder gingen die jungen Männer um die riesigen Steine herum. Sie besahen sie von hinten und von der Seite. Sie stemmten sich dagegen oder zerrten und stießen, aber die Steine waren nicht zu bewegen.

»Nur immer feste«, rief Merlin, »Ihr brüstet Euch doch sonst bei jeder Gelegenheit mit Eurer Stärke. Aber wenn Ihr eingesehen habt, daß Muskelkraft hier zuschanden wird, dann seht her, was man mit Geschicklichkeit und Wissen ausrichten kann.«

Nachdem er diese Worte gesagt hatte, schwieg Merlin still und trat in den Steinkreis. Er ging um die Steine herum. Er bewegte die Lippen, wie die Männer beim Gebet, aber ich weiß nicht, ob er tatsächlich betete. Endlich winkte er die Briten heran.

»Tretet nur näher«, rief er, »jetzt wird es Euch ein Leichtes

sein, diese Steine aufzuheben und sie auf die Schiffe zu schaffen.«
Nach dieser Aufforderung taten sie, wie Merlin ihnen geheißen. Sie nahmen die Steine, schafften sie zu den Schiffen und verstauten sie dort. Danach hißten Matrosen die Segel, und als sie sicher die Heimat erreicht hatten, schleppten sie die Steine nach Ambresbury und setzten sie auf einen Hügel in der Nähe der Begräbnisstätte. Der König ritt nach Ambresbury und feierte dort das Pfingstfest. Bischöfe, Äbte und Barone hatte er geladen. Eine große Menge Volks, hoch und niedrig, kam zusammen, und bei dem schönen Fest trug der König seine Krone. Drei Tage feierten sie und waren lustig. Am vierten Tag ernannte der König zwei neue kirchliche Würdenträger. Der Heilige Dubricius wurde Bischof von Caerleon, und York gab er an den Heiligen Sampson. Beide Prälaten waren ihrem Priesteramt treu ergeben und führten ein makelloses Leben. Unterdessen hatte Merlin die Steine in der rechten Ordnung aufgestellt. Dieser Steinkreis heißt bei den Briten in ihrer Sprache »Tanz der Steine«, aber im Englischen trägt er den Namen »Stonehenge«.

Die Landschaft im näheren Umkreis von Stonehenge enthält mehr prähistorische Überreste als jedes andere Gebiet gleichen Ausmaßes in England.
Wir wissen heute, daß die Bautätigkeit in Stonehenge zu verschiedenen Perioden stattgefunden hat und sich über eine Spanne von siebzehn Jahrhunderten zwischen ungefähr 2800 und 1100 v. Chr. hinzog. Diese Daten basieren hauptsächlich auf der Radiokarbon-Untersuchung, mit der man organische Stoffe (meist Holzkohle, Tierknochen und Geweihe) in ihrem Alter bestimmen kann.
Die dabei ermittelten Jahreszahlen sind allerdings Grobschätzungen mit beträchtlichen Fehlerquoten.

Die noch erhaltenen Monumente dienten – soviel weiß man mit einiger Sicherheit – zu recht verschiedenen Zwekken. Die meisten sind Begräbnisstätten – Ganggräber aus dem Neolithikum und runde Grabkammern aus der sogenannten »Becherkultur« und der frühen Bronzezeit. Das umfriedete Lager bei Robin Hood Ball ist eine Zeremonienstätte, in der Stammestreffen stattfanden. Der »Cursus« wiederum diente zu Prozessionen oder Rennen, während die drei »henge Monumente« – Stonehenge, Woodhenge und Durrington Walls – prähistorische Tempel gewesen zu sein scheinen, ohne daß man wahrscheinlich je noch wird feststellen können, welcher Art der religiöse Kult gewesen sein mag, der dort zelebriert wurde. Bis heute sind keine prähistorischen Wohnstätten in diesem Gebiet entdeckt worden, wohl aber gibt es eine Anzahl von Feuerstein-Minen in der Nähe von Durrington Walls. An Hand der Ausgrabungsergebnisse ist es möglich, ungefähr die Lebensgewohnheiten der Menschen, die dort bauten und wohnten zu beschreiben. Da die Artefakte aber aus Epochen stammen, aus der es keinerlei schriftliche Überlieferungen gibt, bleiben viele Fragen offen, die aller Voraussicht nach sich nie werden beantworten lassen. Alle Einsichten beruhen auf fragmentarischen Überresten von Strukturen, die längst zerfallen sind und von denen die meisten auch noch unter der Erde gelegen haben, zudem aus Gegenständen aus Stein, Metall, Töpferscherben und Knochen, von denen viele nicht mehr sind als Bestandteile des Mülls dieser Zeit. Holz, Leder, Tuch und die meisten organischen Materialien sind verschwunden.

Von diesen Beweisstücken her ist es oft zwar möglich zu erklären, wie gewisse Dinge hergestellt oder gebaut wurden, in manchen Fällen auch wann und von wem. Offen hingegen bleibt in den meisten Fällen die Frage des Warum. Die Frage, wie Stonehenge gebaut wurde, die im Zusammenhang mit dem Merlin-Text besonders interessant ist, läßt sich also einigermaßen genau beantworten. Es ergibt sich dabei, daß Stonehenge eine der bemerkenswertesten Errungenschaften prähistorischer Ingenieurkunst in Europa darstellt.

Im Gegensatz zu den zitierten frühesten schriftlichen Überlieferungen sagen uns die modernen Wissenschaftler, daß die dabei benutzten Hilfsmittel vor allem menschliche Muskelkraft in Verbindung mit den einfachsten Hilfsmitteln wie Seilen, Hebeln und Rollen gewesen sein müssen. Die sogenannten »bluestones« von Stonehenge stammen aus dem Preseli-Gebirge des südwestlichen Wales und von der Küste bei Milford Haven.

Vom Gebirge, wo bluestone-Felsbrocken jeder Form und Größe an der Erdoberfläche liegen, müssen sie mit Schlitten und Rollen bis nach Milford Haven gebracht worden sein. Dort hat man sie wahrscheinlich auf Flössen an der Südküste von Wales entlang verschifft, um schließlich über die Flüsse Frome und Avon bis zu der heutigen Stadt Frome in Somerseit zu gelangen. Auf den Flüssen dürfte man Boote benutzt haben, weil Flösse in dem niedrigen Wasser auf Grund geraten wären. Dann schleppte man sie etwa 10 km über Land bis nach Warminister in Wiltshire. Nicht weit von dort befindet sich ein Ganggrab, dessen Kern aus solchem Gestein besteht, Es wurde mit größter Wahrscheinlichkeit vor 2900 v. Chr. errichtet. Von dieser Stelle aus verlief der Transportweg wieder über Wasser, über den Fluß Wylye bis Salisbury und dann den Salisbury Avon hinauf nach West Amesbury. Die gesamte Strecke beträgt 385 km.

Die sogenannten »sarsen«-Steine stammen aus der Malborough-Niederung nahe Avebury im Norden von Wiltshire, ungefähr 30 km nördlich von Stonehenge. Bei diesen schweren Steinen wäre ein Transport auf Wasserwegen unmöglich gewesen. Sie müssen auf Schlitten oder mit Rollen und Seilen aus Leder oder Rinderhaaren über Land geschleppt worden sein. Dabei dürften die meisten Bodenerhebungen bergauf und bergab nicht allzu schwierig zu überwinden gewesen sein; nur der Redhorn Hill am Südrand des Pewsey-Tales stellt ein beträchtliches Hindernis dar. Um einen Stein von circa 50 Tonnen Gewicht diesen Hügel hinauf zu schaffen, müssen etwa 500 Männer nötig gewesen sein, hinzu kamen etwa hundert weitere Arbeiter, die die Rollen vor den Schlitten auslegten und darauf achteten, daß die Schlitten nicht nach der Seite hin ausbrachen. Insgesamt, so schätzt man, werden für den Transport der 80 »sarsen«-Steine über diese Entfernung über mehrere Jahre hin an die tausend Arbeitskräfte im Einsatz gewesen sein.

Auf die komplizierte Technik des Zuhauens und des Aufrichtens kann hier nicht näher eingegangen werden. Das bisher Gesagte reicht hin, um deutlich werden zu lassen, daß diese Arbeiten sich nicht zu jener Zeit abspielten, von der in den schriftlichen Überlieferungen die Rede ist.

Und doch könnten Zusammenhänge bestanden haben. Auf den Randsteinen der im Boynetal gelegenen Hügelgräber Knowth, Dowth und Newgrange, deren Entstehungsdaten sich mit einer bestimmten Periode der Bautätigkeit in Stonehenge decken, finden sich Ornamente, die man lange Zeit als abstrahierte Abbildungen einer frühen weiblichen Gottheit zu deuten geneigt war; nach noch nicht abgeschlossenen, neueren Forschungen aber könnte es sich auch um das Maßsystem einer prähistorischen Geometrie handeln. Trifft dies zu, so hätten wir hier die Formeln eines Wissenspotentials, das später vergessen wurde.

In dem Text von Wace könnte sich also ausdrücken, daß Merlin jemand war, der sich an jener nicht näher lokalisierten Quelle im Inneren von Wales dieses uralte technologische Wissen angeeignet hatte und die Briten damit verblüffte.

Die Assoziationskette, über die Wace zu seiner Darstellung kam, kann aber auch anderer Art sein.
Nach einer von Gerald S. Hawkins aufgestellten Theorie, die allerdings bei den Archäologen auf starkes Mißtrauen stößt, könnte es sich bei Stonehenge auch um ein astronomisches Obervatorium gehandelt haben, mit dessen Hilfe Menschen der Frühzeit die Aussaattermine für ihre Ernten bestimmten.
Von hier aus wiederum besteht ein Zusammenhang mit der Mythe vom vergehenden und heraufziehenden Jahr, in dem die dreigestaltige »Weiße Göttin« eine wichtige Rolle spielt. Ein solcher Kult reicht in die Periode vor den keltischen Einwanderungswellen zurück, die in die Zeit zwischen 400 v. Chr. und 45 n. Chr. fallen.
Ist es nur ein Zufall, daß es von einem walisischen Barden Heinin eine Romanze gibt, in der Merddyn (Merlin) mit einer anderen Gestalt aus der keltischen Mythologie, mit Gwion gleichgesetzt wird, daß dieser Gwion auf ganz ähnlich wunderbare Weise wie Merlin in die Welt kommt und auch er, ähnlich wie Merlin, die Weisen und Zauberer des Vortigern, eine Versammlung von Barden bei Dyganwy beschämt?
Es sind solche Parallelen, die John Rhys dazu führten anzunehmen, daß Vorstellungen, die sich später mit Artus verbanden, auch über den keltischen Gott Araius vermittelt worden sind, der zu einem bestimmten Zeitpunkt an die Stelle von Gwydion, Sohn der Don, trat, einer Muttergottheit, die im Gälischen zu Dana wird. Hier sind wir einer Verwandlung vom Matriarchalischen zum Patriarchalischen auf der Spur, die sich durch den Einfluß der Römer und des Christentums vollzogen haben könnte.
Eine ähnliche Entwicklung könnte sich, so die Theorie von Rhys, auch in Hinblick auf Merlin abgespielt haben. Er tritt in den Artusgeschichten an die Stelle der keltischen Himmels- und Sonnengottheit Nudd. Aus einer walisi-

schen Triade (Spruchweisheit) wissen wir, daß Britannien, ehe es von den Menschen besiedelt wurde, Clas Myrddin, Myrddins Einfriedung, genannt worden ist. Das korrespondiert mit der Gewohnheit der keltischen Iren, eine von ihnen besonders geliebte Landschaft »Rinderpferch der Sonne« zu nennen, eine Bezeichnung, die beispielsweise auch Deidre ihrer schottischen Heimstatt in Glen Etive gab. Nach Rhys wäre Nudd/Myrddin eine der Gottheiten, die in Stonehenge verehrt wurden, was die spätere Überlieferung erklären könnte, Merlin habe den Ring der riesenhaften Steine dort aufgerichtet.

Die Vorstellung von einer Gottheit Myrddin mag nach dem Aufkommen des Christentums immer mehr verdrängt worden, jedoch nicht ganz in Vergessenheit geraten sein.

Bis in die christliche Zeit erhielt sich die Überlieferung, Merlins Behausung sei aus Glas oder ein in Blüte stehender Weißdornbusch gewesen. Er wird auch dann noch mit einer Art von Rauch oder Nebel in Verbindung gebracht, »einem Stoff, weder Eisen noch Stahl, weder Holz noch Stein, der im Äther keine Verbindung mit anderen Stoffen eingeht und einen Zauber schafft, so stark und mächtig, daß er besteht, solange die Welt dauert.«

Auch hören wir, daß eine mit solchen Zauberkräften begabte Gottheit sich von der äußersten Landspitze in Carnarvonshire aus nach Bardseys Island übersetzt. Bei ihr sind neun Barden, die die dreizehn Schätze Britanniens bei sich tragen, welche seitdem für die gewöhnlichen Sterblichen als verloren gelten.

Professor Rhys stellt von dieser Überlieferung einen Zusammenhang zu dem Bericht eines griechischen Reisenden Demetrius her, der Britannien im ersten nachchristlichen Jahrhundert besucht hat und von einer Insel im Westen erzählt, auf der Kronos mit den ihn begleitenden Göttern gefangen gehalten werde.

Vielleicht haben wir hier eine hellenisierte Version jener keltischen Mythe vor uns, der zufolge der Sonnengott in die westliche See abstürzt, wo er in Gefangenschaft der Mächte der Finsternis gerät.
Nun mag man einwenden, wer so verfahre, vermöge alles und zugleich nichts zu beweisen. Wohl wahr. Eines aber scheint sich aus solchen Bezügen dennoch schlüssig zu ergeben: mehr noch als bei Artur bricht sich in der Gestalt des Merlin eine durch das Christentum verdrängte Glaubensvorstellung prähistorischer Menschheit in Europa, deren Überlebenschancen gerade in den von der Romanisierung nur teilweise oder überhaupt nicht berührten Regionen am Landende (Wales und Irland) günstiger waren als anderswo.
Behauptet die sagenhafte Historie, Merlin sei das Kind einer christlichen Nonne und eines Incubus (eines das Mädchen heimsuchenden Liebhabers aus der »Anderswelt«), so bildet sie auch dabei mythisch diesen Prozeß ab. Es ist das Verdienst Robert Graves, diesen Vorgang unter Einbeziehung aller Indizien aus der Frühgeschichte Europas und des Mittelmeerraumes in seinem Buch »The White Goddess – a historical grammar of the poetic myth« anschaulich und überzeugend beschrieben zu haben.

Das religiöse Konzept der freien Wahl zwischen Gut und Böse, das die Pythagoreische Philosophie und der prophetische Judaismus gemeinsam haben, entwickelte sich aus einer Manipulation des Baum-Alphabets. In dem primitiven Kult der Universalen Göttin, zu dem das Baumalphabet einen Führer oder eine Anweisung lieferte, blieb kein Platz für die Wahl: Seine Anhänger akzeptierten die Ereignisse, lustvoll oder schmerzhaft, die über sie kamen als ihr Schicksal, das sich aus der natürlichen Ordnung der Dinge ergab.
Die Veränderung resultierte aus der Tatsache, daß die

Göttin von einem Universalen Gott entthront wurde. Dem entspricht die zwanghafte Entfernung der Konsonanten H und F aus dem griechischen Alphabet und deren Zuordnung in den geheimen, aus acht Buchstaben bestehenden Namen des (männlichen) Gottes …
Ich gehe davon aus, daß diese religiöse Revolution, die zu Veränderungen im griechischen wie im britannischen Alphabet führte, ursprünglich jüdisch war, initiiert von Ezekiel (622-570 v. Chr.). Sie wurde aufgegriffen von griechischsprechenden Juden in Ägypten. Von ihnen wiederum übernahmen sie die Pythagoräer. Pythagoras, der zum erstenmal in Crotona 529 vor Chr. von sich reden machte, soll, wie seine Biographen angeben, sowohl bei den Juden wie bei den Ägyptern studiert haben und könnte jener Grieche gewesen sein, der den aus acht Buchstaben bestehenden Namen Gottes international bekannt machte. Der Name muß auf dem Umweg über das südliche Gallien, wo die Lehre der Pythagoräer früh bekannt war, nach Britannien gekommen sein. (…)
Von dem neuen Gott wurde behauptet, er sei beherrschend wie Alpha und Omega, der Anfang und das Ende sei reine Heiligkeit, sei das reine Gute, die reine Logik, sei fähig, ohne die Hilfe einer Frau zu existieren …
Das Ergebnis war ein philosophischer Dualismus mit all jenen tragisch-komischen Klagen, die sich aus der spirituellen Dichotomie ergeben. Wenn der wahre Gott, der Gott des Logos reines Denken war, das reine Gute, woher kam dann das Böse und der Irrtum? Von nun an mußte man von zwei verschiedenen Schöpfungen ausgehen: der spirituellen Schöpfung und der falschen materiellen Schöpfung … Dargestellt an den Himmelskörpern standen nun die Sonne und der Saturn zusammen in Opposition zum Mond, dem Mars, dem Merkur, dem Jupiter und der Venus. Die fünf letzteren Himmelskörper bildeten eine starke Partnerschaft mit einer Frau am Anfang und einer Frau am

Ende. Jupiter und die Mondgottheit paarten sich als die Herrscher über die materielle Welt, die Liebenden Mars und Venus verbanden sich als Inbegriff lustvoller Fleischlichkeit. Zwischen diesen Paaren stand Merkur als der Teufel, als Cosmocrator und Urheber der falschen Schöpfung. Es waren diese fünf, die die phythagoreische hyle oder die fünf materialisierten Sinne bildeten, die spirituell orientierte Menschen als Quellen des Irrtums anzusehen hatten, über die sie sich durch die reine Meditation erheben sollten.

Robert Graves, The White Goddess

VI

INDEM SICH MERLIN IMMER wieder aus der Welt in die Wildnis zurückzieht, indem er sich, wie wir das in der Stonehenge-Episode mitverfolgen können, gegenüber den Großen und Mächtigen rar macht und nur in sehr wichtigen Fällen bereit ist, etwas von seinem Geheimwissen preiszugeben, wird aus dem »Wunderkind«, dem wir in der Drachen-Episode begegnen, langsam der »weise Alte«, ein Wesen, für das das Altern, jenes Gesetz der Zeit, dem gewöhnliche Sterbliche unterworfen sind, nicht gilt. Damit wird eine Aura geschaffen, die für seine wichtigste Tat unabdingbare Voraussetzung ist.

Hat Merlin schon in seiner Jugend auf das In-die-Welt-Kommen eines idealen Herrschers hingewiesen, so führt er nun dieses Ereignis trotz zunächst unüberwindbar scheinender Schwierigkeiten herbei.

Die Ereignisse, die schließlich zu Arturs Geburt führen, erinnern an eine in die keltische Welt übertragene Geschichte der griechischen Mythologie, bei der Zeus die Gestalt des Amphitrion annimmt, um mit Alkmene den Herakles zu zeugen.

Diese Parallelität ist kein Zufall. Amphitrion war zunächst Herrscher von Mykenä.

Ähnlichkeiten im Baustil beispielsweise zwischen dem sogenannten »Bienenkorb«-Grab in Mykenä und den Gewölben der Grabhügel von Newgrange, Knowth und Dowth in Irland erklärte der britische Prähistoriker Gordon Childe (1892-1957) mit der Verbreitung megalithischer Grab- und Kultbauten orientalischen Ursprungs längs der alten Handelsrouten, die den Osten und den Westen des Mittelmeeres verbanden. Ihr Endziel, die südlichen Küsten der Iberischen Halbinsel, deren Erzreichtum ostmediterrane Seefahrer auf der Suche nach Metallen bereits im 3. Jahrhundert v. Chr. angelockt und zur Gründung von Kolonien veranlaßt haben soll, hielt Childe für die Ausgangspunkte religiöser Ideen und Bräuche aus dem Orient. Sie umfaßten den Kult einer großen Mutter- und Totengöttin, die Verehrung der Ahnen und Verstorbenen im allgemeinen und die Sitte der Kollektivbestattung in Felskammer- oder gebaute Steingräber. Diese neue Religion soll von Spanien und Portugal aus über den Seeweg durch Handels- und andere Kontakte bis zur Bretagne, den Britischen Inseln und Nordeuropa vorgedrungen sein.

Die durch Zauber bewerkstelligte Intrige, die zur Geburt Arturs führte, schildert Wace in seinem »Roman de Brut« so:

Als Uther von York ausgerückt war, marschierte er durch Northumberland, und von dort fiel er in Schottland ein, und zwar mit vielen Schiffen und einem großen Heer. Mit seinen Soldaten zog er durch das Land, befreite es und setzte jene Fürsten, die von ihren Nachbarn unterdrückt und vertrieben worden waren, wieder in ihre Ämter ein. Nie zuvor hatte das Reich eine solche Ausdehnung gehabt, wie in den Tagen, da Uther als König herrschte. Als er nun mit dem Norden fertig war, zog er nach London. Dort wollte er sich am Ostertag krönen lassen. Die Krönung sollte als ein rauschendes Fest begangen werden. Er lud dazu alle Herzöge, Grafen, Vögte und Barone von nah und fern ein und hieß sie auch ihre Ehefrauen und ihren Hofstaat mitbringen.

Also kamen alle Vornehmen aus dem Reich auf des Königs Gebot, und es wurde ein prächtiges Fest.

Nachdem man die Messe besucht hatte, setzte man sich in der großen Halle zum Mahle. Der König saß am Kopf des Tisches, und jeder der Herren und Damen hatte jenen Platz an der Tafel, der ihrem Rang entsprach.

Der Graf von Cornwall saß nicht weit vom König, so nahe, daß sie einander ins Gesicht sehen konnten. Und neben Gorlois, dem Grafen von Cornwall, saß seine Frau Igerne, und es gab keine Frau im ganzen Land, die schöner gewesen wäre als sie.

Höflich war diese Dame, edel in ihrem Herkommen und so gut wie sie schön war.

Der König hatte viel von ihr reden gehört und alles war nur Lob gewesen. Jetzt waren seine Augen geblendet von ihrer Schönheit. Er verliebte sich in sie. Leidenschaft ließ seinen Puls schneller gehen. Er konnte nicht aufhören, sie immerfort anzuschauen, und seine Hoffnung und seine Wünsche zielten nur noch auf sie. Er sah zu ihr hin und lächelte, wenn ihre Augen sich trafen. Er ließ sie durch seinen Leibdiener grüßen und schickte ihr ein Geschenk. Er scherzte mit ihr ausgelassen und betonte wieder und wieder, wie wichtig ihm ihre Zuneigung sei.

Igerne war bescheiden und verschwiegen. Weder ermutigte sie Uther noch wies sie sein Werben eindeutig zurück. Der Graf bemerkte wohl solche Blicke, das Lächeln, das Girren und die Geschenke. Es mußte ihm nicht erst ein anderer Mann sagen, daß der König ein Auge auf seine Frau geworfen hatte. Da stand er von der Tafel auf, nahm sein Weib bei der Hand und ging fort aus der Halle. Er rief die Leute seines Gefolges zusammen und hieß sie, ihm aus dem Stall sein Pferd bringen. Uther aber schickte ihm seinen Hofmeister nach und ließ Gorlois fragen, ob er sich denn nicht schäme, ohne Abschied vom König davonzulaufen.

Gorlois blieb bei seinem Entschluß. Der König ließ ihm drohen, aber der Graf kümmerte sich nicht darum, denn er sah nicht voraus, was sich aus diesem Streit ergeben werde. Er zog nach Cornwall und richtete die Befestigungsanlagen seiner beiden Burgen her, um im Kriegsfall gewappnet zu sein. Seine Frau ließ er in Tintagel. Dies war das Stammschloß seines Geschlechts. Es war eine starke Feste, leicht zu verteidigen von ein paar Getreuen, denn niemand konnte die steilen Mauern ersteigen oder zu Fall bringen. Das Schloß stand auf einer hohe Klippe, nahe dem Meer. Durchs Tor kam kein Feind herein, und außer dem Torweg war kein anderer Durchlaß.

Dort meinte der Graf sein Weib wohlverwahrt.

Er selbst aber scharte den Rest seiner Bewaffneten um sich und eine große Zahl seiner Ritter und ritt rasch zu der anderen Festung.

Der König hörte von all dem, und teils, um sich an dem Grafen zu rächen, teils weil er Verlangen hatte nach dessen Weib, zog er ein großes Heer zusammen. Er überquerte den Severn und zog vor das Schloß, auf dem der Graf saß, und versuchte, es einzunehmen.

Dies glückte ihm aber nicht sogleich, und also belagerte er die Feste, und seine Männer stürmten sieben Tage an gegen ihre starken Mauern, ohne daß es ihnen gelang, hineinzukommen.

Der Graf dachte nicht daran nachzugeben, auch hoffte er auf Ersatz durch den König von Irland, mit dem er ein Bündnis geschlossen hatte.

König Uther stand der Sinn nach anderem. Er knirschte vor Wut mit den Zähnen. Er sehnte sich nach Igerne, und

es zog ihn dorthin, wo diese Frau saß, die schöner war als jedes andere Weib auf der Welt.
Schließlich rief er einen Baron seines Hofstaates, der Ulfin hieß, zu sich und fragte ihn, was da zu tun sei. »Ulfin«, sprach er, »du hast mich immer gut beraten. Ich setze meine Hoffnung auf dich. Ich bin ganz krank vor Ungeduld. Ich kann nicht mehr aus dem Bett aufstehen, noch finde ich Schlaf, wenn ich meinen Kopf auf die Kissen lege. Ich kann weder essen noch trinken, kämpfen noch mich vergnügen, ohne an diese Frau denken zu müssen. Wie ich sie meinen Wünschen gefügig machen kann, weiß ich nicht. Aber ich bin sicher, erfüllt sich meine Liebe nicht, so wird mich das noch umbringen.« »Aber mein König«, antwortete Ulfin, »ich wundere mich sehr über das, was Ihr mir da erzählt. Ihr habt das Land des Grafen mit Krieg überzogen. Meint Ihr vielleicht das Herz einer Frau zu gewinnen, indem Ihr ihren Ehemann in einem Turm einschließt und Euch mit ihm herumstreitet? Nein, in diesem Fall weiß ich keinen Rat. Merlin ist bei unserem Heer. Schickt nach ihm, denn er ist ein gelehrter Schreiber und der beste Ratgeber für jeden Mann unter der Sonne. Wenn Merlin Euch aber auch nicht raten kann, dann gibt es niemanden, der zu sagen wüßte, wie Ihr ans Ziel Eurer Wünsche gelangt.«
Auf Ulfins Rat hin rief König Uther Merlin zu sich. Der König erzählte auch ihm von seiner Pein und bat Merlin, er möge ihm doch sagen, was da zu tun sei, denn gewiß werde er sterben, wenn Igerne ihm nicht gehöre. Alles wolle er hingeben, wenn sie nur sein werde.
»Sire«, antwortete ihm Merlin, »Ihr werdet sie besitzen. Aber sagt nie mehr, daß Ihr um der Liebe zu einer Frau willen sterben müßt. Rasch will ich es bewerkstelligen, daß Euer Wunsch erfüllt wird. Igerne ist gut bewacht in Tintagel. Das Schloß ist wohlbefestigt. Die Mauern sind stark und hoch. Mit Gewalt die Feste einzunehmen, wird

Euch nicht gelingen. Auch haben sie dort Proviant genug, um eine Belagerung zu überstehen. Das Kommando haben zwei dem Grafen treu ergebene Kastellane. Aber bei all ihrer Wachsamkeit wird es mir doch gelingen hineinzukommen, und zwar mit Hilfe meiner Zauberkünste. Durch sie vermag ich das Aussehen eines Menschen so zu verändern, daß er plötzlich seinem Nachbarn gleicht. Ich kann Eure Gestalt, Euer Gesicht, Euer Sprechen und Euer Auftreten dem des Grafen von Cornwall gleichmachen. Aber warum Zeit verschwenden mit vielen Worten. Ihr, Sire, werdet aussehen wie der Graf, und ich werde Euch bei diesem Abenteuer begleiten. Ich werde Berel gleichen. Ulfin will ich das Aussehen eines gewissen Jordan verleihen. Die beiden Männer sind des Grafen engste Freunde und stehen seinem Herzen nahe. Sie wissen alles, was er denkt und fühlt.

Auf diese Weise werden wir in das Schloß eindringen, und Ihr werdet Euren Willen bei der Frau haben. Man wird uns nicht erkennen, denn niemand wird uns für jemand anderen halten als wir scheinen.«

Der König vertraute Merlins Worten und hielt seinen Rat für gut. Er übergab den Oberbefehl einem seiner Ritter. Merlin aber führte seinen Zauber aus und veränderte ihre Gesichter und ihr Aussehen in Ebenbilder des Grafen und seines Gefolges.

In dieser Nacht trafen der König und seine Männer in Tintagel ein. Der Diener und der Hofmeister hielten den Mann, der da kam, für ihren Herrn. Als das Mahl verzehrt war, schlief der König mit des Grafen Weib, und so empfing Igerne den guten, den tapferen, den vertrauenswürdigen König, den Ihr unter dem Namen Artur kennt. Nun sprach es sich aber beim Heer herum, daß sich Uther von seinen Leuten entfernt habe. Die Unterführer, die die Belagerung aufrecht erhielten, verdroß das ganze; sie wollten endlich heim. Also legten sie die Rüstungen an und griffen zu ihren Waffen. Sie ließen die Kampfreihen Aufstellung nehmen und Leitern bereit stellen, um die Mauern zu ersteigen. Sie rannten von allen Seiten gegen die Burg an. Gorlois und seine Männer verteidigten sich tapfer, aber am Ende wurde der Graf erschlagen und die Burg eingenommen.

Jene, die entkamen, ritten eiligst nach Tintagel. Sie erzählten dort von dem Unglück und dem Tod ihres Herrn. Das Klagen jener, die den Grafen betrauerten, drang an das Ohr des Königs. Immer noch verändert durch den Zauber, trat er aus seiner Kammer und wies die Boten der Unglücksnachricht zurecht:

»Was soll all der Lärm und das Aufheben«, sprach er, »was ihr da gehört habt, stimmt nicht. Hört nicht auf das, was die Flüchtlinge euch gesagt haben. Keiner hat gewußt, daß ich insgeheim durch die Linien geschlüpft bin und nach Tintagel ritt. Ich habe niemandem davon erzählt, weil ich Verrat befürchtete. Jetzt beklagen die Leute meinen Tod, weil mich keiner gesehen hat, als des Königs Heer in die Burg eindrang. Gewiß ist es ärgerlich, daß ich diese Burg verloren habe. Auch stimmt es mich traurig, wenn ich mir vorstelle, daß so viele meiner guten Speerträger tot hinter den Mauern liegen. Aber noch lebe ich. Ich will zum König gehen, ihn um Frieden bitten, und bin sicher, er wird ihn mir freudig gewähren. Ich will sofort aufbrechen, ehe er nach Tintagel kommt und uns zu verderben sucht; denn wenn er sieht, wie wir hier in der Falle sitzen, wird mein Bitten auf taube Ohren stoßen.«

Igerne lobte diesen Entschluß ihres Mannes, denn sie hielt den, der da sprach, für den Grafen und für ihren Gemahl. Der König umarmte und küßte sie zum Abschied. Dann verließ er mit seinen Getreuen das Schloß. Als sie eine Strecke geritten waren, hob Merlin den Zauber auf und gab sich, dem König und Ulfin ihr ursprüngliches Aussehen zurück. Sie ritten zum Heer, ohne je ihre Pferde zu

zügeln, denn der König war begierig zu erfahren, wie denn die Burg so rasch genommen worden und auf welche Weise der Graf ums Leben gekommen sei.
Er rief seine Unterführer zu sich und hieß sie, ihm berichten, wie alles zugegangen sei. Darauf sagte er zu seinen Männern, wer immer den Grafen getötet habe, sei nicht nach seinem Willen verfahren. Er rief ihnen des Grafen Golois' Verdienste in Erinnerung, klagte über dessen Tod und sah die Barone mit bösem Blick an. Er glich dem Mann, dem der Tod des Grafen wirklich leid tat, aber es gab nur wenige, die naiv genug waren, sich durch sein Verhalten täuschen zu lassen. Er rief darauf jenen, die von einem Turm herab immer noch Widerstand leisteten, zu, sie sollten sich endlich ergeben, da doch ihr Herr tot und die übrigen Gebäude der Feste in seiner Hand wären. Da ergaben sich auch diese Männer, weil sie einsahen, daß alles verloren war. Uther aber, dessen Liebe unvermindert heftig war, nahm Igerne zum Weib und machte sie zu seiner Königin. Sie war schwanger, und als ihre Zeit kam, gebar sie einen Sohn. Und dieser Sohn erhielt den Namen Artur. Nach Artur zeugte Uther mit Igerne eine Tochter, die erhielt den Namen Anne. Und als das Mädchen zur Frau herangewachsen war, gab man sie einem rechtschaffenen und höflichen Mann zum Weibe, der hieß Lot von Lyones. Aus dieser Ehe wurde Gawain geboren, ein guter Ritter und tapferer Kämpfer.

VII

WACE, DEM WIR DEN voranstehenden Bericht über König Uthers sündige Liebe zu der schönen Frau des Herzogs von Cornwall verdanken, war ein gelehrter Schreiber, ein *clerc lisant,* der ungefährt zwischen 1100 und 1175 als Kanonikus von Bayeux in Frankreich gelebt hat. Bei ihm ist Artur nicht mehr der große Kriegsherr, sondern schon der großzügige Feudalherr in einer ritterlichen Welt. Auf Veranlassung des englischen Königs Henry II., zu dessen Reich auch Teile von Frankreich gehörten, verfaßte er seine beiden Hauptwerke, den »Roman de Rou«, eine Chronik der normannischen Herzöge und den »Roman de Brut«, den er selbst »Geste des Bretons« (Geschichte der Briten) nannte.

Wace's episches Gedicht aber hatte ein Vorbild: die »History of the Kings of Britain« des Geoffrey von Monmouth, vollendet im Jahr 1139, die damals in England großes Aufsehen erregte. Geoffrey war Waliser. Der Zweck seines Buches war es, wie er ganz offen eingesteht, den Ruhm der Briten zu verbreiten. Einst, so behauptete er, seien sie Herren über ganz Europa gewesen. Er will das Material zu seiner »Geschichte« in einem alten Buch aus

Wales vorgefunden haben, das ihm von seinem Onkel Walter, dem Erzdiakon von Oxford, geliehen worden sei. Geoffrey brachte es schließlich zum Weihbischof von St. Asaph, aber die Art und Weise, wie er in diesem Text mit den Fakten der britischen Geschichte umgeht, ist einigermaßen erstaunlich für einen angehenden Prälaten. Wir erfahren zunächst, daß die Briten von Brutus, dem Trojaner, abstammen. Er berichtet dann von der ruhmreichen, aber höchst unwahrscheinlichen Laufbahn des Prinzen Belerius, der Rom erobert haben soll, von der Tragödie des König Lear, von den Riesen Gog und Magog, die London gebaut haben, und von einer ganzen Schar weiterer dubioser Helden, die aber für den Leser so lebendig werden, daß es schwer fällt zu glauben, sie seien lediglich Geoffreys Erfindung. Vor allem aber stoßen wir hier zum erstenmal auf Artur und Merlin.

Aus dem Text Geoffreys tritt das Paar seinen Triumphzug durch die Romanzen des Mittelalters und die Aventiuren späterer Zeiten an. Die »History of the Kings of Britain« galt lange als seriöses Geschichtswerk, und die darin wiedergegebenen »Matters of Britain« beschäftigten die Historiker bis in die Tage Charles II. Geoffrey mag ein Schwindler gewesen sein, und schon seine Zeitgenossen haben solche Vorwürfe gegen ihn erhoben. So schreibt Gerald aus Wales über ihn sarkastisch: »Es ist der Erwähnung wert, daß in der Umgebung der Stadt der Legionen (Caerleon) ein Mann lebte, der Melerius hieß, und der großes Wissen über okkulte Vorgänge besaß ... wenn ihm die Geister gar zu sehr zusetzten, legte man ihm das Johannes-Evangelium auf die Brust und darauf verschwanden sie augenblicklich wie ein Schwarm Vögel. Als aber einmal dieses Buch durch die Geschichte der Briten des Geoffrey ersetzt wurde, kamen sie augenblicklich wieder und blieben in großer Zahl länger als gewöhnlich auf dem Buch und dem Leib des Mannes sitzen.«

Weniger gehässig ausgedrückt, könnte man auch sagen: Er hielt sich an das keltische Sprichwort, man solle eine gute Geschichte nicht durch die Wahrheit verderben.

Bei Geoffrey von Monmouth erweist sich Artur nach Uthers Tod durch ein wunderbares Ereignis als der rechtmäßige Erbe des Reiches.

Mit 15 Jahren wird er in Silchester in Hampshire zum König der Briten gekrönt. Geoffrey nennt Bath als den Ort des entscheidenden Sieges Arturs über die Sachsen. Er besiegte sie mit Hilfe eines Zauberschwertes, das auf der geheimisumwitterten Insel von Avalon geschmiedet worden ist. Geoffrey nennt die Waffe Calibur, daraus wird bei späteren Autoren Excalibur.

Aber Geoffrey läßt seine Darstellung nicht mit Artus Triumph über die Sachsen enden.

Nachdem der König Guinevere geheiratet hat, erobert er Irland, Island, die Orkneys und Gallien. Als Herr über ein Weltreich zieht er sich nach Caerleon-on-Usk zurück, umgibt sich mit Rittern, Priestern und Astrologen. Es ist ein Hof, an dem die Kultur blüht und die ritterliche Gesinnung in hohem Ansehen steht.

Die Damen sind erst dann bereit, einen Ritter zu erhören, wenn er sich dreimal in der Schlacht bewährt hat: eine Regel, die dazu führt, daß die Frauen keusch leben, die Ritter eifrig auf Queste (Suche, Abenteuer) ausziehen und sich tapfer im Feld schlagen.

Bald aber droht der Idylle Unheil.

Der römische Kaiser Lucius verlangt Tribut. Also muß Artur mit seinem Heer auf den Kontinent übersetzen, um die Römer in Gallien entscheidend zu schlagen. Der Weg nach Rom scheint offen. Da trifft die Nachricht ein, daß Mordred, Arturs Neffe, der zugleich sein Sohn ist, ein verräterisches Bündnis mit den Sachsen eingegangen ist. Artur muß auf die britische Insel zurückkehren und schlägt im Jahr 542 seine letzte Schlacht bei Camlann, die Geoffrey am River Camel in Cornwall stattfinden läßt. Mordred kommt ums Leben, aber auch Artur selbst wird tödlich verwundet, wenngleich niemand ihn sterben sieht. Gerüchte verbreiten sich, er sei fortgebracht worden und werde auf der Insel von Avalon wieder gesund gepflegt. Am Vorabend jener Schlacht, mit der das goldene Zeitalter Arturs zu Ende geht, beginnt Whites »Book of Merlyn«, das in sich abgeschlossene fünfte Buch aus der Reihe seiner um Merlin und Artur kreisenden Romane »Das Schwert im Stein«, »Die Königin von Luft und Dunkelheit«, »Der mißratene Ritter« und »Die Kerze im Wind«, die später unter dem Haupttitel »The Once and Future King« (Der König auf Camelot) zusammengefaßt worden sind.

Indem Geoffrey von Monmouth aus Artur, dem Reiterführer einen mächtigen Monarchen und Eroberer machte, gab er ihm europäischen Ruhm.

In diesem neuen Gewand besaß der alte Held einen beträchtlichen tagespolitischen Wert. Henry II., der von 1154 bis 1189 regierte, und seinen Nachfolgern aus dem Haus Plantaganet kam solch eine mythische Geschichtsschreibung sehr gelegen. Ihre Dynastie wurde damit aufgewertet und die englischen Ansprüche auf Schottland und Wales historisch gerechtfertigt.

Aber in dieser Hinsicht hatte die Version des Geoffrey von Monmouth auch ihre schwachen Stellen. Sie belebte die im keltischen Wales, in Cornwall und bei den Bretonen in Frankreich bekannten mündlichen Überlieferungen, denen zufolge Artur nicht gestorben war, sondern nur schläft und eines Tages zurückkommen wird, um die Ordnung eines neuen Goldenen Zeitalters aufzurichten. Sein Aufenthaltsort, so bestätigen diese Sagen, sei Avalon, eine Feen-Insel, über die Arturs Halbschwester, die Zauberin Morgan le Fay herrsche.

Solches Erzählgut und seine Verbreitung war ganz und gar nicht im Sinn der Plantagenets.

Sie beharrten auf einer anderen Version, der zu Folge Artur tot sei und in Glastonbury begraben liege.
Avalon, so wurde behauptet, sei der alte Ortname von Glastonbury.
Damit ließen sich Prophezeiungen über Arturs Wiederkehr als Vorkämpfer für keltische Selbständigkeit entkräften, und die Plantagenets konnten für ihr Haus geltend machen, Arturs rechtmäßige Erben und Nachfolger zu sein.
Bis zur Mitte des 12. Jahrhunderts, also etwa zwanzig Jahre nach der Veröffentlichung von Geoffreys Text, hatte sich der Artur-Merlin-Stoff, wohl nicht zuletzt ob seiner phantasievollen Zutaten aus keltischen Quellen, auch auf dem Kontinent, vor allem in Frankreich, ausgebreitet.
Es war Wace, der Kanonikus von Bayeux, der bei seiner erweiternden Nacherzählung das Motiv des runden Tisches einfügte, den Artur angeblich entworfen haben soll, um zu verhindern, daß ein Ritter seines Gefolges gegenüber einem anderen bevorzugt werde.
Wenige Jahrzehnte darauf war es Chrétien de Troyes (1130 bis 1190), der den Stoff im Sinn des höfischen Liebesideals neu gestaltete. Seine Rittergedichte und ihre späteren Prosaauflösungen bezeichnet man am treffendsten mit dem in England gebräuchlichen Begriff »romances« (Romanzen).
Ludwig VII. (1137 – 1180) hatte am zweiten Kreuzzug teilgenommen. Dies könnte als Moment der Zeitstimmung einen wichtigen Einfluß auf Chrétien ausgeübt haben. Er ist vielleicht einer der Gründe, warum sich nun Artussage und Gralslegende miteinander verbinden.
Chrétien und Robert de Boron (Ende des 12. Jahrhunderts) haben neue Episoden erfunden und Gestalten aus anderen Sagenkreisen mit in den Stoff verwoben: die Liebesgeschichte von Lanzelot und Guinevere, Tristan und Iseult, Galahad und die Queste nach dem Heiligen Gral, die Sage von Arturs berühmtem Hauptsitz, Camelot, der

nach seinem Tod zerfiel, die Legende von Joseph von Arimathea, der in einem Kelch, dem Gral eben, einige Tropfen vom Blute Jesu nach Britannien gebracht haben soll.

Keltische Folklore und mystische Phantasien des Christentums verbanden sich schließlich zu einem unentwirrbaren Muster, und die Tendenz des »Großen Prosa-Lanzelot-Gral-Zyklus« (1215–1230) ist die Verherrlichung ritterlicher Tugenden, die wiederum die Ideale der Minnesänger beeinflußten.

Die faszinierendste Ausprägung erfährt dann aber der Artur-Merlin-Stoff im »Morte d'Arthur« des Sir Thomas Malory, 1469, zwei Jahre vor seinem Tod, als Manuskript abgeschlossen, und 1485 von dem ersten englischen Buchdrucker gedruckt und verlegt.

Malorys Leben fällt in die chaotische Zeit der Auseinandersetzung zwischen den Anhängern der Roten und der Weißen Rose in England, und er ist gewissermaßen mit Haut und Haar ein Kind dieser Zeit.

Wir wissen, daß er wiederholt des Raubes angeklagt war. Auch soll er bei einem Mordanschlag gegen den Herzog von Buckingham beteiligt gewesen sein. Als Parteigänger des »Königsmachers« Warwick ist er auch wahrscheinlich mit diesem aus dem Lager des Hauses York (Weiße Rose) in das des Hauses Lancaster (Rote Rose) übergewechselt. Gerade aber, weil der Autor dieser berühmten spätmittelalterlichen Fassung des Artur-Merlin-Stoffes so tief in die blutigen Händel seiner Zeit verstrickt gewesen ist, mag es ihn verlockt haben, mit dieser Geschichte das Bild eines goldenen Zeitalters der Ritterschaft und der Ritterlichkeit und eines starken und geeinten Königreichs, regiert von einer idealistisch gesinnten Aristokratie, zu entwerfen – als leuchtendes Beispiel für die sich streitenden Thronanwärter und Barone seiner Tage, denen jedes Mittel recht war, wenn es zur Macht verhalf.

Zwei Ereignisse sind es bei Malory, die zum Zusammenbruch der idealen Weltordnung führen.
Artur hat mit seiner Halbschwester Morgause eine inzestöse Liebesaffäre, dessen Frucht Mordred ist. Lanzelot, Arturs treuester Freund, verliebt sich in die Königin Guinevre.
Artur weiß um das ehebrecherische Verhältnis der beiden, schweigt aber dazu, weil er fürchtet, die Aufdeckung der Liebesbeziehung zwischen dem Freund und seiner Ehefrau werde das Ideal der tugendhaften Ritterschaft in Frage stellen. Das Geheimnis ausnutzend, entfacht Mordred einen Bürgerkrieg. Die Ritter der Tafelrunde müssen sich für Lanzelot oder für Artur entscheiden. Artur verwundet Mordred in einem Zweikampf tödlich, wird aber auch selbst schwer verwundet. Klagende Weiber schaffen ihn auf ein Schiff, das nach Westen gen Avalon in See sticht. Malorys Text schließt mit dem Hinweis auf Gerüchte, Artur könne in Avalon, vielleicht aber auch anderswo begraben liegen. Sein tatsächlicher Begräbnisort erweise sich durch die Grabinschrift : HIC JACET ARTURUS, REX QUONDAM REXQUE FUTURUS – Hier liegt Artur, der frühere und zukünftige König. Fast fünfhundert Jahre später greift White dieses Stichwort auf, er gibt seinem Werk den Gesamttitel »The Once and Future King«.

VIII

Und Merlin?
Man könnte meinen, wir hätten Merlin aus den Augen verloren. Dem ist nicht so.
Um Merlins Bewußtsein, seine Identität als Zauberer, um die Zauberkräfte und magische Macht, die ihm innewohnen, deuten zu können, muß man die Geschichte des Ruhms und des Scheiterns jener Gestalt kennen, in der die Hoffnung auf eine gerechte Ordnung in der Welt sich verwirklicht – Artur.
Aber ohne Merlin, den Vermittler zwischen keltischer Magie, frühzeitlicher Weisheit und den Idealen des Christentums, ist Arturs Aufstieg und Ruhm undenkbar. Zumindest bis Malory muß die Entwicklung und Verwandlung des Artus-Stoffes in der westeuropäischen Kulturgeschichte genau verfolgt werden, will man begreifen, welche Bezüge White in seiner späten, ironisch gebrochenen Version noch einmal zusammenfaßt.
Im Gegensatz zu Malory schreibt White seinen Text angetrieben von einer Vorliebe für das frühere ritterliche Ideal, aber auch mit dem Wissen um dessen Fehlentwicklung und deren Ursachen.

Der Mensch ist kein nur hehres, edles Wesen. Er ist auch geprägt von seinem Trieb, von seiner Sexualität, eine Einsicht, die in dem vom Christentum stark beeinflußten Ideal verschleiert oder verdrängt wird, was auf dem Weg über die Aggression der tiefere Anlaß für das Heraufziehen immer neuer Katastrophen ist. Die Gefahr besteht: einmal könnte nicht der »zukünftige König«, der Repräsentant des Ideals, sondern das Chaos triumphieren.

Angesichts dieser Gefahr übernimmt es Merlin bei White am Vorabend einer Schlacht, die als Symbol für eine endzeitliche Katastrophe zu verstehen ist, seinen geistigen Sohn Artur noch einmal zu belehren.

Gewissermaßen eine Minute vor zwölf versucht er, Artur in einen Bewußtseinszustand zu versetzen, der ihn vielleicht doch noch zu einem Sieg über die Kräfte des Barbarisch-Chaotischen verhilft.

Es wird in dem biographischen Bericht über White nachzuweisen sein, wie sich in dieser Konstellation europäische Geschichte in einer Zeit neuer Wirren spiegelt. Hier soll vorerst untersucht werden, welche Traditionslinien das Bewußtsein Merlins konstituieren. Dazu wird nun abermals ein Rückgriff in die Kulturgeschichte notwendig werden.

IX

ALS ZWISCHEN 1136 und 1138 die in lateinischer Sprache abgefaßte »Geschichte der britischen Könige« des Geoffrey von Monmouth erschien, muß, wie Inge Vielhauer in ihrer »Einleitung in die Vita Merlini« über die Ursprünge der Merlin-Gestalt schreibt, damals in der anglo-normannischen Oberschicht und bei den Gebildeten ein großes Interesse an Merlin erwacht sein.

Zehn Jahre später jedenfalls veröffentlicht Geoffrey von Monmouth ein in Hexametern gehaltenes Versepos, eben jene »Vita Merlini«, die früheste literarische Fassung der zuvor nur in mündlicher Überlieferung kursierenden keltischen Mythen und Sagen. Inge Vielhauer urteilt über das von ihr in Prosa übersetzte Werk:

Bleibt in der »Historia« hinter den Prophezeiungen die Gestalt des Sehers selbst unpersönlich, kalt und glanzlos, so tritt sie uns in der »Vita« lebendig entgegen.

Hier ist Merlin ein Wahnsinniger, zugleich ein Wissender, fast schon sein Menschsein aufgebend, um einzugehen in die große Naturmacht der Wälder Caledoniens (südliches Schottland), begabt mit der Macht über die Kreatur, zugleich dem grausamen Wechsel der Jahreszeiten ausgelie-

fert; einem festen Kreis von Menschen verwandtschaftlich verbunden, aber immer sich entziehend, traurig zumeist, doch auch zu Scherzen bereit ... es heißt, er habe »sub multis regibus« (unter vielen Königen) gelebt, und diese Feststellung verknüpft ihn zunächst locker mit seiner Rolle als politischer Berater der ersten britischen Könige in der »Historia«. »Rex erat et vates«, also nicht nur Seher, sondern auch selbständiger König der Demeter (eines Volksstammes in Wales), der in einen Bürgerkrieg gegen Gewennoleu von Schottland verwickelt ist.

In diesem Text wird auch zum ersten Mal das Aggressionsthema dominierend.

Nach einer fürchterlichen Schlacht, beim Anblick seiner gefallenen Brüder, verfällt Merlin in eine Art Wahnsinn und flüchtet sich in den Wald.

Alle Versuche, ihn in die Sphäre des Menschen zurückzulocken, mißlingen.

Das Trauma, das er auf dem Schlachtfeld davongetragen hat, erweist sich als stärker als alles gute Zureden, stärker auch als die Musik, um deren besänftigende Wirkung auf die Psyche hier schon gewußt wird.

Nur die Natur selbst ist es, mit der das Trauma geheilt werden kann.

Eine heilkräftige Quelle entspringt der Erde. Merlin trinkt aus ihr. Aber auch nach dieser »Heilung«, nach seiner vorübergehenden Rückkehr in die Gemeinschaft der Menschen, bleibt er distanziert und entfremdet.

Als Ehemann taugt er nicht mehr. Gwendoloena, seine Frau, deren Schönheit zu Anfang des Textes so anschaulich geschildert worden ist, läßt er an einen anderen verheiraten.

Am Tag von Gwendoloenas Hochzeit erscheint Merlin auf einem Hirsch reitend an der Spitze eines Rudels von Gazellen, Bergziegen und Hirschen, das er seiner Ex-Frau zum Hochzeitsgeschenk anbietet.

Als der neue Bräutigam den Reiter auf dem Hirsch verspottet, reißt dieser dem Tier das Geweih ab und schleudert es gegen den höhnenden Mann. Er zerschmettert ihm damit den Schädel, versetzt aber dessen Seele ins Jenseits; er reitet dann in das Walddickicht zurück. Eine merkwürdige Geschichte mit Bildern und Chiffren aus einer anderen, früheren Zeit mit einem anderen Bewußtsein. Ist das überhaupt derselbe Merlin, jener, dem wir in der Historia, den sogenannten »Arthurian Chronicles« eines Wace oder Layamon, bei Chrétien oder de Boron und bei Mallory begegnet sind?
Tatsächlich muß man wohl von zwei Merlin ausgehen, deren Leben und Schicksale sich bei Geoffrey of Monmouth überblenden. Und in einer Studie über die »Vita Merlini« gelangt der Amerikaner Parry zu der Ansicht, daß Geoffrey, der zu jener Zeit als er die »Historia« verfaßte von Myrddin nicht mehr als den Namen kannte, später Legenden und Märchen aus Wales gehört hat, die er in seinem zweiten Text verwendete, wobei er zugleich glaubhaft zu machen suchte, daß der Held der frisch gesammelten Geschichten mit jenem Merlin identisch sei, über den er in der »Historia« schon geschrieben hatte.
Fragen wir uns nun: was bedeutet das Bild des Merlin im Walde?

Wir haben gesagt, daß derjenige, der das Wesen der Kultur kennenlernen wollte, in die Wildnis hinaus müsse, denn nur dort konnte er Aufschluß über das erlangen, was ihm zwar vertraut, aber dennoch unbekannt war: seine Alltagsnatur ... Yvain, Lanzelot du Lac, Tristan verlassen die Kultur, um vom rohen Fleisch der Tiere zu leben und um in der Wildnis »li reaume don nus éstranges ne retorne«, vom Wahnsinn befallen zu werden.
Erst auf der Grundlage dieser Wildheit war es ihnen möglich, zum Ritter aufzusteigen.

Gleichermaßen läuft der tungusische Schamane in die Wildnis hinaus, oder seine »Seele« zieht den Sippenfluß, muangi chokto bira, den »wäßrigen Flußweg« hinab zu den Geistern der Ahnen, wobei ihm sein Tamburin als Gefährt in der Gestalt einer Eidergans oder eines Hechtes dient und er den Schlegel als Ruder benutzt. Auf diese Weise gelangt er schließlich zu einem »Sippenschamanenbaum«, dessen Wurzeln in die Unterwelt und dessen Wipfel in die Oberwelt reichen, während die Welt der Menschen sich in der Mitte des Stammes befindet.

Hans Peter Duerr, Traumzeit –
Über die Grenze zwischen Wildnis und Zivilisation

Soviel sollte hieraus ersichtlich sein: Im Wald, ausgesetzt und konfrontiert mit dem Es, dem Dämonisch-Chaotischen in sich selbst, gewinnt Merlin jene Weisheit und Konzentration, jenes psychologische Verständnis, die seine Aura bilden: der Zauberer und Magier, der aus der Zeit fällt.

Daß es gerade der Wald, die Waldwildnis ist, die zum »Ort der Läuterungen« wird, mag damit zusammenhängen, daß nach keltischer Überlieferung Bäume heilig waren, in dem nach Bäumen benannten Alphabet Geheimwissen eingeschlossen war.

Noch heute ist auf den Britischen Inseln die Mythologie, die mit Bäumen zusammenhängt, besonders ausgeprägt. Hierfür nur ein paar Beispiele. Noch heute wird in Hereford am Maitag ein mit roten und weißen Fetzen behängter Birkenstamm an die Stalltür gelehnt, um Pferde davor zu schützen, daß Hexen heimlich nachts auf ihnen reiten oder Feen Knoten in ihr Haar schlingen.

Noch im England des 19. Jahrhunderts empfanden sich Matrosen und ihre Bräute dann ordnungsgemäß verheiratet, wenn sie über einen Besen aus Birkenreisern stiegen, der über eine Schwelle gehalten wurde. Unglück brachte ein Holunder vor dem Haus. Wer sich diesem Strauch nach Einbruch der Dunkelheit näherte, war den Hexen ohne Gnade ausgeliefert. Eichen, vor allem als einzelne Bäume oder als kleine Wäldchen, haben eine starke magische Ausstrahlung. Sie schützen vor Blitzschlag. Trieb man einen Nagel in ihren Stamm, so half das gegen Zahnweh.

Die Gebirgsesche schützte ebenfalls vor Hexenmacht. Manch einer trug ein Kreuz aus Gebirgseschenholz. In einer frühen irischen Saga wird ein großer Teil der Fianna in einem Palast unter einer Bergesche festgezaubert. Zweige der Bergesche, einem Schwein um den Hals gehängt, bewirken, daß das Tier rascher fett wird. Die Früchte der Bergesche verhelfen als Futter bei Kühen und Stuten zu einer unkomplizierten Geburt der Kälber und Fohlen.

X

ES GIBT EINE EPISODE in der »Vita Merlini«, des Geoffrey von Monmouth, aus der klar wird, daß der Autor manche folkloristische Geschichten, die er in Wales hörte und in seinem Text verarbeitete, offenbar nicht richtig bzw. allzu vordergründig begriffen hat. Da weissagt Merlin beispielsweise, daß ein bestimmter Junge auf drei verschiedene Arten zu Tode kommen werde. Diese mysteriöse Vorhersage erfüllt sich tatsächlich, als der Junge von einem Felsen stürzt, an den Füßen in den Ästen eines Baumes hängen bleibt, mit dem Kopf unter Wasser gerät und so ertrinkt. Was hier als Beweis für Merlins Prophetengabe angeführt wird, hat in seinem ursprünglichen Zusammenhang, in der Folklore von Wales, eine andere Bedeutung gehabt, die Geoffrey offensichtlich nicht durchschaute. Es ist kaum Zufall, daß das hier sich ergebende Bild genau dem des Gehängten, der Karte XII des Tarotspiels entspricht. Es ist kein Zufall, wenn man weiß, welche mythischen Zusammenhänge dieses Bild ausdrückt.

Für Dionysos, den Narren mit den Eselsohren, kommt das Ende seiner Herrschaft mit dem Ende der Saturnalien. Seine Zeit ist abgelaufen. Er muß sterben, um als Iachus wiedergeboren zu werden, wie selbst die Saat ja erst wieder

in die Erde gesenkt werden muß, um im nächsten Jahr wieder aufzusprießen.
Bei den Griechen wurden Abbilder des Dionysos häufig in die Bäume gehängt, um so gute Wein- und Getreideernten zu erzielen. Der alte Glaube lebte in Europa fort.
In England werden an manchen Orten zur Fastenzeit Puppen gesteinigt, die man »Jack o'Lent« nennt.
Nachdem das Abbild des Dionysos geschmäht und beschimpft worden ist, wird es auch manchmal verbrannt, durchschossen oder einfach durch einen Kamin hinabgeworfen. Die Sachsen jedoch fuhren damit fort, solche Puppen an einem Baum aufzuhängen. Die Mythe von dem sterbenden Gott ist eine schamanische Vorstellung. In einem alten nordischen Gedicht, dem »Lay des Erhöhten«, das vordergründig von der Kreuzigung Jesu handelt, werden in Wirklichkeit die Taten Odins dargestellt, bei dem es sich um eine nordische Spielart des griechischen Hermes, eines Erzzauberers und Prototyp des Schamanen handelt.

Für neun stürmische Nächte
hing ich im Baum,
verwundet von meiner eigenen Klinge,
Gott dem Gott geweiht,
ein Opfer an mich selbst,
gebunden an diesen mächtigen Baum,
dessen Wurzeln die Menschen nicht kennen.
Keiner gab mir zu essen.
Keiner gab mir zu trinken.
Ich stieg hinab in den Abgrund
und suchte heraus die Runen!
Dann stürzte ich in die Dunkelheit
mit einem langen Schrei.
Wiedergeburt habe ich erlangt
und auch Weisheit.

In Hinblick auf das, was wir über schamanische Initiationsriten wissen, deutet der Gehängte auf eine Art Initiationsprobe hin, die sich der Betreffende wahrscheinlich selbst auferlegt.
Im Fernen Osten, charakteristischerweise in einer weitaus weniger gewalttätigen Version als in den Geschichten von Odin und Jesus, gewinnt Buddha seinen Feldzug gegen den Tod und Illusion, indem er unter einem archetypischen bodhi-Baum sitzt, nicht aber von diesem herabhängt.
Er ist mit dem Baum mehr durch sein Gelübde als durch physische Bande verbunden.
Die primitiven Schamanen aber, indem sie einer alten bei Leichen angewandten Praxis folgten, die man fesselte, damit sie die Lebendigen nicht heimsuchen konnten, banden sich tatsächlich Arme und Beine zusammen, ehe sie in magische Trance versanken.
Von daher scheint diese Praktik auch auf spätere Initiationsrituale übergegangen zu sein. Freimaurer benutzen ein »Kabeltau« und fesseln vor seiner Aufnahme dem Kandidaten Arme und Beine ... Theoretisch besteht der erste Schritt einer astralen Wanderung im Fesseln der Glieder, Verbinden der Augen, Verstopfen der Ohren und in einem Ausstrecken des ganzen Körpers derart, daß das Gefühl eintritt, man schwebe.
Statt wie gewöhnlich mit den durch die Sinneswahrnehmungen einfließenden Daten ist das Bewußtsein des Subjekts jetzt mit mentalen Daten in Art von Halluzinationen und Phantasien angefüllt.
Während der Yogi sich leicht in diesen Zustand versetzen kann, schließt sich der Schamane gegen die Reize ab, die normalerweise die zentrale Position in unserem Bewußtsein besetzt halten. Auf diese Weise setzt er sich den Phantasmagorien des Unterbewußtseins aus, in die er als Protagonist einer Handlung eintritt.
Nach allen bekannten Berichten ist der eintretende

Traumzustand surrealistisch und erinnert an die Bildwelten eines Hieronymus Bosch, Peter Breughel und Salvador Dali.
Alltägliche Gegenstände, verzerrt in ihren Proportionen, winzig klein oder übergroß, erscheinen zusammen mit entstellten oder bizarren Formen, Tieren, Pflanzen oder Mineralien.
Die charakteristische Eigenart dieses Zustandes ist jedoch, daß alles ständig in Fluß ist, von einer Gestalt in eine andere übergeht, sich von einem Platz zum anderen bewegt. Wie die physische Existenz immobilisiert werden muß, damit sich der Betreffende besser auf den astralen Bereich konzentrieren kann, so muß diese sich ständig in Bewegung befindliche Welt gezähmt werden. Sie muß durchdrungen und durchschaut werden, ehe bei der Schau ein Fortschritt gegen den Zustand der Erleuchtung hin eintritt. Die Formen, die durch die mystische Quelle aufgeschleudert werden, scheinen ihm teils bekannt, teils völlig fremd. Auf diese Weise schafft er Ordnung unter den wilden Tieren des Unterbewußten, die sein und doch nicht sein sind, die objektiv und zugleich subjektiv wie Dämonen projeziert werden, denen er begegnet und die er zähmen muß.
Paul Hubson, The Devil's Picturebook

Es ist kaum ein Zweifel möglich, daß das Bild des einen dreifachen Tod sterbenden Jungen verschlüsselt die Formel jener Meditationsriten enthält, die der Merlinus Silvestris praktiziert haben mag. Wem eine solche Interpretation zu weit geht, wird aber vielleicht zustimmen können, wenn wir mutmaßen: hier liegt ein Hinweis auf Riten und Bewußtseinszustände vor, die im prähistorisch-heidnischen Wales bekannt gewesen sind und dann in christlicher Zeit als verpönt galten.
Auch die Vorstellung, der spätere Zauberer sei von einem *incubus*, einem Buhlteufel, mit einer Nonne gezeugt wor-

den, drückt meiner Ansicht nach exakt diese Entwicklung aus. Merlin verkörpert heidnische Geheimpraktiken, die in ihm fortleben. Einerseits wurden sie als »Teufelszeug« verboten und unterdrückt, andererseits ging von ihnen, wie von allem Verbotenen, eine große Faszination aus. Und so hat T. H. White in »Das Schwert im Stein« Merlin beschrieben:

Er trug ein wallendes Gewand mit einem Pelzkragen, das mit verschiedenen Tierkreiszeichen bestickt war, auch mit kabbalistischen Zeichen, Dreiecken mit Augen drin, komischen Kreuzen, Baumblättern, Vogel- und Tierknochen, und einem Planetarium, dessen Sterne leuchteten wie kleine Spiegelstücke, die von der Sonne beschienen werden. Er trug einen spitzen Hut, ähnlich einer Narrenmütze oder gewissen weiblichen Kopfbedeckungen jener Zeit, nur daß bei den Damen noch ein Schleier daran flatterte. Darüber hinaus hatte er einen Zauberstab aus lignum vitae, der neben ihm im Gras lag, und eine Hornbrille wie König Pelliner. Es war eine ungewöhnliche Brille.

Aber was ist Merlin uns Menschen des 20. Jahrhunderts? Er könnte für uns sein: Name und Symbol für »fantasy«. Aber was ist dann »fantasy«?

Es gibt eine Art des Schreibens, bei der der Autor ganz und gar den Blick von der Natur abwendet und seines Lesers Einbildungskraft durch Charaktere und Handlungen solcher Personen unterhält, die nie existiert haben. Es sind diese Feen, Hexen, Zauberer, Dämonen und die Geister der Verstorbenen. Dies nennt Mr. Dryden »the fairy way of writing«, der viel schwieriger ist als andere Arten, bei denen die Einbildungskraft des Dichters ins Spiel kommt, denn es gibt da keine Muster, denen er folgen kann und er muß sich alles selbst ausdenken.

Joseph Addison, On the Pleasures of the Imagination

Es mag dahingestellt bleiben, ob Addison mit seiner Feststellung recht hat, fantasy-Literatur sei schwieriger zu schreiben als andere Bücher.
Gewiß aber können seine Sätze als erstes Vortasten zu einer Definition von fantasy-Literatur aufgefaßt werden. Tolkien hat in seinem Vortrag »On Fairy Stories« genauer eingekreist, um was es da geht:

Feengeschichten waren einfach vorrangig nicht mit dem Möglichen, sondern mit dem Wünschenswerten beschäftigt. Wenn sie so einen Wunsch erwecken ... ist dies ein komplexer Wunsch mit vielen Zutaten, von denen manche universal, andere besonders dem modernen Menschen zu eigen sind. Zu jenen universalen, also immer vorhandenen Wünschen, rechnet er: *mit anderen Lebewesen in Verbindung zu treten ... auszuloten die Tiefe von Raum und Zeit ... einzutauchen in alte Sprachen, archaische Lebensformen und vor allem in Wälder.*
Was aber, so fragt Tolkien dann weiter, sind die Werte und die Funktionen von fantasy heute?
Pauschal gesprochen zunächst einmal: die *Überwindung einer imaginativen Armut.*
Er ist entschieden von der Überlegenheit der *Imagination* gegenüber der *Perzeption* überzeugt. Mit dem Mangel an Imagination hängt es seiner Meinung nach auch zusammen, daß wir lange *die Natur als unseren Sklaven angesehen haben, während sie doch immer noch unser stiller Herr ist.*
Flucht ist nach Tolkien eine zweite wesentliche Funktion von fantasy, wobei er sogleich hinzusetzt, daß es sich nicht um *die Flucht eines Deserteurs* handelt, sondern um das *Entkommen eines Gefangenen.* Zu dieser Art von Flucht veranlassen den modernen Menschen Zorn und Empörung über das Zeitalter der Roboter, die Häßlichkeit seiner Arbeit und das Böse in seiner Kultur.

Fantasy stelle eine gesunde, Heilung bringende Fluchtmöglichkeit dar.

Viel zu viel von unserem Leben und unserer Kunst, so klagt Tolkien, *spielt sich unter dem Glasdach am Rand des städtischen Hallenbads ab.* Wir haben vergessen, was Himmel und See wirklich sind. *Flucht* bei ihm bedeutet eine Erholung. Wiedergesundung. Einen dritten Aspekt von fantasy sieht Tolkien schließlich in der *Bestärkung, dem Trost durch das Glückliche Ende.* Er gehöre zur fantasy wie die Läuterung zur Tragödie. Diese Kategorie, so führt Tolkien weiter aus, lasse sich schwer definitorisch fassen. Er spricht von *einem Aufblitzen von Freude,* von einem *Inberührungkommen mit einer tieferen Art von Realität,* von etwas, das einer religiösen Erfahrung ziemlich nahe komme.

Es mag dem einzelnen überlassen bleiben, herauszufinden, welche der drei Kategorien bei seiner Freude über fantasy eine Rolle spielten oder ob es vielleicht noch andere Aspekte gibt, die Tolkien übersehen hat.

Was aber ist mit Merlin? Ich glaube nun, daß die moderne Faszination der Merlin-Gestalt eben darin liegt, daß Merlin mit der Aura des Verlangens nach fantasy umgeben ist. Er geht aus der Welt der Menschen fort in den Wald, um sein Bewußtsein in Ordnung zu bringen, um mit den Verletzungen fertig zu werden, die die Schreckensbilder vom Menschen, der des Menschen Feind ist, in ihm zurückgelassen haben. Seine Imagination erweist sich der Perzeption überlegen. Aus einer solchen Haltung heraus, die die Angepaßten als Zauberei mißverstehen, gelingt es ihm herbeizuführen, was nicht möglich scheint, aber wünschenswert ist.

So weit, so gut.

T. H. White, ein Zeitgenosse Tolkiens, setzt fantasy gewissermaßen einem äußersten Belastungstest aus, indem

er das Problem der menschlichen Aggression in einer fantasy-Geschichte thematisiert.
Das Ergebnis ist alles andere als eine patente Formel. Interpretierend könnte man sagen: Es wäre schon viel gewonnen – daran will Whites Merlin-Geschichte erinnern –, wenn die Menschen ihre geschärfte Imagination wiedergewönnen, die sie einmal besessen haben. Dann wären sie für solche Erfahrungen und Einsichten offen, wie Artur, von Merlin dorthin versetzt, sie bei den Tieren macht.
Das happy-end bei White ist ein viermal gebrochenes happy-end, ist mehr eine schmale Hoffnung.
Eines Tages, wenn nicht nur England, sondern die Welt ihrer bedarf, werden Artur und Merlin mit ihren gelehrten Freunden aus dem Hügel hervorkommen, und es wird wieder Glück in dieser Welt geben und Ritterlichkeit. Und wenn es eine Tröstung bei White gibt, so ist es eben jenes Empfinden, das der erschöpfte König hat, als er auf das schlafende England blickt:

Plötzlich empfand er die starke traurige Süße des Seins als Sein, jenseits von richtig oder falsch: daß die bloße Tatsache des Seins das endgültig Richtige war. Er begann das Land unter sich mit einer wilden Sehnsucht zu lieben, nicht weil es gut oder schlecht war, sondern weil es war: wegen der Schatten der Getreidegarben an einem goldenen Abend; weil die Schafschwänze beim Laufen zuckten und weil die Lämmer beim Saugen ihre Schwänze in kleine Wirbel rollten; weil die grüngoldenen Regenpfeiferschwärme, die auf den Weiden Würmer suchten, mit den Köpfen im Wind gemeinsam ein Stück weiterstrebten …

XI

IM WALD VON BROCELIANDE begnenet der uralte, aus der Zeit gefallene Merlin dem Mädchen Niniane. Mit einem Zweig beschreibt er um sich und die Geliebte einen Zauberkreis. Musik klingt auf, Tanzende sehen sie. Die Blumen und Kräuter duften stärker. Die Sonne steigt höher am Himmel. Eine Hecke ist aufgewachsen und verbirgt die Liebenden vor den neugierigen Augen der Welt. Zauber des Spiels, Zauber der Liebe. Liebesspiel. Niniane verlangt von dem uralten Geliebten, daß er ihr die Formel, die solchen Zauber bewirkt, verrate. Merlin, voller Erwartung auf ihre Hingabe, geht auf die Bitte ein. Es ist ein Tausch, aber kein Handel. Ihm fällt ihre Jugend zu, ihr die Weisheit seines Alters. Nachdem sie miteinander geschlafen haben, legte Merlin seinen Kopf in den Schoß der Geliebten. Fingerspitzen zeichnen die Rundungen ihrer Wangen, ihre Lippen, ihre Brüste nach. So verschwimmt Wirklichkeit und Traum. Da steht sie auf, murmelt neunmal das Zauberwort. Jetzt ist der Zauber unauflösbar. Sie setzt sich wieder, bettet den Kopf des Träumers auf ihre Schenkel. Merlin erwacht. Es ist ihm, als liege er auf einem Lager in einem hohen Turm. Dann begreift er, was geschehen ist. Er sagt zu Niniane:

»Du hast mich betrogen, wenn du jetzt nicht immer bei mir bleibst, denn niemand außer dir kann mich aus diesem Turm ziehen.«
»Mein zärtlicher Freund,« antwortet sie, »ich werde oft in deinen Armen sein.«
Und das Mädchen hält sein Versprechen. Nur wenige Tage und Nächte vergehen, da sie nicht bei ihm ist. Merlin kann sich nicht von der Stelle rühren. Sie aber kommt und geht, wie es ihr gefällt. Jetzt ist sie bereit, ihm die Freiheit wiederzugeben, denn es stimmt sie traurig, ihn so gefangen zu sehen. Aber mit der Bereitschaft ist es nicht getan. Der Zauber ist zu stark. Sie vermag ihn nicht zu lösen. Eines Tages kommt Gawain, einer der Ritter der Tafelrunde, in den Zauberwald geritten und hört Merlins Stimme aus der Hecke. »Wo seid Ihr, Merlin?« fragt Gawain.
»Du wirst mich nie mehr sehen, und nach dir werde ich nie mehr zu einem Menschen sprechen. Nie wirst du hierher zurückkehren. Nie kann ich von hier fort.«
»Aber wie das?« wundert sich der Ritter, »wie kannst du, der du so weise bist, an einen Ort geraten, von dem du nie mehr davonkommst?«
»Auch der Weiseste wird zum größten Toren in der Liebe«, antwortet Merlin, »wahrlich, ich liebte eine Frau mehr als mich selbst. Ich lehrte die Liebste, wie sie mich fesseln könne. Jetzt kann ich mich nicht mehr befreien, und auch sie kann es nicht.«

Merlins Verzauberung in der Weißdornhecke bedeutet nicht seinen Tod. Die Metapher verweist auf die Aufhebung der Herrschaft des einen Geschlechts über das andere. Merlin und Niniane – poetische Umschreibung für den Traum, das Abgetrenntsein vom anderen in der Liebe zu überwinden. Traumchiffre auch für die Bedingung, unter der der Mensch lebt – seine Unvollkommenheit.

Über
T. H. White

Terence Hanbury White wurde am 29. Mai 1906 in Bombay geboren. Er starb am 17. Januar 1964 an Bord der »Exeter«, auf der Rückfahrt von Amerika nach Europa irgendwo zwischen Italien und Griechenland und wurde in Athen beigesetzt.

Zwischen diesen beiden Daten vollzieht sich sein Leben, über dem als Grundstimmung der Schatten eines leisen, schleichenden, aber unerbittlich waltenden Verhängnisses liegt.

Die Tragik dieses Lebens ist durch die Anerkennung, die White als Schriftsteller schon zu Lebzeiten erfuhr, kaum kompensiert worden.

Die Wurzeln des Unheils, der Bedrohung, unter der White lebte, mögen in einer frühen schweren Krankheit zu suchen sein, in der zerrütteten Ehe der Eltern und in den sadistischen Quälereien, denen er als Schüler in englischen Internatsschulen ausgesetzt war.

Mit 21 Jahren – er studiert in Oxford – erkrankt er an Tuberkulose. Seine Professoren sammeln für ihn, ermöglichen ihm einen Kuraufenthalt in Italien. 1929 kehrt er nach England zurück und schließt sein anglistisches Studium in Cambridge mit Auszeichnung und hoher Belobigung ab. Danach wird er stellvertretender Direktor einer Internatsschule in St. Davids. 1932 wechselt er an die Public School von Stowe. Dort kommt es bald zu einem Skandal. Eltern eines Schülers gerät einer der von White unter dem Pseudonym James Aston publizierten Romane »First Lessons« und »Winter Abroad« (1922) in die Hände, in denen er sich offen zu seiner homosexuellen Veranlagung bekennt.

Der Direktor der Schule, J. H. Roxbury, nimmt ihm das Versprechen ab, nie mehr Bücher dieses Genres zu schreiben. Nach einer Psychoanalyse und einer unglücklichen Affäre mit der Bardame – beides sind Versuche, sich von sadistischen Angstvisionen zu befreien – gibt White 1936 seine Tätigkeit als Lehrer auf und zieht in eine Jagdhütte bei Stowe Riding zum Lachsfischen und zur Jagd. Kurz zuvor hat er einen Flugschein erworben, um dabei seine Höhenangst zu überwinden. Er beschäftigt sich jetzt intensiv mit Falknerei – ein Interesse, das später im ersten Band seines Arthur-Zyklus Spuren hinterlassen wird. Anschaulicher und spannender ist von diesem Sport selten berichtet worden.

Er schließt ein Buch mit dem für seine existentielle Situation bezeichnenden Titel »You can't keep a Good Man down« ab.

Nicht weniger bezeichnend für seine psychologische Situation ist seine überschwengliche Liebe zu »Brownie«, einer Setterhündin, bei deren Sterben er zwei Nächte lang am Lager des Tiers Wache hält.

Auf schwere Schuldgefühle über seine Veranlagung und krampfhafte Versuche von Anpassung an das, was die bürgerliche Gesellschaft als »normal« festsetzt, Versuche, die freilich zum Scheitern verurteilt sind und nur immer neue Krisen heraufbeschwören, deutet beispielsweise auch hin, daß er sich 1938 in ein 13jähriges Mädchen verliebt – Josée Wheeler, mit der er sich 1946 verloben wird. Schon nach kurzer Zeit verläßt sie ihn wieder. Am Anfang eines jeden Monats schreibt er ihr einen Brief, in der er sie bestürmt, doch zu ihm zurückzukehren. Im März 1947 heiratet Josée den Cricketspieler Brian Edrige und bringt einen Monat darauf ein Kind zur Welt, dem sie den Vornamen Terence gibt.

Von nun an werden es nur noch junge Männer sein, denen Whites unglückliche Liebe gilt. 1953 ist es der 21jährige Schauspieler Michael Trubshawe, 1957 der kindliche Jim Arlott, 1963 Alfredo, ein junger Neapolitaner, der so unverschämte Forderungen stellt, daß Whites Sekretär Harry Griffith ihn davonjagt. Schließlich folgt noch Vito Moriconi, den White zu seinem »Schüler« erklärt, und mit dem er kurz vor seinem Tod im Januar 1964, als die »Exeter« Neapel anläuft, sich noch einmal trifft.

Im Lauf seines nicht eben langen Lebens scheint Whites Alkoholkonsum immer mehr krankhafte Ausmaße angenommen zu haben. 1961, so erfährt man bei Whites französischem Biographen, Francois Gallix, ist es soweit, daß er täglich mindestens eine Flasche Cognac braucht. Davor liegen häufige, nie lange durchgehaltene Entwöhnungsversuche. 1949 hat White über die Ursachen der ihn beherrschenden Sucht in einem Essay nachgedacht. Als er nach einer längeren Periode der Enthaltsamkeit nach dem Tod seiner Mutter 1952 wieder exzeßhaft zu trinken beginnt, führt das zu Kreislaufstörungen. 1962 hat er sich schließlich wegen Venenverschluß in den Beinen einer Operation unterziehen müssen.

»Sein ganzes Leben hindurch«, so schreibt Sylvia Townsend Warner, die 1967 bei Cape die bisher beste Biographie über White veröffentlicht hat, »litt White unter Ängsten, die von außen kamen: unter einer auf ihn bedrohlich wirkenden, psychopathischen Mutter, unter den Präfekten des Cheltenham College mit ihren rasselnden Stöcken,

Angst vor Armut, Angst vor der Tuberkulose, Angst vor der öffentlichen Meinung: dazu kamen die Ängste von innen: die Angst, Angst zu haben, ein Versager zu sein, in der Falle zu sitzen, Angst vor dem Sterben, Angst vor der Dunkelheit, Angst vor seinen Neigungen, die man Laster nennen könnte: Alkohol, Knaben, ein latenter Sadismus. Bemerkenswert unbelastet von Gottesfurcht, hatte er vor allem Angst vor der Spezies Mensch. Sein Leben war ein ständiger Kampf mit diesen Ängsten, und er kämpfte diesen Kampf tapfer, leichthändig, mit sardonischem Witz und mit Betriebsamkeit. Er war nie ohne einen Plan, wurde nie müde zu lernen und besaß eine hohe Meinung von seinen eigenen Fähigkeiten.«

Von White sind bisher (einschließlich des vorliegenden Bandes) die fünf Bücher des Arthur-Zyklus in deutscher Sprache erschienen. Diese Bücher sind es auch, die in England und in den USA seinen Namen einer breiten Leserschicht bekannt gemacht haben.

Ehe hier die Entstehungsgeschichte seines Hauptwerkes und die besondere Stellung, die das »Book of Merlyn« darin einnimmt, beleuchtet werden soll, muß von einem anderen fantasy-Roman berichtet werden, an dessen Thematik die Traditionslinie innerhalb der englischen Literatur klar wird, in die White sich einreiht. Swift gehört dazu, den man überhaupt zu den Ahnherren und Vorbildern der modernen, anspruchsvollen fantasy-Autoren wird rechnen müssen, Lewis Carroll und gewiß auch Kenneth Grahame mit seinem 1908 veröffentlichten »The Wind in the Willows«.

Wenn Kenneth Grahame von seinem Werk gesagt hat, »es sei für junge Leute, für die Jugend und jene, die in ihrem Geist jung geblieben sind«, wenn in »Wind in den Weiden« die Ausstrahlung, die Magie der englischen Landschaft sich in eine Geschichte verwandelt zu haben scheint, so treffen diese Eigenschaften und Eigenarten auch zu auf Whites »Mistress Masham's Repose«. Erzählt wird die Geschichte eines kleinen Mädchens, das, tyrannisiert von einer frustrierten Gouvernante und einem scheinheilig-habgierigen Pfarrer, in einem halbverfallenen englischen »manor house« elternlos aufwächst. Während Vormund und Erzieherin erbschleicherische Intrigen spinnen, begegnet Maria, eine Schwester von »Alice im Wunderland«, in dem riesigen Park, der das Haus umgibt, den Nachkommen einer Gruppe winziger Wesen, die nach Gullivers Besuch in dem Wunderland Lilliput von dort nach England verschleppt worden sind.

Die entsprechende Bezugsstelle bei Swift ist dem Buch als Motto vorangestellt:

I took with me six Cows and two Bulls alive, with as many Yews and Rams, intending to carry them into my own Country and propagate the Breed ... I would gladly have taken a Dozend of Natives ...

»Mistress Masham's Repose«, vor Jahren einmal ins Deutsche übersetzt, damals kaum beachtet und heute in der deutschsprachigen Ausgabe vergriffen, gehört zu jener Art von Büchern, die vielleicht deshalb zunächst verkannt und unterschätzt werden, weil man sie sogleich in die Schublade »Kinderliteratur« steckt. Von dort allerdings bringen sie es dann gar nicht so selten nach einer gewissen Karenzzeit zu Klassikerehren. Eine solche Zukunft wage ich auch dieser so geistreich-poetischen Geschichte vorauszusagen. Enthält sie doch eine wichtige Botschaft an alle Eltern und Erzieher, auch wenn diese im Verlauf der Handlung gerade einem Kind, und nicht einem Erwachsenen, als Lehre erteilt wird.

Der Professor, ein Büchernarr und Linguist, drückt der zehnjährigen Maria ein Vokabularium mit den wichtigsten Redensarten in der Sprache von Lilliput in die Hand. Wie im Arthur-Zyklus zwischen Zauberer und Kind, so besteht hier zwischen dem Sprachwissenschaftler und dem

Kind eine Beziehung, bei der pädagogischer Eros im Spiel ist. Der Professor ist es, der Maria, die eine Lilliputfrau und deren Baby als Spielzeug mit sich herumschleppt, auf das Unrecht hinweist, das wir jedem lebendigen Wesen antun, wenn wir es, und sei es auch liebend, als unseren Besitz betrachten:

Du bist ein Kind, aber sehr groß, sie sind erwachsen, aber sehr klein. Stell dir nun einmal vor, wie du dich fühlen würdest, wenn du erwachsen wärst und den Kopf voll hättest mit Sorgen wegen deiner Familie. Nehmen wir mal an, du müßtest auf den Zug nach London, du hättest einen sorgfältig eingerollten Schirm bei dir, du müßtest in London mit dem Rechtsanwalt wegen der Hypotheken reden, du seist kurz vor dem Bahnhof, und da käme plötzlich ein kleines Mädchen 48 Fuß groß, springe über eine Hecke, trüge dich auf ein weit entferntes Feld in der falschen Richtung, setzte dich dort ab und erklärte dir, du seist ein Deutscher und sie der General Eisenhower.

Und ein andermal sagt der Professor zu Maria:

Das Ärgerliche ist, daß man die Dinge, die man gern hat, immer besitzen will. Aber du mußt anfangen zu lernen, deine Gefühle im Zaum zu halten. Du mußt immer auf der Hut sein gegenüber Gemeinheiten. Es ist etwas, was einem sehr schwerfällt.

Es dauert einige Zeit, bis dieser Hinweis bei dem Kind seine Wirkung tut.

Aber gerade durch die Art und Weise, in der White den unbequemen Prozeß sozialen Lernens umschreibt, erweist er sich als ein Meister englischen Humors:

Nach zwei Tagen hatte sie ihre Lektion erfolgreich geschluckt – eine Mahlzeit, etwa so eklig wie kalter Haferbrei, bei dem man sich auch zwischen zwei Löffeln immer erst einmal ausruhen muß. Sie setzte sich hin und schrieb freiheraus und tapfer einen Brief in einer winzigst gehaltenen Schrift:

Sehr geehrte Herren:
Ich bin jung aber groß. Sie sind alt aber klein. Es tut mir leid, und ich will mich bessern ...
Aufrichtig, mit Tonnen von Liebe, Ihre Maria
Kunstvoll, unaufdringlich, den moralisierenden Unterton durch ironische Obertöne dämpfend, werden hier Schrekken und Folgen einer pedantisch-bigotten Erziehung vorgeführt, der es vor allem um sekundäre Tugenden geht und in Hinblick auf die Erwachsenen um die Erhaltung der eigenen Macht- und Respektsposition.
»Mistress Masham's Repose« ist das Buch eines ironischmelancholischen Moralisten, der, indem er schon hier die Fabel eines anderen großen Moralisten paraphrasiert, Klage führt über die Sünden der Erwachsenen gegenüber Kindern; der schon hier in den Porträts von Miss Brown und Mrs Hater Bilder des Bösen zeichnet, das in diesem kleinen Universum zur Genugtuung des Lesers am Ende dann doch nicht den Sieg davonträgt über kindliche Imaginationsfähigkeit, die Gutmütigkeit der Köchin und die Gelehrsamkeit des Professors.

Mit Malorys »Le morte d'Arthur« hat sich White zum ersten Mal mit 8 Jahren beschäftigt. Eine spätere Skizze aus der Studienzeit, vielleicht eine nicht zu Ende geführte Seminararbeit, ist verschwunden. Wir wissen von diesem Text durch die Tagebücher.
Als White dann 1936 die Jagdhütte mietete und dort fast ohne Kontakt zu Menschen mit einer Anzahl abgerichteter Falken, einer verletzten Eule und seiner Setterhündin zurückgezogen lebte, holte er die Bände von Malory wieder hervor und schrieb nach ihrer Lektüre eine Art interpretierende Zusammenfassung, die den Kristallisationskern für das fünfteilige Werk »The Once and Future King« darstellt.

An diesem Text wird schon durch den ersten Satz klar, was ihn zu dieser Zeit vor allem an diesem Stoff reizte:

Die ganze Geschichte um Arthur ist ein regelrechtes griechisches Schicksalsdrama, vergleichbar mit dem Orests.

Mit Uthers Schandtat gegenüber der Familie des Herzogs von Cornwall fing alles Unrecht an, und es waren die Nachkommen dieser Familie, die sich endlich für dieses Unrecht an Arthur rächten. Die Väter haben saure Trauben gegessen etc. Arthur mußte für das Vergehen seines Vaters am Anfang bezahlen, aber um es gerechter zu machen, hat es das Schicksal so eingerichtet, daß sich Arthur selbst eines Vergehens (gegen die Cornwalls) schuldig macht. So wird seine Gestalt näher mit dem Unheil in Zusammenhang gebracht.

Der Herzog von Cornwall heiratete Igraine, und sie hatten drei Töchter, Morgan le Fay, Elaine und Morgause. Uther Pendragon verliebte sich in Igraine und erschlug ihren Ehemann im Krieg, um sich ihrer bemächtigen zu können. Mit ihr zeugte er Arthur: Also war Arthur der Halbbruder der drei Mädchen. Aber die Geschwister wuchsen getrennt auf.

Die drei Mädchen heirateten Uriens, Netres und Lot, alles Könige. Natürlich hatten sie eine Abneigung gegenüber Uther und jedem, der etwas mit Uther zu tun hatte. Als Uther starb und Arthur ihm unter geheimnisvollen Umständen folgte, vererbte sich die Fehde auf Arthur. Die Mädchen drängten ihre Ehemänner, die Revolte von elf Königen anzuführen.

Arthur hatte man gesagt, daß Uther sein Vater sei, aber Uther war ein rüstiger alter Herr, und Merlyn hatte dummerweise vergessen zu erklären, wer seine Mutter war.

Nach einer Schlacht, in der die 11 Könige geschlagen wurden, kommt Morgause, die Frau des Königs Lot, mit einer Gesandtschaft zu Arthur. Von ihrer Verwandtschaft ahnen sie zu diesem Zeitpunkt nichts. Sie verlieben sich inein-

ander, gehen zusammen ins Bett, und das Resultat ist Mordred. Mordred war die Frucht eines Inzests (sein Vater war der Halbbruder seiner Mutter), und er war es auch, der schließlich das Unheil über Arthur brachte. Die Sünde war der Inzest. Die Strafe war Guinever, und das Instrument der Strafe war Mordred, die Frucht der Sünde. Es war Mordred, der, was die Affäre zwischen Launcelot und Guinever angeht, die Katze aus dem Sack ließ. Arthur hatte darüber hinweggesehen und war zufrieden gewesen, solange nicht darüber gesprochen wurde.

White ist dreißig Jahre alt, als er mit den Arbeiten am Arthur-Merlin-Stoff beginnt. Es sind die politischen Ereignisse dieser Jahre kurz vor und kurz nach Ausbruch des zweiten Weltkriegs, die White verändern und damit auch seine Perspektive, aus der er den Stoff betrachtet.

Zuerst spiegeln sich darin vor allem seine privaten Probleme. Je weiter die Arbeiten am Zyklus fortschreiten, desto mehr stürmen Probleme der Zeitgeschichte auf den Autor ein. Es muß aber auch wohl so gewesen sein, daß die dem Stoff innewohnenden magisch-mythischen Energien White verändert haben.

Nachdem der erste Band »The sword in the stone« in England und Amerika erschienen und in den USA vom »Book of the Month Club« nominiert worden ist – »ein Buch voller Poesie, Farce, Einfallsreichtum und Iconoclasmus«, nennt es Sylvia Townsend – reist White im Januar 1939 nach Irland.

Ein Brief an einen Freund gibt seine Empfindungen und Überlegungen angesichts der nun immer drohender werdenden Kriegsgefahr wieder:

Wenn ich nur aus diesem vom Unheil bedrohten Land fortkomme. Zwei Jahre der von Ängsten angestoßenen Auseinandersetzung mit diesem Thema haben mich davon überzeugt, daß ich besser um mein Leben laufe, daß ich ein gewisses Recht dazu habe, so zu handeln. Ich könnte mich ebenso gut beim Ausbruch der Feindseligkeiten erschießen. Ich mag Krieg nicht, und ich habe ihn nicht angefangen. Ich denke, ich könnte es durchaus ertragen, als ein Feigling zu leben. Was ich aber nicht ertragen könnte, wäre, ein Held zu sein.

Wie hin- und hergerissen er ist, angesichts des drohenden Krieges, macht eine Tagebucheintragung vom 26. April 1939 deutlich. Er schreibt da:

Man spricht nun ernsthaft von Einberufenen in England, und jeder lebt von einer Hitler-Rede zur nächsten. Ich blättere in diesem Buch zurück und lese nach, über all die kleinen wertlosen Entscheidungen, die ich unter dem Druck des Untiers zu treffen versucht habe: ein Wehrdienstverweigerer aus Gewissensgründen wollte ich werden, dann wieder nahm ich mir vor zu kämpfen, und schließlich war ich entschlossen, mir für die Dauer des Krieges eine konstruktive Beschäftigung zu suchen, bei der sich kreative Arbeit damit verbinden läßt, daß ich meinem Land einen Dienst erweise. All dies sind traurige und verschreckte Sätze eines Menschen, der von einer Ecke in die andere rast ...

Was White in Irland sucht, sind Wurzeln, eine neue Identität. Er erwägt, katholisch zu werden. Sein Vater ist zufällig in Irland geboren. Ist er selbst vielleicht auch irischer Abstammung? Er lernt Gälisch. Die Bemerkung von der *Immunität des irischen Barden* fällt. Als der Krieg schließlich ausbricht, und der Freund, David Garnett, einberufen wird, stürzt das White abermals in Zweifel, ob seine Art zu leben zu rechtfertigen sei. Er setzt vor sich selbst fest, erst wolle er den Arthur-Zyklus beenden, dann sich zu einer Aufgabe bei der Landesverteidigung in England zur Verfügung stellen. Übertragen in die Geschichte, an der er schreibt, finden sich seine persönlichen Probleme eben dort, wo Arthur am Vorabend jener Endschlacht, in der seine Ritter wie auch er selbst fallen werden, einen Pagen bittet, nicht mitzukämpfen, sich aber die Vorgänge der Schlacht genau zu merken und aufzuzeichnen. In der für die White'sche Phantasie bezeichnenden Weise, mit der die sonst geltenden Gesetze von Raum und Zeit im Namen einer anderen Wirklichkeit außer Kraft gesetzt werden, ist dieser Page zugleich auch Malory und damit Vorgänger und Vorbild von White selbst.

In Irland, in einem Haus, das Sheskin Lodge heißt und in einer Gegend voller Fuchsienhecken und Rhododendrondickichte, finsterer Bergketten und sich meilenweit hinziehender Torfmoore im County Mayo liegt, ist inzwischen neben Jagdausflügen und Nachforschungen über den legendären Godstone auf der Insel Inniskea das zweite Buch des Arthur-Zyklus, »The Witch in the Wood«, fertig geworden. Der Verleger schickt es nach der Lektüre noch einmal mit Änderungsvorschlägen an den Autor zurück. Der hat unterdessen schon den dritten Band »The ill-made Knight« unter der Feder.

In den Notizen dazu findet sich ein Satz, mit dem White eigentlich Lanzelots Charakter skizzieren wollte, der aber auch viel über ihn selbst aussagt:

Wahrscheinlich sadistisch oder er würde nicht so ängstlich darauf achten, sanft zu sein ... ist gern allein.

Später siedelt White in Irland von Mayo nach Meath über. Seine äußeren Lebensumstände sind, obwohl er nicht hat in den Krieg ziehen müssen, alles andere als idyllisch. Als Engländer im urgälischen Westen ist White der Landbevölkerung verdächtig. Aus Furcht vor Mordanschlägen der I.R.A. schließt er sich nach wilden Sauftouren in sein Schlafzimmer ein. In Belmullet gerät er in den Verdacht, ein Spion zu sein; er darf das Festland nicht verlassen, keine Ausflüge zu kleineren Inseln vor der Küste unternehmen.

Er meldet sich freiwillig zur örtlichen Heimwehr. Man legt ihm nahe, bei Paraden nicht mitzumarschieren. Er beklagt sich nicht. Er hat ein Dach über dem Kopf, regelmäßige Mahlzeiten und vor der Tür eine von Hecken durchzogene grüne Landschaft, durch die er seinen Hund spazierenführt.

Im Dezember 1940 schreibt er an Potts, seinen ehemaligen Tutor in Cambridge, einen Brief, der über die Akzentverschiebung Aufschluß gibt, die während der Arbeiten am Arthur-Zyklus in Hinblick auf Fabel und »Botschaft« des Gesamtwerkes vorsichgegangen ist.

Am Anfang stand – daran gilt es hier noch einmal zu erinnern – die Vorstellung, über Menschen zu schreiben, deren Leben durch die Schuld ihrer Vorfahren und auch durch persönliche Schuld von einem Verhängnis überschattet ist.

Jetzt aber, im Krieg, angesichts der Überzeugung, daß Hitler die Verkörperung des Bösen schlechthin sei, gegen das es sich mit allen Mitteln zu wehren gelte, dessen Sieg für White auch persönlich eine ähnliche Katastrophe bedeuten muß, wie der Sieg von Mordreds Horden über Arthur und sein Heer, wird das Problem der menschlichen Aggression und der Möglichkeit ihrer Überwindung von zentraler Bedeutung.

Der nächste Band wird »Die Kerze im Wind« heißen ... er wird in der Nacht vor der letzten Schlacht enden. Arthur ist elend dran. Danach werde ich damit beginnen, ein fünftes Buch zu schreiben, in dem Arthur unter der Erde mit Merlin zusammentrifft (es stellt sich heraus, daß das Treffen im Dachsbau des ersten Buches stattfindet, und die Tiere kommen auch wieder zurück, vor allem die Ameisen und die Wildgänse). Winken Sie nicht ab! Der Einfall ist gottgesandt. Verstehen Sie, ich habe plötzlich entdeckt, daß 1) es das zentrale Thema vom »Morte d'Arthur« ist, ein Gegengewicht gegen den König zu schaffen, 2) daß man am besten in politischer Hinsicht den Menschen mit Aristoteles als ein politisches Tier auffaßt. Ich will das nicht weiter ausführen. Es würde dem zukünftigen Buch seine Frische nehmen, aber ich habe eine ganze Menge in der Art von Samuel Butler über den Menschen als ein Tier unter Tieren nachgedacht, über sein Zerebrum etc. und ich glaube, ich habe wirklich etwas herausgefunden über all diese sinnlosen Ismen (Kommunismus, Faschismus, Konservativismus), indem ich einfach mal einen Schritt zurück tue, in die wirkliche Welt, in der der Mensch nur eines unter unzähligen Tieren darstellt. Indem ich diese meine »Moral« an den Mann bringe (dies wird nicht vordergründig geschehen), ergibt sich auch eine wunderbare Möglichkeit, den Kreis zu schließen und bei den Tieren, bei denen ich einmal begonnen habe, nun auch zu enden.«

Am gleichen Tag schrieb er an seinen Freund Garnett: *Soweit sich das bisher absehen läßt, wird mein fünftes Buch sich mit der Anatomie des Gehirns auseinandersetzen. Das klingt im Zusammenhang mit Arthur vielleicht merkwürdig, hat aber doch seine Berechtigung. Wüßten Sie mir vielleicht ein recht elementares, aber informatives Buch über Gehirnanatomie bei Tieren, Fischen, Insekten etc.? Ich möchte in Erfahrung bringen, was für eine Art von cerebellum eine Ameise hat und eine Wildgans. Sie sind doch jemand, der solcherlei zu wissen pflegt.*

So gewiß das fünfte Buch elegant den offenen Kreis schließt – Schriftsteller haben etwas von Zauberern und lieben das Auftauchen solcher geometrischen Figuren als Strukturprinzipien vielleicht vor allem deshalb, weil sie zu Merkzeichen, zu Signaturen der Hoffnung in der Einsamkeit des Langstreckenlaufs zum Ende eines umfangreichen Werkes hin werden –, so zwangsläufig sich seine Thematik aus dem ergibt, was auf White den Zeitgenossen einstürmt: das fünfte Buch ist formal, als Teil eines großen erzählerischen Zyklus, nicht ohne Problematik.

Es wirke manchmal mehr wie ein philosophisch-anthropologischer Exkurs über das Wesen von Mensch und Tier als ein Roman, schreibt Sylvia Townsend. Merlin werde hier »zum Mundstück für Whites Spleen«. In Merlin artikuliere sich die Angst um das Überleben einer Menschheit, die der weise Zauberer belehrt zu haben meinte, die, wie sich aber nun herausstellt, nichts begriffen hat, sondern abermals Krieg führt, ja den Krieg auch noch glorifiziert.

Die Fragwürdigkeit der Form des Buches bestehe darin, daß es wie von zwei verschiedenen Personen verfaßt scheine: von einem Geschichtenerzähler und von einem Philosophen, der aus seinen Notizen zitiere und dabei gelegentlich über den Geschichtenerzähler die Oberhand gewinne.

Wer so urteilt, übersieht meiner Ansicht nach den Traumcharakter, der der Handlungssituation des »Buches Merlin« zu Grunde liegt. Und gewiß kann man wohl auch finden, daß es höchst spannend ist, einem Philosophen zuzuhören, der so locker und witzig Probleme zur Sprache bringt, von denen man, ohne auch nur einen Augenblick zu zögern, wird zugeben müssen, daß sie (leider) uns bis heute verfolgen.

Gewiß ist die Form des »Buches Merlin« ungewöhnlich, aber, so könnte man mit Ringelnatz dagegenhalten:

Es gibt so viel Bekanntes
auf der Welt.
Drum hat der Cervantes
den Don Quijote aufgestellt.

Auch die Verleger sind zunächst von der ungewöhnlichen Form irritiert.

Als im November 1941 die beiden letzten Bände des Arthur-Zyklus' vom Autor bei Collins eingereicht werden, reagiert der Verleger zunächst vorsichtig hinhaltend. Er erbittet Bedenkzeit.

Es ist nicht nur der durch den Krieg bedingte Mangel an

Druckpapier, durch den das Erscheinen des gesamten Zyklus zunächst verhindert wird.
Es ist vor allem seine Abneigung gegen die thematische Akzentverschiebung im Verlauf des Arbeitsprozesses, die Collins zögern läßt. Der Verleger selbst schreibt an White: *Ihr starkes Beschäftigtsein mit dem heutigen Zustand der Welt hat zu einer völligen Veränderung in der Behandlung des Themas geführt.*
Es mag manch einem ein merkwürdiges Argument erscheinen: dem Autor seine Sensibilität gegenüber den sich aus der Zeitgeschichte aufdrängenden Problemen vorzuwerfen!
Tatsächlich aber sah Collins gerade dadurch die Verkaufschancen der Schlußteile wesentlich beeinträchtigt. Er hielt Whites Interesse an Politik und Aggression für letztlich unvereinbar mit dem Arthur-Merlin-Thema.
White hat sich zu einem politischen Moralisten gewandelt, der versucht, eine Allegorie des Faschismus, des Kommunismus, des Individualismus zu rekonstruieren. Spaß und Einbildungskraft haben zu Gunsten dieser Absicht abdanken müssen.
Ein hartes Urteil! Ein gerechtes? Schwer zu entscheiden. Vielleicht, daß uns die vierzig Jahre, die seit damals verflossen sind, verständnisvoller gegenüber dem Moralisten gestimmt haben, weil sich Ängste, die er kannte, die ihn zu dieser Akzentuierung nötigten, bis in unsere Zeit noch weiter gesteigert haben. White hat auf die Kritik seines Verlegers erwidert, daß jedem Buch des fünfteiligen Zyklus ein bestimmtes literarisches Formprinzip zugeordnet sei, nämlich »The sword in the stone« – die Lyrik; »The witch in the wood« – die Farce; »The ill-made Knight« – die Romanze; »The candle in the wind« – die Tragödie. Warum also dann nicht auch dem »Book of Merlyn« die Form des Dialogs?
Es ist verständlich, daß ein solcher Konflikt zwischen Ver-

leger und Autor schließlich mit einem Bruch enden mußte. Collins behält Buch 1 bis 3. Mit dem 4. Buch wechselt White zu Jonathan Cape.
Aber auch als Putnam in den USA und Collins in England 1958 den Zyklus unter dem Titel »The Once and Future King« herausbringen, bleibt es bei einer Tetralogie, bei vier Büchern.
Das Manuskript des »Book of Merlyn« gelangt nach Whites Tod mit seinem Nachlaß in das »Humanities Research Center« der Universität von Texas in Austin und erscheint dort 1977 zum erstenmal in Druck.
Es wird auf Anhieb auch ein großer Verkaufserfolg. In einem Land, in dem vielen Menschen noch die Schreckensbilder des Vietnamkrieges vor Augen stehen, muß eine besondere Aufgeschlossenheit für die Botschaft Merlins bestanden haben. »So schließt sich endlich der Kreis dieses großen Epos, wie White es gewollt hat: rund und strahlend und vollendet« (Boston Sunday Globe).
1976 erscheint eine deutschsprachige Ausgabe unter dem Titel »Der König auf Camelot«. Es sind zwei Bände, welche die ersten vier Bücher enthalten; »Das Buch Merlin« fehlt.
Des Übersetzers der Tetralogie soll an dieser Stelle gedacht werden. Was Rudolf Rocholl an Pionierarbeit für White und sein Hauptwerk, den Arthur-Zyklus, im deutschsprachigen Raum geleistet hat, ist immens; tatsächlich schuf er so etwas wie eine »wortgenaue Nachdichtung«.

Um mit einem persönlichen Bekenntnis zu enden: An Whites Büchern, wie an denen eines George MacDonalds, eines R. Adams und eines Alan Garner, wird klar, wie *fantasy* als literarische Kunstform gesteigert werden kann. Was ich als jemand, der, während dieser Autor im Zweiten Weltkrieg die Arthus-Romane schrieb, selbst gerade schreiben und lesen lernte, vor allem an White schätze, ist seine Gescheitheit, seine Fähigkeit, Traditionen in sich aufzunehmen und sie paraphrasierend zu neuer Lebendigkeit zu erwecken; sein Witz, seine Eleganz, seine Leichtigkeit und seine Sprache – *aus einem solchen Stoff wie die von Träumen.*

In einem Land, da Leichtigkeit gelegentlich immer noch mit Seichtheit verwechselt wird, da Kunstfertigkeit und Unterhaltsames häufiger geschieden, denn miteinander verbunden auftreten, muß man wohl hinzusetzen: Diese Leichtigkeit kann nicht darüber hinwegtäuschen, daß es White sehr ernst ist und gerade in dem »Buch Merlin« ein gerütteltes Maß an Trauerarbeit steckt.

In einer in den USA erschienen Besprechung steht der Satz: *lies es und lächle, lies es und lerne, lies es und empfinde Freude darüber, daß du ein Mensch bist.* Solche Empfindungen, solche Bestärkung erfährt wohl jeder, der sich auf das Buch Merlin einläßt.

Nomborn/Westerwald, Mai 1980
Frederik Hetmann

IRISCHER
ZAUBERGARTEN

»Diese Sammlung irischer Sagen, Märchen und Geschichten ist eine Kostbarkeit. In wüsten, wilden, ungebärdigen Geschichten geht es durch Himmel und Hölle, sieben Reiche hinter acht Bergen, durch dreizehn Paläste mit fliegenden Hexen und lieblichen Feen. Hetmann hat die Zeugnisse naiver ›Fantasy literature‹ nicht etwa nüchtern gesammelt; dieser schönen Anthologie von der grünen Insel merkt man die Passion eines engagierten Märchenerzählers an. Ein rundherum liebevoll und schön gemachter Märchenband mit tolldreisten Fabeln aus jenem ›silbernen Land, wo wunderbare Edelsteine und Kristalle auf den Bäumen wuchsen‹.« DIE ZEIT

DIEDERICHS